中公文庫

食味風《ぶう》々《ぶう》録

阿川弘之

中央公論新社

食味風々録　目次

食味風々録

米の味・カレーの味

洋食の席で葡萄酒《ぶどうしゅ》を註文すると、ソムリエがコルクの栓を抜き、主人役のグラスに少量ついで、試飲を求める。硝子《ガラス》器の中の美しい色した液体を、ころがすようにしながら、香りと味と、軽く試みて、

「結構です。どうぞ皆さんの方へ」

あの気どったお作法の少くとも半分は、私の場合、嘘《うそ》である。齢《とし》とって嗅覚《きゅうかく》が怪しくなっているのに、葡萄酒の香気の佳《よ》し悪《あ》しをきちんと言えるわけが無い。

もう一つ、聴覚の方も、老来ずいぶん怪しくなって来た。女房と娘が台所で何か面白そうに話し合っているから、

「墨烏賊《すみいか》がどうしたって？」

口をはさんだら、

「烏賊の話なんかしてません。スニーカー、運動靴。夏祭の派手な浴衣《ゆかた》姿で電車に乗って

来た若い女の人の足もと、ふと見ると、スニーカーはいてるんですもの。世の中どうなっちゃったのかと思って」

その「世の中」が「最中《もなか》」に聞える。「汚職事件」の前後が聞き取れなくて「お食事券」と間違える。一々例を挙げればきりが無いけれど、「未《ま》だ九時前じゃない」「又栗饅頭《くりまんじゅう》だ」、「三分の一の値段」「サンドイッチの値段」、「エドワード・ケネディ」「江戸川の鰻《うなぎ》」——。

伺ってると、全部食うことの方へ聞き違えておられるようですねと言われた。鼻と耳が駄目になりかけているとしても、それは、依然味に関心がある証拠ですよ、老年の味覚についで書き残してみる気はありませんかと、其処《そこ》から此《こ》の連載の話が具体化した。

では、何を最初の話題として吾《わ》が食べ物随筆を始めるか。

米。

何者かにそう言われているような気がする。古代日本の、国つくりの基《もとい》となった穀物が米である。豊葦原《とよあしはら》の瑞穂《みずほ》の国とは、要するにみずみずしい稲の豊かに実る国土という意味だろう。西欧のサラリーは語源が塩、イタリア語の sale、英語なら salt、俸給を塩で支払ったローマ時代の風習の名残だそうだが、日本の武士はそれを米で受け取った。生活のすべてが米を基準にしていた。身分の上下も、資産の総額も年俸も、皆石高《こくだか》を以て示した幕藩体制の瓦解《がかい》から百三十年、人々の米を大切に思う気持は未だ消え去っていない。私どもの少青年期には、「主食」「代用食」「副食物」という言葉があって、「代用食」とはパンや麺《めん》類のこと、霜ふりの牛肉が並んでいようと鮪《まぐろ》のとろが出ていようと、それは「主食」の米に対する「副食物」に過ぎなかった。

戦争に負けて、アメリカの影響を強く受けて、大分様子が変ったけれど、私どもがいつか、米への此の執着を捨てる日が来るとは思えない。第一、日本の米は旨《うま》いのである。昭和四十年代の初め、新聞社の週刊誌が「親米か反米か」の特集をしたことがあった。一見どぎつい標題だが、実体は米の飯を好きか否《いな》かのアンケート調査で、健康上その他の理由による反米論者もいた。しかし、圧倒的に多かったのは、やはり親米派だったと記憶する。私も親米側の一人、朝昼はともかく、米飯抜きの夕食はいやだ。食事の真似事《まねごと》をして一日が終ったような気がする。

実際、日本のごはんは、アジア米作地帯、何処《どこ》の国の米の飯と較べても、格段に結構なものだと思う。「食は広州に在り」の著者、稀代《きたい》の食いしん坊の邱永漢《きゆうえいかん》さんが、ふっくら炊《た》き上げた日本の米の白いめし、あれはあれだけで立派な料理、他にちょっと類例の無い美味だと、昔何かに書いていた。

ヨーロッパの古い国々では、これが理解されにくいらしい。同じく昔の話だが、ウィーン在住の音楽家Tさんに、不服を聞かされたことがある。独り暮しのTさんが、日本から届いた米を炊いているのを、下宿の婆《ばあ》さんがのぞきに来て、「何故《なぜ》何も入れずに炊くのか。それをそのまま食べたのでは栄養にならない」と、しきりに言う。「日本人の好みなんです」、説明しても納得せず、ちょっと眼を離したすきに、鍋《なべ》の中へオリーブ油を入れられて、折角楽しみの貴重な米飯を台無しにされてしまったと。

アメリカへは戦後、敗者の側から、米を中心とする伝統食文化の逆流現象が見られる。豆腐、醬油《しょうゆ》と共に、鮨《すし》やおにぎりや「steamed rice」が、年々、健康食品としても、広い層の人々に好まれるようになった。今、日本米に匹敵する良質の米の生産国は、東南アジア各地よりむしろアメリカではないか。四十二年前、中部カリフォルニアの国府田《こうだ》農場を見学に行った日のことを思い出す。米の文化の興隆気運が、当時すでに窺《うかが》えた。

二世の国府田若夫人が、赤いキャデラックで畦道《あぜみち》案内してくれるのにも驚いたが、広漠たる水田の上空、小型機がしきりに飛び交っていて、そのうちの二機は、絶えず急降下急上昇を繰返すのを不審に思い、

「何ですか、あれ?」

曲技飛行の練習でもしているのかと思って尋ねたら、

「案山子《かかし》の代りなんです。播《ま》いたばかりの稲を、鴨《かも》が来てすぐほじくるから、ああやって

飛行機で追い立ててるんです」

田植えを兼ねた大量一斉種まきも、むろん小型飛行機、刈取りはハーヴェスターという機械、脱穀も工場内の機械、日本の農家の稲作とは全くちがう巨大事業であった。ずいぶん粗雑なやり方と思われるかも知れないが、創業者国府田老一世の、品種改良の努力が実って、「国府田国宝米」と称するすぐれた銘柄が出来上っていた。トレード・マークが三種の神器の此の米は、その後全米で有名になり、厖大《ぼうだい》な生産量が需要に追いつかないのか、普通のスーパーマーケットでは中々手に入らなかった時期がある。


加州米《かしゅうまい》にせよ庄内米にせよ、あったかい白いごはんがあったら、大抵の日本人は、特に海外旅行中は、それで一応満足だろう。「副食物」は海苔《のり》の佃煮《つくだに》、ふりかけ、納豆、沢庵《たくあん》、かつぶしと醬油、その程度で充分おいしく一食すませられる。

先祖代々、これだけ思い入れの深い、骨がらみの米の飯を、食ってはいけないと定めた学校が、明治初年、日本に在った。のちの北海道帝国大学、当時の札幌農学校、寮規則に「生徒は米飯を食すべからず」と記されていたということを、最近「トレードピア」のエッセイで教えられた。

日商岩井発行の「トレードピア」は、ちっとも宣伝臭の無い企業PR誌で、面白い記事が多くて、月々愛読しているのだが、偶《たまたま》と今年の新年号に、戸矢学《とやまなぶ》という筆者が、此の史実を詳しく紹介していた。もっとも、戸矢さんのエッセイのメインテーマは「カレーライス」で、札幌農学校寮規則「生徒は米飯を食すべからず」に「らいすかれいはこの限りにあらず」と但《ただ》し書《がき》がついていたという話である。

アメリカはマサチューセッツの州立農科大学からやって来た教育家ウィリアム・クラークが、日本人欧化の使命感に燃えていて、それが明治政府の脱亜入欧方針とうまく合致し、米ばかり食っているようでは駄目だと、こんな規則が作られたのであろう。その際、英国伝来のインド料理、カレーと米飯なら、まあ半ば西洋食だからと、一点だけ目こぼしにあずかったのであろう。維新後九年目の農学校生徒たち、但し書を見てさぞや胸撫《な》で下したでしょうねえ。私なら退学したくなる。こんにち日本全国津々浦々までカレーライスの瞠《どう》目《もく》すべき普及ぶりは、淵源《えんげん》が此のへんにあったのかと思う。

戸矢学氏の記事で、もう一つ興味を惹《ひ》かれたのが、スパイスについての分析である。カレーに使われる香辛料は、少くて十五種類、多ければ二十種類三十種類、辛くてくさくて到底日本人の口に合いそうもない物が、何故口に合ったか。実はカレー用の主だったスパイスに、私ども千何百年来、漢方薬としての意識せざる親しみを持っていたのだと。

その対比表を書き写すと、ターメリックが漢方の止血薬鬱金《うこん》、クローブは丁字《ちょうじ》、フェンネル茴香《ういきょう》、シナモン桂皮《けいひ》、ナツメグの肉豆蔻《にくずく》とカルダモンの小豆蔻《しょうずく》は共に健胃剤、オレンジ・ピール陳皮、クミンが馬芹《まきん》でキャラウェイが姫茴香。

「ターメリック」や「フェンネル」「ナツメグ」「カルダモン」を手元の広辞苑（初期の版）で探しても出ていないが、「うこん」「ういきょう」「にくずく」「しょうずく」で検索すれば、姫茴香以外全部出て来る。馬芹は「うまぜり」として出て来る。

これを、大好きな米とまぜて食う洋風汁かけごはん「らいすかれい」は、札幌農学校の生徒ばかりでなく、開国日本の学を志す青年たちに広く愛好されただろう。やがて陸海軍の兵食にも採用される。ただし、昭和十六年の対米開戦後、敵性国語廃止の主唱者陸軍は、此の兵食の英語みたいな呼称に困惑し、「辛味入り汁かけ飯」と改めさせたというエピソードが残っている。戦争末期には、それすら食えなくなった。肉の入ったカレーライスなぞ夢の又夢、白米の、いわゆる銀飯《ぎんめし》だけでいいから、一度腹一杯食べさせてもらったら何時《い》死んでも構わない、私ども世代の多くは、かつて其処《そこ》まで思いつめた飢餓感を味わった。

それから半世紀経《た》って、物資は豊富、空の貨物便は容易に利用出来る現在、外交官や商社員や、海外在勤の日本人に接すると、彼らが依然、日本の米と日本語の書物に対し、強い渇望《かつぼう》を抱いているのを感じる。

某国駐在の日本大使は、公邸にインド人の料理人を置いていた。ある日、昼に日本からの客が来るのだが、やっぱりみんな米を食いたいだろう、昼だからあまり時間かけずに出来る何か軽い物をとの要望で、大使夫人がそのコックにカレーを作ることを命じた。それが中々出て来ない。ヨーロッパ風のランチならいつもすぐ上手に拵《こしら》える料理人が何をしているのかと、しびれを切らせて見に行ったら、各種野菜の切り刻んだのや、色んな香料の磨《す》りつぶしたのや、台所中ちらかっていて、「本場のインドで、カレーはそう簡単に作れる料理ではありません」と言われ、自分たち平素馴染《なじ》みのカレーライスは、米の飯を手早くおいしく食う為に、日本人が百年かけて創案改良工夫をこらした一種のインスタント食品、和製洋食だと、あらためて思い知らされたそうである。

日本航空や全日空の国際線も、帰りの便では米飯を希望する乗客が格段に多くなるらしい。それならいっそ、機内食をビーフ・カレーに統一してしまえば、肉が食えて米の飯が食えて、正式のディナーめかした厄介な手間も省けるし、喜ばれるのではないかと、ヨーロッパ線の、若者たちが大勢乗る便で実行してみたら、意外なことに西洋人の乗客から「くさい」と苦情が続出し、控えざるを得なくなったと聞いている。インド航空マレーシア航空タイ航空はどう対処しているのか、とにかく全員揃《そろ》ってごはんにカレーという光景は、欧米人の眼に（鼻に？）やはり相当異様なものと映じるのであろう。

私の知るべで米飯に殆《ほとん》ど興味の無かったのは、志賀直哉《なおや》先生、

「毎日パンと西洋料理でも、僕は一向に構わないがネ。何日食わなくたって、特に米を食いたいとは思わない」

食べ物の話になると、よくそう言われた。先生が若い頃師と仰いだ内村鑑三《かんぞう》は、十七歳で札幌農学校へ入り、クラーク博士の深い感化を受けている。「米飯食すべからず」の教えは、キリストの教えと共に、鑑三に伝わり残り、もしかして鑑三の弟子の小説家にまで影響が及んだのかと不思議に思うけれど、いずれにせよ、その又弟子の四代目は、米に関する限り、農学校の伝統を尊重する気が全く無い。

ひじきの二度めし

「郵便を配達する人のことを、英語で何と呼びますか」

「メイルマン又はポストマン」

「牛乳配達は？」

「ミルクマン」

「じゃあ、醬油《しょうゆ》の配達人」

「キッコーマン」

　という、キッコーマン株式会社から表彰状の出そうなアメリカ製ジョークがあるけれど、実際、米国における醬油の普及率は今や大変なもので、何処《どこ》の州のどんな町へ行こうと、ソイ・ソースを置いてないスーパーマーケットなど、見つける方がむつかしいだろう。その初期の徴候に、私が気づいたのは、ずいぶん古く、今から二十九年前、合衆国領最西端の島アッツを訪れた時のことである。某誌依頼の戦跡取材の旅だったが、同行のカメラマン渡部《わたべ》雄吉が、「醬油無しでは一日も持たない」という人なので、アンカレッジの日本料理店にビール瓶一本分醬油を頒《わ》けてもらい、それを、こぼさぬよう後生大事に機内へ持ち込んだ。アリューシャン列島の島々づたい、まる一日がかりで飛んで、夕刻無事、朔風《さくふう》吹くアッツの飛行場へ着いた。此《こ》の孤島にホテルは無い。民宿も民家も無い。コースト・ガードの兵舎へ泊めてもらう約束になっていた。

旅装を解き、夕飯の用意の出来た食堂へ、ビール瓶抱えて入って行ったら、テーブルの上には、ケチャップやウースター・ソースと並んで、ちゃんと醬油の瓶が置いてあった。

「何故《なぜ》そんな物持って来た」

と、渡部さんは沿岸警備隊の隊員みんなに笑われた。

キッコーマンがアメリカ国内で醬油の醸造を始めるのは、それより四年後である。約二十年おくれてヤマサ醬油も、オレゴン州セーラムに工場を建設し、現地生産を始める。その頃（その少し前？）私の海軍時代の旧友Oが、銚子《ちょうし》のヤマサ本社の技術担当役員をつとめていた。会う機会があって、

「君なんか、最近アメリカへの出張が多いんだろ」

そう言ったら、O君が首を横に振った。

「醬油作りの仕事は、屢《しばしば》と非常な危険を伴うんで、僕の立場だと、こちらの工場を留守に

しての海外出張なんか、責任上あんまり出来ないんだよ」

醤油作りが危険な仕事とは、意想外の話であった。驚く私に、農学部農芸化学出身のO君が説明してくれた。

「醸造用の大きな樽《たる》、と言っても今はタンクだがね、あの大樽をあけたあと、底に薄い塩水が残っていると、酵母が異常醱酵《はっこう》して大量の炭酸ガスを発生させる。空気より重いから、そいつが底に溜《たま》る。注意してるんだが、作業員がうっかり降りて行って酸欠で死んだ例が何回もあるんだ。ああいう微生物は、人間の体内にどっさりいる微生物と同じで、有効に働いてくれれば、旨《うま》い物を醸《かも》し出したり、色々役に立つんだけど、悪く働くと人の命まで奪ってしまうんでね」


聞いて私は、突然向田邦子《むこうだくにこ》さんを思い出した。彼女が飛行機事故で亡《な》くなる三ヶ月前、生涯にたった一度、雑誌の対談をしたことがあり、その席上、もしかするとO君言うところの、「人間体内の微生物」に関係ありそうな話が出たのである。対談のテーマは「美味について」、私が「蚊の目玉」の話と「栗鼠《りす》の糞《ふん》」というコーヒーの話を持ち出し、「知ってますか」と言ったら、向田さんが、「じゃあ、これ御存じ?」と、「ひじきの二度めし」を持ち出した。

お互いどれも、食べたこと無く飲んだこと無く、耳学問乃至《ないし》書物による知識だったが、三つのうち、「蚊の目玉」は割によく人々の話題にされている。蝙蝠《こうもり》の糞を集めて漉《こ》して、蝙蝠が食った蚊の、未消化のまま排泄《はいせつ》される目玉を、何万疋《びき》分も、洗浄乾燥した物が中華料理の材料として珍重されるのだそうで、向田さんも知っていた。此処《ここ》では、向田邦子の知らなかった「栗鼠の糞」と私の知らなかった「ひじきの二度めし」に関してだけ、少し詳しい雑学風再講釈をして置こう。

昭和二十六年刊「港の関守」と題する本に、「栗鼠の糞」の話が出て来る。出版元大蔵財務協会、著者の古田忠徳《ただのり》氏は私の知人の父親で、大正末年門司《もじ》や神戸の税関長をつとめた大蔵官僚、此の人が、退官後の昭和五年、小型貨物船を船員ごとチャーターして、インドネシア探査の旅に出る。当時のインドネシアは、ニューギニアの西半分を含めて大島小島すべてオランダ領であった。蘭印《らんいん》総督の許可と援助を得て、ジャワを振り出しに、バリ島、ロンボック島、セレベス島（こんにちのスラウェシ）、モルッカ諸島（別名香料群島）のハルマヘラ、ニューギニア北岸のマノクワリ、ビアク島あたりまで、長い長い船旅で、その途中色んな珍しい体験をする。

ある晩、蘭領ニューギニアのある港に碇泊《ていはく》中、土地の官吏を船へ招いて賑《にぎや》かな夕食会になった。食後、貨物船の事務長が、取って置きの非常に旨いコーヒーをみんなに振舞ってくれた。船長、事務長、機関長、招かれた地方官、四人ともオランダ人、日本人の同行者は古田氏の友人の若い農学士が一人だけ、英語で話し合うわけだが、一体此の旨いコーヒーは何だと聞くと、セレベスの高地に栽培されているアラビカ種というコーヒー豆、ただし、それの一度、栗鼠の体内を通った特別な種類であると説明される。

地味、気候、コーヒーの栽培に最適のセレベス島高原地帯は、栗鼠のたくさん棲《す》んでいる地域でもあって、コーヒーの花のしぼみかけを、此の動物が大変に好む。花の萎《しお》れる頃、コーヒーの実はすでに小さく結実しているのだが、花だけ取り離すことが栗鼠には出来ず、両方一緒に呑《の》みこんでしまう。花は栗鼠の腹中で消化されるけれど、粒の方は消化されないでそのまま糞となって出て来るから、花が終ってコーヒーの実る季節、此の地方を歩くと、細い数珠《じゅず》のような栗鼠の糞が一面に転がっている。土地の人がそれを拾い集めて、洗って乾かしたものが品質蘭領東印度《インド》で最高のコーヒーとされており、今夜出したのもそれ、総督が毎年オランダ女王に献上するのも同じ品種の「栗鼠の糞」、体内を通過する間に何かが変質して、こういう良い味になるのであろう、と。

「こちらの話は、もう少しお品が下るんですよ」

向田さんが言った。つまり、糞は糞でも人間の大便がからむ、食事中いいですか、婉《えん》曲《きょく》にそう断って置いて、ひじきの話を始めた。

「ひじきがやはり、食べても殆《ほとん》ど消化されずに、ちょっとふくらんだかたちで体外へ出て来ます。それを集めて、洗ってもう一度煮たのが『ひじきの二度めし』、本当かどうか知りませんけど、最高においしいんですって。昔、海べで暮している貧しい人たちにとって、ひじきは大事な食べ物だったんでしょ。ただで手に入るし、おなかは充分くちくなるし、而《しか》も二度使えて、二度目の方が味が良いっていうんですから」

美味に関心の深い作家と、比較的無関心な作家とは、文章を見れば分る。一種微妙な照りのようなもの、それがあるかないかで大体の察しがつく。谷崎潤一郎の筆づかいなぞ、直接食のことが書いてなくても、舌なめずりなさらんばかりに美味に執している感じがあり、里見弴《とん》もそちらに近い。武者小路実篤《むしゃのこうじさねあつ》や広津和郎《かずお》の小説にはそれが無い。谷崎さんと武者小路さん、里見さんと広津さんを較べて、どちらが立派な文学者かと問えば、多分、読書子の判断の大きく分れるところで、だからこれを以《もっ》て優劣の基準とするわけには行かないけれど、とにかく向田邦子は食べること大好き、おいしい物を共に楽しめる人、作品を読んでそう思っていた。初めての対談中、ちょっとした言葉のはしばしにそれを再確認する思いがし、別れたあとも妙になつかしかった。

向うが私をどう評価したかは分らない。何よあの人と思わなかったかどうか、保証のかぎりでないのだが、三ヶ月後の八月二十一日、私はハワイにいて彼女の事故死を知り、ひどく虚《むな》しい気分になった。

「風々録《ぷうぷうろく》」と題して、頼まれ物の随筆を、その日書きかけていた。行住坐臥《ざが》ぶつぶつぶつぶうぶう文句だらけの自分は、「長ナヘニ《トコシ》戚戚《セキセキ》」と論語に言う「小人」の仲間だろう。しかし、小人物の不平不満の数々も、すべてが無意味な愚痴ではあるまいと、それを書くつもりであった。うまく進まず、夕食後一と眠りしているところを、日本の、娘の電話で起された。

「今、テレビでやってるんだけど、台湾で旅客機が墜落して、乗ってた向田邦子さんがお亡くなりになったらしい」

時計を見ると午後十時、日本時間八月二十二日土曜日の午後五時、

「確報か、それ」

急《せ》きこんで言ったが、色んな情況からして、事実と認めざるを得ないようであった。窓の外、ホノルルの夜景の、普段と何の変りも無いのがへんな感じで、随筆のつづきを書く気がしなくなった。内容を向田さんの思い出に切り替え、題の「風々録」だけそのまま残して、翌々日東京へ送った。

あれから十七年経《た》つ。文春文庫「向田邦子全対談」の目次に名を列《つら》ねる多くの人が、中川一政《かずまさ》画伯始め、山口瞳《ひとみ》、小野田勇、江國滋《えくにしげる》、吉行淳之介《よしゆきじゅんのすけ》、皆もう此の世にいない。

「君のあの対談、読んだよ。面白かった。僕は向田邦子のファンなんでね」と、聞きようによっては失敬な讃《ほ》め方をしてくれた中村真一郎さんも亡くなったし、醬油の瓶抱えて一緒にアッツへ飛んだ渡部雄吉も死んでしまった。残った私は、味についても相変らずぶつぶつ不平ばかり言って暮している。いつまで続くか分らないけれど、今回の連載、通しのタイトル「食味風々録」としたのは、そういう感慨があって、十七年前の随筆の題づけを踏襲したのである。

旧友Oの話で向田さんを思い出したことを思い出して、今これを書いている。「蚊の目玉」と「栗鼠の糞」と「ひじきの二度めし」と、三つに共通しているのは、哺乳《ほにゅう》動物の腸内を未消化のまま通過した物質は、食品として絶品になるらしいという一点で、おそらく本当なのだろう。残念ながら今尚《なお》、一つも試みたことが無く、どんな微生物がどんな働きをしてその美味を醸し出すのか、探究してみたことも無い。「ひじきの二度めし」は、その気になれば家で試作試食可能だが、勇気が無い。向田さん、もし健在なりせば、ひじきはともかく、「私、『栗鼠の糞』飲んでみたい。おいしかったら沢山買って来る」と、好奇心満々スラウェシ行の飛行機に乗るぐらいのことは、十七年の間に一度したかも知れないと、空《むな》しい想像をするのだが、果してどうだったろう。

牛の尾のシチュー

世の中が万事未《ま》だ不自由だった敗戦後四年目に結婚したので、家内は嫁入道具らしい嫁入道具、殆《ほとん》ど何も持って来なかった。私の方も、手狭な新居へ大きな調度類が運び込まれることなぞ望まなかったし、もともと輿入《こしい》れ荷物の内容にあんまり関心が無かったのだけれど、「おや、これは」と思った品が一つだけある。村井弦齋《げんさい》著「食道楽」春夏秋冬の巻全四冊、書名は知っていたが、実物を見るのは初めてであった。爾来此《じらいこ》の本は、わが家の書棚の隅へ腰を落ちつけてしまい、度々の引越しにも処分されるのを免れて、五十年近く経《た》った今尚《なお》、表紙が破れかけのまま居据っている。

表向きは文学作品、小説「食道楽」で、健啖家《けんたんか》の文学士大原満君と、その友人の妹、料理上手な中川お登和嬢を主人公女主人公に仕立てた長い物語だが、あちこち拾い読みする度、

「此のへんのところ、お前よく勉強しといてくれよ」

女房に言ったのは、これを私が実用書と見做《みな》していたからで、「小説」と銘打った著者弦斎も、内心、厨房《ちゅうぼう》の役に立ててもらいたい気が充分あっただろう。

何しろ、当時としては実に贅沢《ぜいたく》な、手の込んだ、和洋支の料理が列記してあって、お登和嬢がその作り方を、次々詳しく説明するのである。「当時」とは、「食道楽」が出版された明治三十六、七年当時の意味でもあり、私たちが世帯を持った昭和二十年代の意味でもあるが、いずれにせよ今と時世がちがい、読めば一々珍しく、こんな旨《うま》そうな物一度食ってみたいと、驚きもし憧《あこが》れもした。ただし、青山の焼け跡へ住む若夫婦には贅沢過ぎて、本来なら実際の用をなさぬ高嶺《たかね》の料理読本だったはずなのに、それが役立ったのは、やはり当時の、ある意味で貧弱な食事情による。

清潔好きで淡泊な国民性が原因か、獣肉を忌《い》み嫌った古い慣習の名残か、日本では、戦争に負けて食糧難の状態がつづいていても、牛の舌や牛の尻《し》っぽ、犢《こうし》の脳味噌《みそ》のような物は、人があまり食おうとしなかった。と言うより、食うことを知らなかった。したがって、これが大変安く手に入る。明治の昔も同じだったらしく、お登和嬢が、「次は直段《ねだん》の廉《やす》くつて味の美味《おいし》い牛の尾のシチューに致しませう、牛の尾は一本十二銭位ですから十人前に二本使ふとして二十四銭です」と言っている。

青山に吉橋《よしはし》という肉屋があった。朝からビーフステーキを食う岡本かの子が、かつて贔屓《ひいき》にしていた店で、御用聞きの鈴木の小父《おじ》さんに、「牛の尻っぽ、それも皮つきの奴《やつ》」と頼んでおくと、二、三日中に配達してくれる。牛の尾の外皮は、毛抜きに手間が掛るし、そのまま売れば自転車のサドルが一枚分取れるので、肉屋の職人が扱うのをいやがるそうだが、それでも安かった。かくてわが家の女房は、先《ま》ず自分の嫁入道具をたよりにオックステール・シチューの作り方を覚えた。

「食道楽」には又、妙齢美貌《びぼう》のお嬢さんがこんな御発言をと驚く、次のような記述もある。

「ハイ脳味噌はお豆腐の様に柔くつて味も良う御座いますが、まだ御婦人なんぞは気味が悪いと云つて召上らない方が多い様です、西洋人の養生家は一週間に一度必ず食べると極《き》めて居るそうです、犢の頭を一つ買ひますと切り別《わ》けて脳味噌と舌と顔の厚皮の美味しい肉が取れますから大層徳用です」

犢の頭まるごとはさすがに遠慮したけれど、脳味噌そのものなら、註文すれば、例の鈴木の小父さんが持って来てくれる。これ亦《また》、安くて旨いに決っていた。上質の豆腐か河豚《ふぐ》の白子と似た味の、脳味噌の角切りフライを期待していたのだが、狭い台所で悪戦苦闘中の、女房の解剖現場を目撃したら、むうッとなった。残念ながら此の時は、賽《さい》の目《め》型に出来上ったおいしそうなフライを大部分、隣りの友人宅へ届けて食べてもらったけれど、そんな具合で、村井弦齋の著作が貧窮時代の私の食生活を豊かにしてくれた例は、二つや三つですまない。東坡肉《トンポウロウ》の正式な作り方も「食道楽」で教わった。トマトのジャムがあることも教えられた。

「赤茄子《なす》は沢山あつても決して始末に困りません、トマトソースを取つて置いてもトマトのジャムを拵《こしら》へて置いても、年中何《ど》んなに調法するか知れません」

「赤茄子のジャムは売物にありませんからお家で沢山拵へてお置きなさいまし」

お登和嬢が言っている通り、トマトジャムの市販品は見たことが無いけれど、後年辻《つじ》静雄さんのところの朝食会で出されたのを食べて、当然入念な自家製で、実に旨いものだと感心した。村井弦斎一家、辻静雄一族以外に、トマトジャムの良さを知っていた人が一人あって、海軍の井上成美《いのうえしげよし》提督、戦後、「トマトならいくら貰《もら》っても困らない。うちでジャムを作るんだ」と、お登和嬢そっくりのことを言ったのを、聞いた人がびっくりして伝え残している。多分、イタリア在勤中学んだ日常生活の智恵《ちえ》であったろう。

それにしても、鹿鳴館《ろくめいかん》開館から僅々《きんきん》二十年後の東京で、いくら欧風模倣の時代とは言え、こんなハイカラな物を、一部の人士がほんとうに食べていたのか。「小説だから」では片づくまい。三河国《みかわのくに》吉田藩の貧乏士族の伜《せがれ》だったという弦斎は、一体何処《どこ》でどうやって、洋式家庭料理の凝《こ》った調理術を修得したのか。此の疑問は、長年にわたり私の抱いていた疑問だが、弦斎の長女村井米子さんの文章を読むに及んでほぼ氷解した。米子さんの母親、村井弦斎夫人多嘉子が、すなわちお登和嬢のモデルで、此の人は、明治の元勲大隈重信《おおくましげのぶ》、後藤象二郎《しょうじろう》の親戚《しんせき》すじにあたり、大隈家や後藤家では平素こういう物を実際に食してい たらしい。したがって村井夫人は、その作り方もよく知っていた。「報知」紙上に「食道楽」の連載が始まって間も無く、二、三回分読んだ大隈重信から、「あれではいけない、わしのコックを貸してやる、もっといい料理を書け」と、村井家へコックが派遣されて来て一ヶ月ぐらい住みこんでいたと、「父弦斎の思い出」に米子さんが書いている。そう言えば、「春の巻」の口絵は色刷りの「大隈伯爵《はくしゃく》邸臺所《だいどころ》の景」であり、「冬の巻」のそれは、同じく「大隈伯邸花壇室内食卓真景」である。花壇室内のテーブルを囲んでいる男子客は全員黒ネクタイのフロックコート姿、給仕人《きゅうじにん》はホワイト・タイ、婦人客もそれぞれ洋風の正装、こういう席では、牛の尾の煮込みなぞよりもう少し格式張った料理が出たかも知れない。索引をあたってみたら、「食道楽」が取上げている料理の数は、デザートまで含めておよそ七百九十種類あった。

索引の次の頁《ページ》の奥付は、わが家の「春の巻」の場合「明治三十八年二月一日卅四版発行、正価金八拾銭」となっていて、相当なベストセラーだったことが分る。日露戦争の最中、犢の頭を一つまるごと食ってしまうような料理小説兼「家庭実用の書」が、四十万部五十万部と売れて（村井米子さん証言）、各界の日本人に愛好されたのはちょっと不思議な事実だが、もう一つ、家内の里の誰がいつ、どんな目的でこれを買い求め、長年大事に所蔵していたのか、それも私には不審でならなかった。何故《なぜ》なら、女房の実家で「食道楽」が話題になった記憶、弦斎流の手料理を馳走《ちそう》になった記憶が皆無だからである。

家内の父親、家内を育ててくれた京都生れの継母、共に歿《ぼっ》して久しく、聞き訊《ただ》すすべはもはや無いけれど、明治三十八年、二人は未だ十七歳の少年と十一歳の少女で、此の本に興味を示すには幼な過ぎる。後年古本屋で購入したものだろうかと、あれやこれや空想しているうち、最近ふっと一つ、新解釈を思いついた。

家内が満二つになる前、三十三歳で亡《な》くなったお玉さんという実母がいる。お玉さんは奈良の学校の出で、食卓日誌のような物を書き残していて、料理が好きだったらしい。それで、そちらの里の両親が、娘を嫁がせる折、かねて愛蔵の此の本を持たせたのではないか。つまり、「食道楽」は本来、お玉さんの嫁入道具だったのではなかろうか。編集部が見つけてくれた「廉価《れんか》合本」版の広告に、

「嫁入道具の中には必ず此書無かるべからず、故《ゆゑ》に婚禮《こんれい》の祝物として最適に御座候」

と唱《うた》い文句が記してあって、これは私の推論を裏打ちしてくれるような気がする。とすれば、わが書架の「食道楽」は、嫁入道具の役を二度つとめたのである。里の家で此の本

をちっとも話題にしなかったのは、仏壇の中の先妻の持物だから遠慮したのだろう。それを家内の父親が、娘の輿入れ荷物の中へ黙って入れて置いたと考えると、辻褄《つじつま》がよく合う。むろん、あたっているかどうかは、私にも家内にも分らない。

事のついででプライベイトな些事《さじ》を書き添えると、村井弦齋は昭和二年七月満六十三歳で亡くなった。同じ年の十一月、うちの女房が此の世へ生れ出た。その赤ん坊がいつか、弦齋歿年よりずっと齢上《としうえ》の老女になってしまい、牛の尾のシチューとか東坡肉とか、「食道楽」風の手の込んだ料理なぞ、今では、めったにもう拵えてくれない。

ビール雑話

酒を禁じられていたのが解けて、ひと風呂《ふろ》浴びたあと飲むジョッキ一杯のビール、これは筆舌に尽しがたいほど旨《うま》い。最近も、大腸ポリープ摘出後何日目かに、その経験をしたけれど、少年時代を除く自分の全生涯で一番長かった禁酒期間は、やはり、海軍へ入って基礎教育中の六ヶ月であった。

学徒出身予備士官急速養成の教育部隊だから、暑熱の南台湾が訓練地なのに、冷やしビールなぞ以《もっ》ての外《ほか》、飲むこと一切禁止されていた。日曜祭日はラムネかサイダーで我慢して、屠蘇《とそ》無し酒無しの正月を迎え、基礎教育修了の式日になっても未《ま》だアルコール抜き、紅白の大きな饅頭《まんじゅう》と弁当が出ただけ、専門課程履修のため横須賀の通信学校へ帰って来て、初の東京外出が許可になり、やっと、六ヶ月半ぶりのつめたいビールを味った。「咽《のど》が鳴る」とはほんとのことだと思った。その銘柄が何であったかは、全く記憶に無い。多分、興味も関心も無かっただろう。ただ旨かった。

私より一年二ヶ月おくれて海軍へ入った大浜嚴比古《いづひこ》という友人がいる。後年の天理大学国文学教授、「万葉幻視考」と題するユニークな著作を遺して五十代で早世するのだが、当時は戦況不利な中、一年前の私と同じ予備士官候補生、猛訓練中の武山《たけやま》海兵団から淋《さみ》しげな便りをよこした。

「荒磯《あらいそ》をいたぶる波のあはれあはれ
　ビールの泡《あわ》の恋《こ》ほしきろかも」

検閲済の絵葉書にそうしたためてあった。すでに少尉《しょうい》に任官していた私は、さぞや飲みたいんだろうなあと、此《こ》の戯《ざ》れ歌一首、いたく同情しながら読んだ。

今しかし、五十四年前の友の歌を思い出すと、気になることが一つあって、大浜嚴比古存命なら訊《たず》ねてみたい。

「あれは、磯に砕ける白波を見てビールが恋しくなったというだけの意味か。それとも泡の部分が特別『恋ほしきろ』なのか。蓮根《れんこん》は穴のところが旨いとは内田百閒《ひゃっけん》先生の御高説だが、僕はビールの泡を一番旨いと思ってるんでね」

近頃あまり見かけなくなったけれど、二た昔前、三昔前、料亭の仲居がビールを出す時、先《ま》ず栓抜きで王冠をコンコンと叩《たた》く。それから「お一つ」と、コップを傾けさせて、泡の立たないようにそろりそろり注いでくれる。何の遠慮かまじないか、甚だ気に入らなかった。大体、そういう店で「おビール」と言うのが気に入らない。外来語に「お」をつけるな。泡の盛り上ってないビールを飲ませるな——。今も、昔流のあのサービスをされそうになると、手で払いのける。

「自分でやりますから、注がないで」

いやな客と思われているだろう。

意見が一致したのは妹尾河童《せのおかっぱ》さん、「そうです、旨いのは泡ですよ」と、泡をたっぷり立てる上手な方法を教えてもらった。大きめのグラスへ、やや高いところからゆっくりビールをそそぎ込む。ぶくぶく大きな泡が立ち上る。蟹泡《かにあわ》という。蟹のあぶくが消えるまで辛抱強く待って、さらに少量ずつ注ぎ足して行くと、泡の肌理《きめ》は段々こまかくまろやかになり、クリーム状にとろりと盛り上って、あふれんばかり盛り上って来ても、もう、グラスの外へこぼれ落ちたりはしない。其処《そこ》で始めて、ぐっと呷《あお》る。実に結構で、「なるほど」と感心した。ただし私は、不器用なのかせっかちなのか、教わった通り家でやってみるのだが、中々河童さんのやるようにはうまく行かない。蟹泡が消えかけると同時に、泡全体が消えそうになって、慌《あわ》ててがぶ飲みしてしまうことがよくある。

泡と並んでおいしさを左右するのは冷え。穀物の話に聞えそうな変な言い方だが、「泡」

たっぷりの「冷え」抜きビールと、「冷え」充分の「泡」無しビールと、どちらか選べと言われたら、みなさんどうなさる。私は前者を上海南京路《シャンハイナンキン》の某菜館で飲まされ、後者を北海道某市の、地ビール披露の席で飲まされて、共に閉口した。

もっとも、ビール造りの歴史を溯《さかのぼ》ると、紀元前四千年のメソポタミアへ行き着くらしく、バビロン第一王朝の王の布告にビールを意味する文字が出て来るそうで、その頃、「冷え」はもとより「泡」のこまかさも、ちゃんと望めたはずが無く、ぐずぐず言うのは現代人の、それも二十世紀後半期に入ってからの贅沢《ぜいたく》かも知れない。

ビールの冷え加減に格別やかましかった贅沢な作家は、永井龍男《たつお》さんであろう。一度、私ども仲間の麻雀《マージャン》に入ってもいいと言われ、一卓囲んだことがあるが、牌《パイ》を並べる旧式な台の、白い木綿の敷布《しきぬの》にちょっと皺《しわ》が寄っていた。それを気にして、女将《おかみ》がアイロンのよくあたったのと取替えるまで、絶対ゲームを始めようとされなかった。夕食のビールにも、白布の皺に対するのと同じ神経質で、冷えていなくてはいけないが、冷え過ぎていては余計いけないらしかった。

御家庭でのことだが、風呂へ入った永井さんが、湯殿の扉をがらりとあけて出て来る、その時ちょうど枝豆が茹《ゆ》で上ったところで、冷蔵庫の中のビールは永井さん好みの温度に冷えていてと、微妙な呼吸、間合いの取り方が、御家族にとっては大変むつかしかったようである。

作品で察するに、百閒先生も神経質なやかましい人だったが、やかましさのたちが少しちがう。百閒流の、「蓮根の穴」に近い理屈がついた。

「私はお酒が好きで、麦酒《ビール》はそれ以上に好きだから、だから決して真っ昼間から麦酒やお酒を飲む様な事はしない。人が飲んでいるのを見るのも嫌いである」

必ず、日が暮れかかるのをお待ちになる。

「それはお行儀であり又晩のお酒の味をそこねない為の自制である」

麦酒より好きな阿房列車の一等車に乗って、自制がきかなくなり、「お行儀」が崩れる時は、「旅中の例外」、「旅の恥は掻《か》き捨て」ということにしてあった。

斎藤茂吉先生は——と、話が段々文献学風になって来るけれど、調べ上げての研究報告をするつもりは無い。敬読した文人たちの、ビールにまつわる片言雑詠を、気づくまま、思い出すままに書いている。

歌集「寒雲」は、青年期以来我が愛蔵の書で、確か何かあったはずだと繰ってみたら、

「茂吉われやうやく老いて麦酒《ビール》さへ
このごろ飲まずあはれと思へ」

というのが見つかった。

今の北杜夫《もりお》より十二も若い五十八歳の茂吉先生が、早過ぎるでしょう、何たることをと驚くのはさて措《お》いて、そう仰有《おっしゃ》るからには、かつては相当飲んだはずだ、四十代の初め、ビールの本場ミュンヘンに居《お》られたのだしと、今度はドイツ留学記念の歌集「遠遊」「遍歴」が気になり、あたってみた。ところが、あんまり出ていない。つまり、ビールの国でビールの歌をそんなに詠《よ》んでいない。

「東京のわが穉子《をさなご》の生れたる
けふを麦酒《ビール》少し飲みて祝《ことほ》ぐ」

マンボウの兄上、茂太さんの誕生日を祝った此の歌始め、何首か眼についたけれど、いずれも秀歌とは申し上げかねる。事実、佐藤佐太郎さんの「茂吉秀歌」に、一つも入っていないようだ。念の為、北マンボウに電話をかけて、何かありますかと訊ねたら、答は否定的であった。

「おやじの歌でビールを詠んだ秀作？　それは思いつかんですなあ」

バビロニア王朝まで溯る何千年の歴史があるにしても、日本で醸造が始まったのはせいぜい百二十年前の明治初期、ビールは未だ、此の国の伝統芸術の中へ融《と》けこみかねているのかも知れぬという気がした。他の歌人俳人については知らない。

さはさりながら、メソポタミア原産の此の外来発泡酒が、今や私どもにとって、ごく身近な日常の飲みものであることは、疑いようが無く、前述の通り、風呂上りとか、泡の立ち方、冷え、条件が幾つか整うと、こよなく旨い。その際、これも前述の通り、銘柄なぞ何だっていい。

ビール会社の中堅社員が、ある時、その人の立場として言いにくい話を聞かせてくれた。

「私たちでも、ブラインドで飲まされたら、アサヒだかサッポロだか、当てられやしないんです。日本で普通ビールと呼んでいるものの品質は、各社殆《ほとん》ど変りがありません。気をつけるべき点は、銘柄や工場名ではなくて、どのくらい新鮮か、出荷した日附《ひづけ》の方ですよ」

大いに我が意を得た。

大手の各ビール醸造会社、どうしてその上に、色んな新しい名前をつけたがるのだろう。キリンのやり方が最もひどい。

「一番搾《しぼ》り」「ビール工場」「ビール職人」——、「ビール職人」のアルミ缶には、「本場ドイツにビールを学び、『ブラウマイスター』の称号を得たキリンのビール職人こだわりの逸品です」

と記してある。「こだわり」という言葉をそんな風に使うなと、其処からして気に入らないが、我慢して飲んでみれば、他のキリンと同じ味だ。それはお客さん、微妙なちがいの分らぬあなたが悪い、「ビール職人」は真実逸品、うちの他の銘柄は、ブラウマイスターの称号を持たぬ三流職人が造ってるんだからねと、そう言うつもりか。「一番搾り」以外は全部二番搾りか。

最近売り出したのでは「麒麟《キリン》淡麗」というのがある。宣伝文句に曰《いわ》く、「おいしさでは負けられない。国産大麦使用。淡麗な、うまさとのどごし」だとさ。これ亦《また》、「じゃあ貴社の別のブランドは、みんな安物の輸入大麦使用、濃にして醜なのどごしですか」といやがらせを言ってみたくなる。

聖人出世の治まる御世《みよ》に、その表徴として現れると聞く架空動物麒麟の、あの重厚なラベルが子供の頃から好きで、千代に八千代に変らぬ感じで、広島市郊外のキリンビール工場が、下り列車の故郷の駅へ近づくなつかしい目じるしだった私は、何だか馬鹿《ばか》にされているような気がして仕方が無い。

「浜きりん　横浜工場限定醸造」に至っては、全国の消費者を馬鹿にしていないか。アムステルダム工場限定醸造のハイネケンや一番搾りの純生ローベンブロイ、そんなものがあるか。

亡友大浜が「ビールの泡の恋ほしきろかも」と嘆いた昭和十九年は、聯合《れんごう》艦隊のかつての偉容もはや見る影もなく、帝国海軍全滅寸前の時期だったけれど、滅んだあとも日本の海軍に敬意を表し、東郷平八郎提督と山本五十六《いそろく》提督の名前を自社の製品名にして長く変えなかった、フィンランドのアミラーリ・ビア会社のような会社も、よそにはある。正確に言うと、あった。残念ながら七年ほど前、姿を消してしまった。「そうでしょ。だから競争に打ち克《か》つ為には、次々新製品を考えつかねばならんのですよ」と言われれば、ほこ先が鈍るが、昔ながらのキリン・ラガービール一本では、やっぱりいけませんか。

ビールの好きだった永井龍男、内田百閒、斎藤茂吉の三先達が、キリンかアサヒかサッポロか、銘柄を気にして一つに決めて、それればかり味っていた形跡は見あたらない。おいしいと言えば、日本のビール、幸いなことに全部おいしいのだから、他社も変にキリンの真似《まね》をして、「こだわり限定醸造」サントリーの「麦の贅沢」とか、「富士山の天然水一〇〇%使用」アサヒの「スーパープレミアム」とか、色々名前を飾り立てない方がいい。論理学の初歩からして、そんなら他のサントリービールは「麦の貧弱」、他のアサヒビールは「天然水使用量僅少《きんしょう》」というおかしなことになるではありませんか。

チーズの思い出

動物に喩《たと》えれば私は雑食性の強い方なのか、日本の米の白いごはんや豆腐も好きだが乳製品も好き、年とった今尚《なお》、朝夕二、三種類のチーズを欠かさず食っている。それで、チーズのことを書いてみようと思って、一体幾つぐらいの時その味を覚えたか、それがどんなチーズだったか、考えてみるのだが、記憶は定かでない。

小さい頃、母親によく言われた。

「あんた、子供のくせして、えらいけったいなもんが好きやなあ」

今生きていれば百十九歳の母は、維新後没落した大阪町人の娘で、「食べものかて何かて、太閤《たいこう》さんの大阪が日本一」と堅く信じており、他所《よそ》土地の、まして異国の変った風味なぞ、あんまり受けつける気が無かった。にも拘《かかわ》らず、広島の我が家の、日曜日の昼食はいつも紅茶とトーストの洋式であった。当然バター、ジャムが出たし、トマトや赤い二十日大根、それからカルパスという、銀紙にくるんだロシア製のサラミが出た。これは、若き日志を立てて法律とロシア語を学び、日露戦争前のシベリアへ渡って、ウラジヴォストクやハルビンで仕事をしていた父親の、あちら風食生活の名残だったろう。その献立の中に、「けったいなもん」の一つ、チーズが時々入っていたような気がするのだが、「確かか」と言われれば、確かでない。

　突き止められるかどうか、搦《から》め手《て》からさぐってみることを思い立ち、何をしたかというと、要するに、雪印乳業と明治屋へ問合せの電話をかけたのである。大正の末か昭和の初年、子供の私が初めて食べたチーズは何だったでしょうとは聞けないけれど、参考になりそうな資料があったらと頼んだ結果、チーズ好きには大変興味ある事実が、幾つか分った。

　五十を過ぎた父親が晩年の隠棲地《いんせいち》と定めた広島で、母親四十二歳の年寄り子として生れた私は、「昭和の御代《みよ》の花の春」の二年目に小学校へ上り、昭和八年、中学へ進むのだが、その前後数年は、日本のチーズ史に残る、大切な数年だったらしい。逸事の一つ一つは省略するとして、雪印乳業の前身北海道製酪販売組合が、苫小牧《とまこまい》近郊にチーズの専門工場を建設し、プロセスチーズの本格的生産を始めたのが、私の中学進学と同じ年である。

　広島の本通りに、明治二十五年創業の、長崎屋という食料品店があった。缶入りのクェーカー・オーツ、リプトンの紅茶、ヴァン・ホーテンのココア、鎌倉ハム、ウィスキーやマーマレード、そんな物を鬻《ひさ》いでいた。此《こ》の店の新しく仕入れた北海道製酪組合の製品が、私にとって生涯最初のチーズだったのかも知れない。しかし、おぼろな記憶の糸を切れ切れに手繰ってみると、どうも、もう少し早く、中学生になる前からチーズを知っていたような感じがしてならない。とすれば、それは輸入品だった可能性が高いだろう。

明治屋の発行する趣味の小冊子「嗜好《しこう》」編集部へ電話して訊《たず》ねたのは、

「昔、空輪便なぞ無かった時代、あなたのところは、世界の国々のチーズ、何種類ぐらい、どんな物を取り寄せて売ってたんですかネ。『嗜好』のバックナンバーあたりでそれが分りますか」

ということであった。

御親切にも翌日、古いリストが郵送されて来た。昔も昔、明治四十一年四月、「嗜好」第一巻第一号の巻末目録、明治屋販売食品類一覧表のコピーで、「ばた」「きゃんどみーと」と並ぶ「ちーす」欄に、米仏蘭《ふつらん》三ヶ国のチーズが七種記されていた。「ばた」の方は、「小岩井農場製」「帝室御料牧場製」等、国産を四つ扱っているのに、果して「ちーす」は全部舶載品、日本製は一つも無い。「チース・グルーエー　仏国製　一斤《キン》金八十五銭」と、「チース・エダム　和蘭《オランダ》製　二斤半入金二円五十銭」が眼にとまった。「グルーエー」はすなわちグリュエール、極めて硬質のチーズだ。エダムも同じ。ははあ、「私の最初のチーズ」は此《こ》のへんの品種かナと思った。何故《なぜ》なら、チーズは齧《かじ》るものと心得ていた子供時代のかすかな記憶を、明治屋のリストが甦《よみが》えらせてくれたからである。

当時広島に明治屋支店は無かったけれど、私のうちは大連とゆかりが深く、人の往き来《ゆき》が多かった。神戸や横浜、長崎とちがう自由港大連には、海路香港《ホンコン》、上海《シャンハイ》、天津《テンシン》経由、陸路シベリア鉄道経由、ロシア、ウクライナ、アルメニアを始め、中近東諸国、欧洲諸国の物産が無税で豊富に入って来て、内地の半額近い値段で売られていた。ある時、誰かの大連土産の一つが、私の初めて見るチーズだったと想像しても、そう不自然ではないだろう。

もっとも、「嗜好」創刊号が販売食品一覧表を載せた明治四十一年から、私が生れて物心ついて小学校へ上るまでに、十九年の歳月が経過する。明治屋の扱う外国製「ちーす」も、段々品数が増えていたはずだし、長崎屋は長崎屋で、東京明治屋本店との取引を増やしていたにちがいない。最初のチーズを、フランスの（本来スイスの）グリュエールかオランダのエダムと断定するわけには行くまい。ただ、一つはっきりしているのは、それが大連物にせよ明治屋物にせよ、保存のきかぬやわらかな生《なま》のタイプではなかったこと、青黴《かび》白黴のチーズなぞ、存在自体を未《ま》だ知らなかった。

そのあと始まった戦争が、やがて形勢不利になり、負けいくさで終り、私の家は一夜乞食《いちやこじき》になって、バターやチーズを口にしにくい時代が当分つづく。長崎屋も壊滅焼尽し、東京京橋の明治屋はO・S・S——オーバーシーズ・サプライ・ストアという、進駐軍関係者専用日本人立入禁止の食料品店に変った。

　私が生れて初めてパリを訪れるのは、日本が其処《そこ》から漸《ようや》く立ち直り、被占領国の地位を脱して五年目の昭和三十一年秋、アメリカ遊学の帰りであった。その頃にはもう、ロックフォールやゴーゴンゾラを知っていたし、硬質のチーズや雪印のプロセスチーズなら、大困窮時をはさんで幼少年期以来、ともかく二十年の馴染《なじ》みだし、チーズに関する一応の常識を持ち合せているつもりだった私は、パリ繁華街の町角の、チーズ屋の店内をのぞいてびっくら仰天した。

　棚という棚、天井まで所狭しと積み上げられた各種各様の、何百種類あるとも分らぬチーズ、大部分が見たことも聞いたことも無い品で、名前すらちゃんと読めなかった。臭気に惹《ひ》かれて舞いこんで来る蝿《はえ》の群を退治する為、蝿取紙が何本もぶら下げてあって、扇風機が廻っている。その臭《にお》いは、ナポレオンが「ジョセフィーヌ、今夜はもうたくさんだ」と顔をしかめた故事を思い出させる、淫靡《いんび》にして強烈な異臭であった。どれか一つ買って食ってみようという気になれず、本家で愛好するチーズとはこんなすさまじい物かと、鼻つまんばかりにして、外へ出てしまった。

　偶《たまたま》田村泰次郎さん夫妻がパリに来ていて、私どもは一夜、同じくパリ滞在中の梅原龍三郎《りゅうざぶろう》画伯夫妻から夕食の御招待を受けるのだが、その席上、チーズのフランス風食べ方について又々びっくりさせられる。

シテの島の中にある古いレストランであった。梅原さん御贔屓《ごひいき》の店らしいのに、どういうものか、その晩の出来はよくなかった。田村さんたちもそう感じているようで、礼節上みんな料理の味に触れるのを避け、話をそらして一と通り食べ終る頃、画伯が「どうもいかんな」、はっきり言い出し、給仕人《きゅうじにん》にチーズを註文なさった。

「不味《まず》い日本食を食わされたあと、旨《うま》い香々で茶漬けを一杯やると胸がすっきりするように、不味いフランス料理のあとは、チーズの旨いのが口直しになる」

白服の給仕が盆に載せて運んで来た七、八種類のチーズを、さあ君、どれでもどうぞと勧められて、私は辟易《へきえき》した。ルノワールのお弟子だった梅原さんとわけがちがう、此の上こんなこってりした物で口直しは無理だと思った。以後、ヨーロッパ旅行中、ウィーンでもローマでも、正餐《せいさん》のあとデザートにチーズを取る風習だけは身につかなかった。

私のチーズ好きは、だから、フランス人やイタリア人に較べると、限度のある好みで、朝夕欠かさないと言っても、トーストの上へ載せるか、酒のつまみにするか、その程度、日本食が好きなのに納豆までは手の出ないアメリカ人と、多少似ているかも知れない。だが、その限度内で選べば、今、日本には、私の口に合う旨いチーズがたくさん出廻っている。

　三十年ばかり前、青山の紀ノ国屋に、「ヨーロッパより空輸のナチュラルチーズ」と銘打った物が並んでいるのを見つけて、買って帰って試食したのが、臭《くさ》いやわらかいチーズをほんとうにおいしいと思った最初である。それ以前に食った輸入品のゴーゴンゾラやロックフォールなぞ、珍しいだけで、塩味が勝ち過ぎているし、妙に舌を刺すし、旨いと思えなかった。考えてみれば、印度洋《インド》を越えて船で運ばれて来る生チーズが、変質しているのは当然だったろう。アメリカの帰り、本場のフランスへ立ち寄った時は、いくら新鮮なのが眼の前にあっても、前述の通り too much の感じであった。

　それがそうでなくなって約三十年、特にお好きなのは何ですかと聞かれると困る。頭が硬質化していて、名前が中々染《し》みこまない。覚えてもすぐ忘れる。知識も足りない。むしろ紀ノ国屋のチーズ売場や、人に教えてもらった神宮前のヴァランセへ行って、かたちと商標を自分の眼で確かめた方が分り易い。青黴チーズでは、名高い右二品の他、デンマークのダナ・ブルー、ドイツのバヴァリア・ブルー、日本の雪印ブルー、白黴ものではカマンベールの色んな種類を始めとして、ブリー・ド何々、ブリー・ド何某《なにぼう》、熟し加減を指で触って試してから買う。切り分けて包んだオランダのゴーダ、雪印の、めったに手に入らない鏡餅《かがみもち》のように大きなゴーダ、山羊《やぎ》の乳で作るピラミッド・アッシュ、水牛の乳で作るイタリアのモッツァレラは無味に近いチーズだが、香草のオレガノとトマトを添えて食うと旨い。スパゲッティやオニオン・スープを拵《こしら》えた時必要なパルメザン、エダム。未だある。ゴーゴンゾラと重ね合せて層を成したマスカルポーネ、アメリカで覚えたフランス製の、クリーミーな、牛印の何とかチーズ――、しかしもう止《や》めよう。無理して思い出せる限り挙げてみても、これで世界のチーズ全品種の、おそらく八十分の一か百分の一程度だろう。

それより、気になるのは、千四百年の昔、乳製品の味を知っていたはずの、私どもの祖先が、何故、何時《いつ》、これを食うのを止めたかである。酥《そ》という言葉があり、醍醐《だいご》という言葉があり、辞書はいずれも、「牛乳又は羊乳を精製して作った非常に濃厚な美味な食品」と説明している。実体が今一つはっきりしないけれど、どう考えてもチーズかクリームだ。六世紀の大和朝廷へ百済《くだら》から入って来て、至高の味と尊ばれたその食品が、平安末期か鎌倉初期を境に消えてしまうらしい。仏教用語としての醍醐だけが、京の地名、寺の名前に残った。太閤《たいこう》秀吉の催した一世の盛宴「醍醐の花見」に、乳製品は酥も醍醐も多分出ていない。しかし、秀吉が「ちんたの酒」を好んだのは有名な史実で、「ちんた」とはポルトガル語の **tinto**、つまり赤葡萄酒《ぶどうしゅ》である。チーズは赤葡萄酒によく合う。太閤さんは、牛の乳から作った此の「けったいな」味の物を、ほんとうに知らなかったろうか。ポルトガル人は、桃山時代の日本にチーズを一切持ち込まなかったか。

解明してみたくても、私の手に余る問題だが、いずれにせよそれが庶人の間へ広まることは無くて、長い年月が経《た》った。記録によると、明治開国から五十八年も後の大正十四年、日本各地のトラピストや種畜牧場がすでにチーズの試作を始めているのに、人々はそっぽを向いたままの風情《ふぜい》で、総生産量十一・五噸《トン》、国民一人あたりの年間消費量〇・八グラムだそうである。私は、ロシア風にハイカラだった父親のもとで、比較的早くチーズの味を覚えたけれど、ナチュラルチーズのこんにちの普及ぶりは、予想の埒外《らちがい》に属する。いくら雑食性でも好きな物と好きでない物とあり、品種によっては依然「酢豆腐」の趣があり、若い人たちのように、何でも来いの積極果敢な試み方は出来ない。それは、醍醐味を忘れて千年、乳製品を常食としなかった祖先の体質に、自分がやはり、一と世代分も二た世代分も近いせいだろうと思う。

鰻《うなぎ》

北杜夫《もりお》が、父親の生涯「茂吉あれこれ」四部作を十年がかりで完成して、やや疲労困憊《こんぱい》の色が見える。私より七つ若いのに、腰を痛め杖《つえ》突いてよぼよぼ歩いていて、

「僕はもう駄目です」と言う。「お先に失礼することになりそうなので、その時は、悔みに来て下さる皆さん方へ、おやじの好きだった鰻でもお出ししようと思うのですが、目下我が家は緊縮財政のため、贅沢《ぜいたく》は出来ないと女房が申します。そんならまあ、松竹梅の『竹』になさいと言い渡してありますので、阿川さん、さぞや不味《まず》そうな、いやな顔なさるでしょうなあ」

　まともには取り合わない。大体、どちらが先に鰻めしを註文する羽目になるか知れたものではない。しかし、一般論としてなら、住宅街の「天ぷら、鰻、親子丼《どんぶり》」と看板を出しているような店が、出前で届けて来るような重は不味い。概して、ひどく不味い。もしそんな物を出されたら、いやな顔するより前に、胸が一杯ですと言って、箸《はし》つけるのをやめ

ようと思う。斎藤一家長年御贔屓《ごひいき》の店は、実のところ別にあって、銀座築地《つきじ》寄りの竹葉本店である。「竹」の鰻屋とは、もしかすると照れ性のマンボウの洒落《しゃれ》で、竹葉のことかも知れない。

竹葉亭や赤坂の重箱、飯倉の野田岩、日比谷高校の向いの山の茶屋、こういう老舗《しにせ》の職人が紀州備長《びんちょう》の炭で焼き上げたばかりの蒲焼《かばやき》を、熱いうちに食うと、やはりありきたりの店のものと格段の味のちがいを感じる。桂《かつら》文楽の口真似《くちまね》をすれば、「舌にのっけますと、此《こ》の、とろとろッと来ましてね」、世界中で一番旨《うま》いものの一つではないかと思うくらい旨い。

何処《どこ》でその差が生じるのか、天然物と養殖物の違いなのか、タレなのか、自分流に考えてみても中々答が出ないけれど、その話はあと廻しにして、茂吉先生は大変な鰻好きであった。「鰻を食べると、忽《たちま》ち眼が爛々《らんらん》と輝いて来て、樹木の緑も生き生きと見える。仕事もとみに捗《はかど》る」と仰有《おっしゃ》るのだから、御信心に近かった。竹葉亭の蒲焼が取り寄せられなくて、近所の店の、それこそ「竹」の中級品でも、「眼が爛々と」輝いたらしい。

北杜夫の四部作その一、「青年茂吉」には、終戦直後、疎開《そかい》先の大石田で、鰻に惹《ひ》かれて講演を引き受ける話が出ている。講演は下手だしいやだと言い張る茂吉を、町長が鰻で釣るのである。土地の農芸女学校を会場に講演会を開くにあたって、茂吉先生にも何とか一枚加ってほしい町長は、一計を案じ、やって下されば夕食に鰻を出すと持ちかける。いくら食糧事情の悪かった時節とは言え、天下の大歌人が俄《にわ》かに変心し、

「鰻の御馳走《ごちそう》ほんとがっす、本当ならやるっす。そんならやるっす」

山形弁で膝《ひざ》乗り出し、結局、十五分の約束が四十五分間の大熱演になったという。


私は、茂吉先生を直接識《し》らないが、マンボウの母堂輝子夫人に御招待を受けたことがあって、それ以来の縁故で、竹葉へはちょいちょい鰻を食べに行く。野田岩にも日本橋の美国屋にも、一時よく行った。山の茶屋は「茂吉あれこれ」を長期連載してくれた「図書」編集部愛用の店だが、只今《ただいま》建物改築中で、暫《しば》く行っていない。昔京橋に在った小満津《こまつ》は、名人肌の主人夫婦が年とって店を閉じて以後、噂《うわさ》も聞かなくなり、忘れるともなく忘れていたら、中野の、地下鉄東高円寺駅から近いところに、孫が衣鉢《いはつ》を継いで新しい小満津を開いているのを、割に最近、食べ物雑誌の記事で知った。先日此処《ここ》へ行って、うざくと白焼を肴《さかな》にちびちびやっていると、林家木久蔵《きくぞう》が家族連れで入って来た。さすが噺家《はなしか》、旨い鰻屋はすぐ嗅《か》ぎつけるなと親しみを感じ、識り合いのような錯覚が起って、

「これはこれは、木久蔵さん」

一杯機嫌で声をかけたら、

「いやァ、これはどうも」

と、芸人らしい愛想のよさだったけれど、私が誰か、本当は分らなかったのだと思う。

こういう旨い店何軒かのうち、最も古い馴染《なじ》みは赤坂の重箱である。静かな小部屋が幾つもあって、落ち着いて食えて、ただ、此の店で一度大失敗をした。

今からおよそ二十年前、小泉信三《しんぞう》先生はもう亡《な》くなっておられたが、海軍関係のある作品を書くに際し、小泉御一家に大変世話になった。どう御礼をしていいか分らず、一夕《いっせき》重箱の鰻でもと申し出たら、快く受けて、富子未亡人と秋山加代さん、小泉タエさんの三人で赤坂へ来て下さった。

季節の突出しに始まって、肝焼、白焼、色々出、大分酒の廻った頃、蒲焼と御飯と香の物が出て来る。立派な漆《うるし》塗りの重箱に、照りもかたちも結構なのが一人二た切れずつ、たっぷり並べてあった。当時私は未《ま》だ五十代、蒲焼二た切れでは多少物足りないのだが、ともかく自分の分を食べ終り、さて、皆さんもそろそろおしまいかなと思って重箱の中を見ると、尻《し》っぽの部分の旨そうなのが一枚残っていた。鰻でも沢庵《たくあん》の尻っぽでも、何故《なぜ》尻っぽは旨いのか。生きている間、水中泥中《でいちゅう》土中で其処《そこ》を一所懸命動かすからだと、座興にそんな話を考えつくより、これを此のまま下げられやしないか、そっちが気になる。私は斎藤茂吉の歌を思い出した。あれだけ鰻の好きだった茂吉先生が、晩年、

「ひと老いて何のいのりぞ鰻すら
　あぶら濃過《こす》ぐと言はむとぞする」

という一首を詠《よ》んでいる。小泉老夫人も確かもう八十いくつ、あぶら濃過ぎて一枚残されたのだろう、それならとは言わなかったが、

「失礼します」

自分の箸で残り物をこちらの皿へ移し取り、残りの飯と一緒に片づけてしまった。

翌日、長女の秋山加代さんから電話が掛って来た。

「母の分の御礼も申し上げなくてはならないんですけど、実はうちの母、ゆっくり食べようと楽しみに残して置いた尻っぽの蒲焼、あの人にさッと取り上げられちゃったって、恨んでおりますのよ」

重箱の名前を私が初めて知ったのは、それよりさらに三十年近く前。ある日、熱海《あたみ》稲村大洞台《おおほらだい》の志賀山荘で先生と仕事の打合せか何かしていたら、三つ揃《ぞろ》いの背広を着た六十年輩の男が、庭前《にわさき》へひょっこり現れた。坂道を登って来て、息を切らせており、喘《あえ》ぎながら、

「どうです、志賀さん、鰻でも食いに行きまシェんか」

と、強い鹿児島訛《なま》りで言ったのを、よく覚えている。突然の来訪者は改造社社長の山本

実彦《さねひこ》、「行きまシェんか」の鰻屋がすなわち重箱、当時熱海の西山に店があって、志賀直哉《なおや》、谷崎潤一郎、広津和郎《かずお》、安井曾太郎《そうたろう》ら、熱海湯河原在住の作家や画家たちが、大仁《おおひと》の梅原龍三郎《りゅうざぶろう》、鎌倉の里見弴《とん》など仲間も誘って、よく食べに行った。久保田万太郎に、「竹馬《たけうま》やいろはにほへとちりぢりに」という句があるが、熱海重箱の主人は、その竹馬《ちくば》の友の一人で、山谷の川魚料理店鮒屋儀兵衛《ふなやぎへえ》を初代とする家系の五代目、名を大谷平次郎といった。古い旨い店だし、久保田君の幼な友達が鰻を焼いてくれるんだしというので、みんなから贔屓にされたらしい。志賀全集の色んな巻に、「重箱の大谷夫人が」とか、「重箱に行き、『心』の座談会を兼ね、梅原と自分の（外遊）送別会」とか、その種の記述が度々出て来る。

今の、赤坂重箱の七代目当主は、大谷平次郎の孫にあたり、当時は七つ八つの坊やだった勘定だが、何しろ志賀先生を介して五十年に及ぶ関係があるんだからと思い、率直に訊《たず》ねてみた。老舗の蒲焼とそのへんの鰻屋の蒲焼と、味に大変な開きが出る原因は、タレか、天然と養殖の違いか、それとも別の何なのかという、初めの疑問についてである。

「天然の鰻と申しましても、獲《と》れた場所と季節によって、味が天地雲泥《うんでい》の違いでして、而《しか》も今じゃ、それが殆《ほとん》ど獲れないんです。手前どもは、すべて天然物を使っておりますと嘘《うそ》の看板掲げて商売する気にはなれませんので、マッチからも『天然』の文字はとっくに落してしまいました」

　重箱七代目の説明を、私は成程と思って聞いた。

　桂文楽の十八番「素人鰻《しろうと》」に、入って来た二人連れの客の片方が、「先ィ二階へ上ったあいつ、ちょいとした鰻ッ食いでね」、煩《うるさ》いことを言う奴《やつ》だから、先《ま》ず「魚《うお》を見てえ」というくだりがあるけれど、今、そんな通《つう》ぶった真似をさせてもらっても、私には「魚《うお》」の氏素姓を見分ける自信は無いし、天然物か養殖物か食べ分ける自信も無い。養殖の技術が進歩して、昔のサナギ臭さは消えている、松竹梅の松の養殖鰻なら充分おいしいのではないかと、かねてそう思っていた。タレに関しても七代目当主は、「熱海で使っていたのを持って来て、それがうちの元ダレになってはいますが」と、百何十年漬け込んだこくのあるタレ、そんな物ほんとにあるんですかネと言いたげな口調であった。行きつくところは「魚《うお》」の質と鮮度、主人並びに職人の年季の入り加減、それと勘のよしあしということになるようである。舌の勘と腕の勘は、子にも孫にも譲れない。祖父平次郎は、此の人の幼時、「お前はうなぎ屋、お前は七代目」と、擦り込むように毎日言い聞かせていたそうだが、「裂き三年串《くし》八年焼き一生」の技法の方は、何も教えようとしなかった。六代目の父も教えてくれなかった。結局は「見とり稽古《げいこ》」で一人前になったのだという。

大谷平次郎の店を贔屓にした志賀谷崎久保田万太郎年代の、今は全員此の世にいない芸術家たちのうち、最も美味に執し、食べる量も抜群だったのは、やはり梅原画伯である。一度、梅原さん御夫妻を中心に、高峰秀子ら八、九人で、南千住の尾花へ大串の鰻を食いに行ったことがあった。「梅原龍三郎の鰻の獅子《しし》食い」という風聞を耳にしていたので、どんな食べ方をなさるのか、食事中私が訊ねたら、

「いや、あれは夢を見たんだ」

とのお答えで、

「藍《あい》の大皿の上へ蒲焼をたくさん並べておいて、手を使わずに、こう、お獅子が咬《くら》いつくように首振り振り、片ッ端から食ったらさぞ旨いだろうと、そういう夢を見たんだがネ」

仕方入りの説明になり、それは夢の話だが、現実の大串の方も、我々若い者の倍ぐらい召し上った。梅原さんのフランス行は九十歳になっても続いていたが、鰻好きの画伯、向うではどうしておられたのだろう。辻《つじ》静雄監訳「フランス料理総覧」を見ると、鰻料理だけで約三十種類並べてあるけれど、私は食べた記憶が無い。殆どが筒切りの調理法で、想像するだに不味そうだ。

「随園食単」を始め、中華料理の本にも鰻の煮込みや鰻の炒《いた》め物が出ている。こちらは、何処かの中華料理店で何遍か試みた経験があるが、一度も旨いと思わなかった。どうも、

「鰻は日本にかぎる」らしい。

ただ一つ例外があって、昔マドリッドで食った鰻の稚魚のオリーブ・オイル炒め、こよなく美味で、三皿お代りをして、次に行った時も「アングラス、アングラス」と、それのことばかり口にしていたが、此の話は、別の回のために取って置こう。

ついでにもう一つ、私は関西の鰻屋に親しみが薄い。多分、好《い》い店を知らないのだろうが、関西風に、蒸さないで焼く鰻を旨いと思った覚えが殆ど無い。

昭和の初年、母方の伯母が、大阪の心斎橋筋に、夫婦で心斎橋食堂という食堂を経営していた。デパートの食堂並みにメニュー豊富、苺《いちご》クリームやきれいな色のソーダ水もあって、広島の田舎少年には憧《あこが》れの「伯母さんの店」で、当然、「まむし」と称する大阪風鰻めしを食べさせてもらっているはずなのに、味が印象に残っていない。

それでも、心斎橋食堂のまむしはよく捌《は》けて、年間にすれば大変な量の鰻を割くわけで、殺生《せっしょう》を気にした伯母は、上本町《うえほんまち》近くの紅葉寺《もみじでら》という寺に鰻の供養《くよう》塚を建てた。此の石碑が七十年後の今も立っているかどうか、機会があったら探訪に行って、その折、何処か老舗の、純関西風の蒲焼を、自分の口に合うか合わないか、ちゃんと食ってみようと思う。

船の食事

映画「タイタニック」が大好評で、ロングランがつづいているらしいので、此《こ》の機会に船の食事のことを少し書いて置こうと思う。あの映画は、一等船客の美しい娘と、三等に乗っている画家志望の貧しい若者とが、航海中恋に落ち、遭難の際お互い相手を助けようと悪戦苦闘する物語である。結局青年は力尽きて水に呑《の》まれてしまい、相手の娘の方だけ救助されて、それから八十余年後の現代、「タイタニック」号探査隊のスタッフが、名告《なの》り出た往年の美少女、百二歳の媼《おうな》に、昔の秘事と悲劇を語ってもらうという構成になっている。

二千二百人の人間を乗せた四万六千噸《トン》の客船の沈んで行く光景に並々ならぬ迫真性があって、私は恋物語よりそちらの方が印象深かったけれど、此の船の絢爛《けんらん》豪華な一等食堂、庶民的な雰囲気の三等食堂、食事の場面は殆《ほとん》ど描かれてなかったように記憶する。氷山と衝突する二、三時間前、船客一同「最後の晩餐《ばんさん》」にどんな物を食べたのだろう。写し出して見せられても、映画で味の確認は出来ないから同じことだが、豪華なしつらえの割に不味《まず》かったのではなかろうか。

いつか辻《つじ》静雄さんと、大西洋航路の船で出す料理の話になって、

「旨《うま》いわけがない」

と言われたことがある。

「ル・アーヴルなりサザンプトンなりで一旦《いったん》乗船してしまえば、あとはニューヨークへ着くまで四日間か五日間、何百人もの客が一日三度ずつ、必ずその食堂へ食いに来てくれるんですから、レストラン稼業《かぎょう》としたら実に楽な商売で、ほんとうに手の込んだ旨いものなんか出すはずないんですよ」

そうでしょう、特に英国船米国船は駄目ですね、メニューばかり物々しくてと、八割方賛成で、だから「タイタニック」の食事も不味かったろうと、今想像するのだが、亡《な》くなった辻さんの全面否定論、聞かされた時以来、多少異を唱えたい気持が残っている。

それは私が、子供の頃からの船好きで、ぼろ船の航海すらみななつかしく、思い出の中の不味かった食事も、満更でなかったことにして了《しま》いたい贔屓《ひいき》者の心理が働くせいかも知れない。「駅弁は汽車に乗って食うと旨いが、家へ持って帰って食っても旨くない」と言った梅崎春生《はるお》さんの言葉が、辻さんの言葉と一緒に脳裡《のうり》へ甦《よみがえ》って来る。

一九六〇年代の初めから中頃にかけて、イタリアの建造した客船が、英米蘭《らん》北欧諸国の船を抜き去り、フランス船と並んで大西洋の花形となった時代がある。ちょうどジョン・F・ケネディがアメリカの大統領に就任し、フレンチ・ラインの料理長をホワイト・ハウスのシェフに引き抜いたと噂《うわさ》された頃で、大西洋定期航路は充分未《ま》だ、華かな面影を残していた。

偶《たまたま》ケネディが暗殺される年の春、私は花形の一隻《せき》「レオナルド・ダ・ヴィンチ」に乗っている。数年後、別の一隻「ミケランジェロ」に乗った。此の二隻の食事は、心理的なプラス面を差し引いても真実旨かったと思う。「ミケランジェロ」の航海では、隣りのテーブルにデボラ・カーとケリー・グラントが坐《すわ》っていて、言葉を交わす機会もあり、何だか映画の一場面で自分が端役《はやく》を演じているような気がしたけれど、さりとてデボラ・カー四十六歳の色香に眩惑《げんわく》されて物の味も分らずと、そんなことは無かった。鼠色《ねずみいろ》したイランのキャビアがどっさり出たし、お国ぶりの生ハム、サラミ、チーズ、葡萄酒《ぶどうしゅ》、それぞれ佳《よ》く、パスタの中では、ひもかわうどんに似たフェトチーネの白ソース和《あ》えアルフレード風が佳かった。これほど旨いフェトチーネは、その後イタリア本国でも日本でも二度と味っていない。(奇妙なことに、一番不味《まず》かったのがローマのアルフレード本家、来店した各国名士貴顕の写真をこれ見よがしに沢山飾り立てている店であった)

あの頃からおよそ三十年の歳月が過ぎて、世界の客船事情はすっかり様変りした。大西洋航路にも太平洋航路にも、定期の旅客船というものは、もはや運航されていない。戦後の一時期を劃《かく》したイタリア・ライン、フレンチ・ラインの、内装もシルエットも優美な船が、廃船になるか、名前を変えてカリブ海あたりへ身売りするか、表舞台から次々消えてしまったあと、装《よそお》い新たに就役するのは全部クルーズ用の客船である。航海の目的が洋上での休養と入港地での遊覧に変って、船客の大部分は、急ぎの用など持たぬ年寄りである。同じ船の一、二、三等に、富豪連中と若い芸術家や貧しいアメリカ移住者とが分れて乗っているという光景は、もう見られない。万一のことがあっても、「タイタニック」遭難時の差別悲劇は起り得ない。では、等級を廃止した新時代のクルーズ客船のメイン・ダイニングルームやリド・カフェで、どんな料理が出るかだが、それを語るには少々前置きが要る。要するに、英国のキュナード社始め、船会社にとって一番大事なお客さんは何処《どこ》の国の人かという問題である。

日本の港へ二、三万噸以上の外国の客船が入ると、新聞が一律に「豪華客船入港」と書くけれど、「豪華」に実は国際的ランクづけがあって、五つ星プラス・アルファの査定を受けている船は、現在世界に十隻しかいない。そのうち上位二隻が実質上日本の船だと言うと、多くの人が驚いた顔をする。「飛鳥《あすか》」ですかと聞く人もあるが、「飛鳥」はちがう。日本の国内法によってカジノの設置が禁じられており、船客の殆ど全員が日本人で、世界一周航海中もうな重と味噌汁《みそしる》が出る代り、国際級クルーズ船の枠内へは入って来ない。日本のジャーナリズムであまり話題にされず、一般の人に知られぬまま世界一の客船(正確には一九九八年度世界二位と三位)になってしまって、毎航海満員客留めの状態がつづいているのは、「飛鳥」の姉さん株、「クリスタル・ハーモニー」と「クリスタル・シンフォニー」という、アメリカへ嫁に出した双《ふ》た子《ご》の姉妹である。

親会社が日本郵船であることは、五万噸の船首に昔ながらの「NYK」のマークを飾って明示しているけれど、それ以上日本色を出すのは控えてあって、何故《なぜ》なら乗船申込み客の九割が常にアメリカ人、誰よりも先《ま》ず米国の老年層に、安堵感《あんどかん》と解放感の持てるくつろいだ船旅がしてもらえるよう、配慮せざるを得ないらしい。船内の公用語は英語、通貨は米ドル、船長は英語の達者なノールウェイ人、会社(郵船の別会社)はロサンゼルスに本拠を置くクリスタル・クルーゼズ社、社長はアメリカ人という陣容になっており、したがって食事も当然、アメリカ人好みの献立になる。今年私は、七月十五日コペンハーゲンを出港する「クリスタル・シンフォニー」の北欧アイスランド・クルーズに二週間乗ったが、食事は良くも悪《あ》しくもすべてアメリカ風であった。サラダがおいしく、ぱりぱりのベーコンがおいしく、プール・サイドで食うチーズバーガーが結構だった反面、子羊の肉のローストに緑色のミントソース添えとか、シェフおすすめのシャトーブリアンとか、量が多くて如何《いか》にも大味で、持て余した。

大食堂では、インスブルック生れのオーストリー人給仕長《きゅうじちょう》の采配《さいはい》下、ハンガリー人、ポルトガル人、英国人、イタリア人、スイス人など、大勢の給仕が忙しく小粋に働いていた。会社の日本人幹部の話によると、アメリカ人が快適と感ずることの一つに、「ヨーロッパ人にかしずかれて日常の用を足す」というのがあって、これは加州《かしゅう》大学の社会深層心理学の講義で立証済みだそうだ。

同じ人から聞かされてもう一つ興味を覚えたのは、本船がサウジ・アラビアの王様のお気に召したという話である。十六人とかいる皇太子とその家族、みんな一度「クリスタル・シンフォニー」に乗せてやりたいので、来て説明会を開けと御要望があり、リアドへ飛んだものの、「痛し痒《かゆ》しなんですよ」と言う。全船客の九割を占めるアメリカ人の、その又六割がユダヤ系であることを考慮しなくてはならない。イスラム教とユダヤ教の食事の戒律も問題だが、

「あのアラブ風俗で、大勢の方が度々御乗船下さるようだと、直接反目し合わなくても、ジューイッシュ・アメリカンの客が次第に此の船から離れて行くのは、眼に見えておりま

すんでねえ」

その点、日本人船客は、食べ物についての禁忌を持ち合せないし、宗教を異にする他民族への嫌悪感《けんおかん》も、まずまず持ち合せていない。多分船会社にとって扱い易い少数派（七月の北欧クルーズで九百六十人中二十一人。ちなみに、食事のせいかどうかフランス人は一人も乗っていなかった）だが、船に酔うとなると話は別で、人種宗教政治思想の如何《いかん》を問わず、航海そのものが呪《のろ》われる。どんな御馳走《ごちそう》を出しても、客は吐き気を催すだけ、その為今の客船はみな、スタビライザーと称する揺れ防止装置を備えつけている。

これが私は気に入らない。時化《しけ》の航海が好きで、揺り籠《かご》に入ってゆっくり揺さぶられている感じだと食欲増進するのである。昔、藤原審爾《しんじ》に誘われて東京湾の雑魚《ざこ》釣りに行ったら、突風が起って波が騒ぎ始めた。魚は食わず、藤原は青い顔して舟底へ横になってしまい、所在無いから藤原の分とも弁当を二つ平らげて、海軍の軍歌か何か大声で歌っていたら、むっくり頭を上げた藤原に、「気分よさそうだね。呆《あき》れたもんだ」と言われた。

幼時、大連航路の「はるびん丸」「ばいかる丸」で病みつきになって以来、船旅の回数、数えてみれば五十回を越すが、酔ったことは唯《ただ》一度、四十二年前の九月、ニューヨークを出たフランス船「フランドル」が、ニューファウンドランド島沖、「タイタニック」遭難地点に近い海域で、未曽有《みぞう》の暴風雨に捲《ま》きこまれ、此の一日半ばかりは胸がむかついて、何も咽《のど》を通らなかった。それを除くと、船の食事は、ある程度時化た時の方が旨かったような気がする。

デッキ・パッセンジャーという言葉を、読者御存じであろうか。私は船が好きで、好きな道は機縁によっていつか誰かが開いてくれて、分不相応な贅沢《ぜいたく》な船旅も経験しているが、「我が生涯の最低の航海」と言いたい船旅の経験が、三度ある。その一つが、文字通りデッキ・パッセンジャーとして暮した十数日間のマーシャル諸島旅行であった。

目的地はビキニ環礁《かんしょう》、日本の戦艦長門《ながと》が、アメリカの洋上核実験で沈められて其処《そこ》に眠っている。船は「ヤップ・アイランダー」という二百噸の貨物船、メジュロ島クエジェリン島を基点に、マーシャル群島の島々へ、米や煙草《たばこ》や日用雑貨を届けて廻っている。小さな船室が三つ四つあるのだが、ミクロネシアの役人、巡回医、看護婦たちが占領していて、私どもは入れてもらえなかった。甲板にござを敷き、リュクサックを枕《まくら》にして、毎晩波のしぶきを浴びながら寝た。四等船客以下の扱いだけれど、眼をあければ満天の星空、船は穏かな長濤《ちょうとう》にも大揺れに揺れて、私は気分爽快《そうかい》、いつも腹が空《す》いていた。

夕食時、狭い急な梯子段《はしごだん》を下へ降りて行くと、同じくミクロネシア人のコックが、アルミ椀《わん》に入れたべとべとの米飯へ、鶏《とり》のガラで取った醤油《しょうゆ》味のスープを玉杓子《たまじゃくし》一杯分かけて渡してくれる。それがこよなく旨かった。ビキニへ着くまで、することは何も無かった。食うのと、海を眺めているのだけが楽しみであった。船の食事を語って生涯のベスト・ストーリーを挙げるとすれば、「ヤップ・アイランダー」のチキンスープぶっかけ飯は、是非その中へ入れてやりたい。ソルジェニーツィン著「イワン・デニーソヴィチの一日」の主人公が、収容所で一日の終りに味わう幸福感と、多少似ていた。私が満五十三歳の秋の末のことである。

まむし紀行

奥本大三郎昆虫博士が、前々回私の書いた「鰻《うなぎ》」を読んで、「一度大阪のおいしい鰻屋へ案内したい」、そう言ってると、虫さん担当の編集子より報《し》らせが入った。

「結構な話だが、そんなら紅葉寺《もみじでら》もつき合ってもらえるだろうか」

「もちろん奥本さんそのつもりです」と編集子が言う。「電話番号や何か、僕が調べて、地図と一緒に持って行きます」

読者の皆さん、すでにお忘れかと思うので、概略繰返して置くが、前回の鰻随筆を私は、次のような漠然たる願望形で終らせている。

「関西の鰻屋には親しみが薄い。好《い》い店を知らない。昔母方の伯母が心斎橋筋で心斎橋食堂という食堂を経営していて、其処《そこ》の大阪風『まむし』なら何度も食っているはずなのに、旨《うま》いと思った記憶が無い。それでも伯母の店の『まむし』はよく捌《は》けて、殺生《せっしょう》を気にした伯母は、上本町の近くの紅葉寺という寺に鰻の供養《くよう》塚を建てた。機会があったら、大阪へ行って、その碑が今も残っているかどうか、探訪したあと、何処《どこ》か老舗《しにせ》の、純関西風の蒸さない蒲焼を試食してみたいと思う」

望んだ通りの機会が、向うからやって来た。此《こ》の節私は、めんどくさがり屋の度合が大分ひどくなっているけれど、これを逃《のが》す手はあるまい。行こうと決めた。

虫さんのお父さんは、大阪の大きな製粉会社「奥本製粉」の創業者で、関西人らしく食べることが大好きで、大勢の子供たちを幼いのも皆引き連れて、始終外へ食事に出たらしい。それで、粉屋に生れて虫屋になった三番目息子も、亡《な》き父上ゆかりの大阪の旨いもの店をよく知っていて、今回私と担当編集子とを何とか橋の然《しか》るべき鰻屋へ案内するというのである。同行の編集子によれば、奥本大三郎のような学究は人民の敵だそうだ。文字通り食うに困らず、家業を継ぐ責任も無く、女の子にフランス語とフランスの小説を教える以外は蜻蛉《とんぼ》蝶々《ちょうちょ》かまきりばったと睦《むつ》み暮していて、

「だけど、それじゃあ何故《なぜ》、そういう人に原稿を依頼するのかネ」

彼には私も曽《かつ》て、連載を担当してもらったことがある。六年間「人民の敵」扱いであった。

「『波』の編集者でもないのに、今度だって、何故人民の敵二人とこんな無駄な旅行を一緒にする？」

「早く悔い改めさせて、革命を成就《じょうじゅ》して、世の中よくしたいからですよ」本気ではないかも知れないが、全くの奇言を弄《ろう》しているわけでもない。此の人物と一緒だと、虫と私は退屈しない。

羽田で全日空機に乗り込んで、北朝鮮が三陸沖へミサイルを撃ち込んだのは日本の領空侵犯に非《あら》ずという説を聞かされているうち、大阪へ着いてしまった。

寺へ電話をかけて、鰻の供養塚がそのまま残っていることを知った。「実はそれを建てた者の縁つづきの者です」と言うと、「いらっしゃるならお待ちしております」、住職夫人らしき人が親切に道順を教えてくれた。

上本町のあたりという私の記憶は不正確で、浄土宗寿法寺もみじ寺は、四天王寺東大門のすぐ近く、地下鉄「四天王寺前夕陽ヶ丘」駅を出て、歩いて七、八分のところに在った。此の一郭は五十三年前に戦災を免れたようで、何となく古風な面白い町並みが眼につき、寿法寺の本堂も、今出来でない瓦葺《かわらぶ》きの、立派なたたずまいで、すぐそれと分った。

庫裡《くり》の正面右手に、人の身丈ほどの、「鰻塚　美津」と彫った自然石の大きな碑が立っていた。碑の裏に「昭和二卯歳長谷川光建之」の文字が読めた。「光」は表の「美津」と同じく「ミツ」、伯母の名前である。此の碑の前へ、伯母を中心に親戚《しんせき》一統並んで記念写真を撮ったのを覚えているのだが、昭和二年除幕式の日が撮影日だとするなら、私は未《ま》だ小学校一年生、今から七十一年前のことになる。そのへん、記憶が少し曖昧《あいまい》だ。広島で焼けてしまった我が家のあの写真、寺に今ありや否《いな》や。

「私にはそれは分りませんのです。先代が生きてたら、昔のお話、色々出来たと思いますねんけど」

一昨年その人が八十二歳で亡くなり、今の住職は南河内《かわち》の学園の先生をしていて、昼間寺にいないと、さきほど電話に出た住職夫人が語った。

私は興味津々《しんしん》である。長谷川の家は綾子《あやこ》というひとり娘が早世し、跡取りが無かった為、伯母光の死を以《もっ》て絶えてしまい、したがってその後、寿法寺もみじ寺への寄進なぞ誰もしていないはずなのに、周りの植え込みまでよく手入れして、よくぞこんな塚を七十年間も保存してくれているものだと思う。大いに感慨を覚えるけれど、それは全くの個人的感慨だから、虫と人民編集子の二人に悪いような気がした。そう思っている矢先、虫さんが妙な物を見つけた。「鰻塚」と彫った「鰻」の字のちょっと上に、蜂《はち》の巣があると言う。

「蜂が石に巣を作りますかね」

「作ります。多分ドロバチでしょう。漆喰《しっくい》を塗りつけるようにして、好んでこういうところへ巣を作るんです」

蜂はいなかったけれど、眼をこらして見れば、なるほど、車のはねた泥がこびりついたような灰色の小さなかたまりを、石碑の上に認めることが出来た。さすが昆虫博士と、感心した。

もう一つ、見つけて驚いたのは、笑福亭松鶴《しょうかく》の墓である。上方落語の名人が此処《ここ》に眠っているとは知らなかった。「笑福亭家代々之碑」としるした石塔が、鰻塚から十間も離れないところに立っていた。墓地の中、歩いてみれば、他にも桂《かつら》某とか鶴沢《つるさわ》某々とか、噺家《はなしか》や三味線弾きらしい人の墓がたくさんあった。

住職夫人の話では、次の土曜日、笑福亭三代の法要が此処の本堂で盛大に営まれるのだそうだ。寺の裏手が昔毘沙門《びしゃもん》池という池になっていて、紅葉の名所で、四天王寺へお詣《まい》りの帰り、芸人たちが池畔の茶店へ寄って茶を飲んで行った。そこから寿法寺の通称がもみじ寺になり、芸人さんたちとの御縁も深くなったという。伯母夫婦の墓は此処に無い。菩《ぼ》提寺《だいじ》でもない寺に、何故お光ッつぁんが鰻の塚を建てたかは分らなかった。

庫裡で渋茶を一杯御馳走《ごちそう》になって、寿法寺を辞去した。

さて肝腎《かんじん》の、食べる方の鰻だが、虫さんは、折角久しぶりに大阪へ来て、そう慌《あわ》てなさんなというつもりらしい。その晩、連れて行ってくれなかった。では、お預け解除まで、それから二十五、六時間、何を食べて何をしていたかということを、書いてもいいけれど、書くと本題からそれて、鰻の文章でなくなる。もっとも、鰻の文章、縮めて「鰻文」は国語学の方の用語であって、食堂へ入った客が「僕は鰻だ」と言っても、それは「吾輩《わがはい》は猫である」と意味がちがうという助詞「は」の用例提示の一つで、此の話も本題からそれる。

翌日日暮れ時、高麗橋《こうらいばし》二丁目のビルディングの中にある目ざす鰻屋「柴藤《しばとう》」に着いた。昆虫博士の長兄、奥本製粉の今の経営者奥本晋介《しんすけ》さんが待っていて下さった。初め、こんなつもりではなかった。大阪到着後、編集子が、改悟させるに足る人民の敵をもう一人と思ったわけではあるまいが、「こうなったら奥本さんのお兄さんにもお眼にかかりたいですなあ。お呼びしてはいけませんか」と言い出し、突如合流願うことになったのだ。三階の椅子《いす》席に四人、向い合せに坐《すわ》って、「うなぎづくし」を註文し、「大阪まむし」を三人前、関西風蒲焼を一人前あつらえた。

店のちらしによれば、「当店は享保《きょうほう》一九年頃徳川八代将軍吉宗《よしむね》の時代にできたというのですから三百余年のしにせであります」が、奥本兄弟が親に連れられてよく食べに来た戦後の一時期は、牡蠣《かき》舟と同様、土佐堀川《とさぼりがわ》あたりに屋形舟を泛《うか》べての、水の上の営業で、潮が満ちて来ると座敷がぐらりと揺らいだそうだ。

長兄晋介さんのそういう話は、総じて面白かった。虫があまり口にしない奥本家の「ブッデンブロークス」風家族構成を聞かせてもらい、六人きょうだいの末の方に何故一人、虫にうつつを抜かす逸民志望の子が出たか、何となく分るような気がしたし、我々思いがけぬところで奥本製粉とかかわりを持っていることも分った。けさホテルの食堂で食ったパン、ひる三輪山の麓《ふもと》の古い素麺《そうめん》屋で食った三輪素麺の長素麺、どうやらみんな、奥本製粉工場製の粉で出来ているらしかった。

茂吉先生が昭和十四年、九州の帰り、特急車の中で詠《よ》んだ、

「けふ一日《ひとひ》砂糖商人と同車して砂糖の話題にも感傷しゐる」

という歌一首を真似《まね》するなら、「今宵《こよい》一夜粉屋の主人と同座して小麦粉の話にも感心しいる」趣があった。

段々お酒が廻って機嫌がよくなって来た。「うなぎづくし」は「うまき」に始まって、「肝煮」、「八幡巻《やわたまき》」、「うざく」、茹《ゆ》でた鰻の肝をわさび醤油《じょうゆ》で食べる「肝造り」、「白蒸し」、「とろろの鰻のせ」と、小鉢が七品出る。どれも結構だったが、特に「うざく」と、小さく切った蒲焼を二た切れ載せたとろろ汁が旨かった。それから「まむし」と蒲焼御飯、吸物で終りになる。

「僕は蒲焼」と言った手前、意地汚いぞと思いながら、編集子の「まむし」を一箸頒《はしわ》けてもらい、両方突っついているところへ、

「如何《いかが》です？」と聞かれて、ちょっと困った。「ううん」と腕組みせざるを得ない感じで

あった。酔った頭で考えるに、幾つか原因がある。

一つには期待が大き過ぎた。日中、大和路明日香路めぐりをしていて、残暑きびしく、みんな咽《のど》が渇き、編集さんが自動販売機で冷しコーラを買って、私にも一本くれようとするから、

「いやだ」と言った。「晩の鰻が不味《まず》くなる」

そこまで期待すると、概して結果はよくない。それに、私の舌がやはり、一旦《いったん》蒸して強い脂《あぶら》ッ気を抜いてとろりと柔く焼き上げた東京風の味に、馴《な》れてしまっているのだと思う。此の店の蒲焼は、脂のややギトつく感じ、歯ざわり舌ざわり、今一つ自分向きでなかった。申訳ないような顔をしていたのだろう、奥本長兄に慰められた。

「堂島に東京の竹葉亭が店を出してます。此処のは蒸してから焼きます。親父《おやじ》の頃とちごて、最近大阪でも東京風の蒲焼を好む人が多うなってまして」

前菜の小鉢物七品も多過ぎた。旨いので、あとの蒲焼との釣合いを考えずにせっせと食って、腹がくちくなりかけていた。現に、筆頭案内人の虫さんは、「まむし」を八割方食べ残して、折包みにしてくれと頼んでいる。今度来ることがあったら、「大阪まむし」だけ註文して、味わい直してみようと思った。

表紙に「西暦一七一三年創業　十四代目本家柴藤」と書いたパンフレットをもらって店

を出、関西空港発の最終便に乗る私たち三人は、世話になった御礼、――本題からそれるから書かないだけで、実は前日も世話になっている、その御礼を言上して奥本長兄と別れた。

サンドイッチ

サンドイッチは私の好物なので、サンドイッチが何故《なぜ》サンドイッチと名づけられたか、その由来も、昔から知っている。博打《ばくち》好きの英国貴族サンドイッチ伯爵《はくしゃく》が、勝負事の最中、手とカードを汚さずに食える簡便食として召使に作らせたのが始まりという、例の伝説である。よく出来た、もっともらしいお話だけれど、どの程度真実か、少し調べてみたくなって、書斎にある辞書辞典類を引っくり返していたら、妙なことに気づいた。

日本の百科事典は、パンに肉を挟むサンドイッチの、作り方食べ方、詳しく紹介しているのに、大英百科事典（Encyclopaedia Britannica 1963 アメリカ版）には、食べ物としてのサンドイッチについて、一行も記載が無い。名高い命名伝説も無視されている。他方、サンドイッチ伯爵その人の実歴に関しては、詳細な記述がある。「あれえ」と思った。「もしかするとサンドイッチは、カレーライスと同様英国伝来の和風洋食で、日本人以外もう、関心を持つ人がいないのではないか」、——そう考えたのだが、此《こ》の疑念はすぐ自分で打ち消した。海外旅行中サンドイッチを食った経験から察して、そんなことはあり得ない。
私が戦後初めて海外へ出たのは昭和三十年、その頃、「街のサンドイッチマン」という歌が流行《はや》っていた。

「サンドイッチマン　サンドイッチマン
　俺《おい》らは　街のお道化者《どけもの》」

此の歌のモデルは、当時銀座でよく見かけた名物男、高橋三吉海軍大将の次男と噂《うわさ》された人物だそうだ。燕尾服《えんびふく》など着こみ、身体《からだ》の前と後に広告板をぶら下げて、とぼけた顔で鳩居堂《きゅうきょどう》側の歩道を行ったり来たりしていた。山本五十六《いそろく》より四代前の聯合《れんごう》艦隊司令長官令息が、あんなことまでして生計を立てねばならぬのかと、道化者の姿は、いくさに負けた日本人の心の隅に訴えかける何かがあったらしい。哀愁に満ちたヒット曲が生れ、その歌の印象が強く、私は「サンドイッチマン」という言葉をこれ亦《また》和製英語のように思っていた。調べてみれば、れっきとした英国英語である。それなら英国人も、ロンドン街頭サンドイッチマンを見かければ、肉を挟んだ二枚のパンを連想するわけで、サンドイッチが忘れられていない証拠だろう。ブリタニカは何故食べる方のサンドイッチに一項目設けようとしないのか、理由が分らない。

ところで、初めての海外旅行で最初に訪れた土地は、私にとってハワイ、一ヶ月のハワイ滞在中一遍もちゃんとしたサンドイッチを食った記憶が無いのだが、此の島国は昔の王朝が亡《ほろ》ぼされてアメリカに併呑《へいどん》されるまで、サンドイッチ諸島と呼ばれていた。むろん、白人の側からの一方的呼称だが、その島名とサンドイッチ考案者（？）の伯爵との間に、関係はあるのか無いのか。

実は関係大あり、それで、サンドイッチのおいしさについて書くつもりの話が、少しずつ他処《よそ》へそれて行く。

ドーヴァーの白い崖《がけ》に始まるイングランド南東部のケント州、ホップの畑が沢山あるあのあたりに領地を持っていたサンドイッチ伯爵家の四代目当主、ジョン・モンターギュ・サンドイッチ（4th Earl of）はいつ頃の人かというと、一七一八年に生れて一七九二年に歿《ぼっ》している。東洋へ連れて来ると、清《しん》の乾隆《けんりゅう》帝（一七一一—一七九九）、日本の田沼意次《おきつぐ》（一七一九—一七八八）と同世代人になる。弱冠三十歳にして海軍卿《きょう》の重職に就き、そのくせ博打ばかりしていて無能な盆暗《ぼんくら》大臣と、後世の評判は芳《かんば》しくないらしいが、少くともハワイ諸島に自分の名前をとどめさせるだけの功績はあった。十八世紀のすぐれた探険家、海洋学者ジェームス・クックは、サンドイッチ海軍卿庇護《ひご》のもとに何度も喜望峰を廻る大航海をして、南北太平洋の未知の島々を発見し、のちの米領ハワイ州を庇護者の名前にちなんでサンドイッチ諸島と名づけるのである。大英百科の解説によれば、サンドイッチ伯は学歴も中々のもので、イートン校からケンブリッジのトリニティ・カレッジを出ていて、ニュートンの半世紀後輩にあたる。

その伯爵ゆかりの島で、ちゃんとしたサンドイッチにめぐり逢《あ》えなかった原因は、アメリカ人がサンドイッチと考えている物と、こちらの頭の中のサンドイッチとが異質だったからだろう。

私の少年時代、急行列車特急列車の停るほどの駅には、必ず駅弁売りがいた。僅《わず》かな停車時間中、独特の口調で忙《いそが》しげに売り歩くのを、人々はあけた客車の窓越しに呼びとめ、買い求めた。

「べえんと、べんと。お寿司《すし》に弁当さあんどいっち」

此《こ》の「さあんどいっち」が、私のサンドイッチの原型であって、原型に必須な条件を満たしていないサンドイッチは困る。まず、パンがしっとりした柔かい白パンで、耳は切り落してあること。ハムなり玉子、野菜なりを挟んだ薄手のパンの片面にバターがたっぷり、片面に芥子《からし》が適量塗ってあること。適量とは二た切れのパンを指でつまんで口へ入れた時、かすかにツンと来て仄《ほの》かに匂《にお》う程度以上でも以下でもないこと。

ハワイに限らず、その後アメリカ各地、何処《どこ》のレストランでサンドイッチを註文しても、そんな物は出て来なかった。下手な英語の説明がちゃんと通じなかったせいも多分にあると思うけれど、大抵、半分に切った固いフランス・パンの上へ、ローストビーフ、玉葱《たまねぎ》、トマトをどっさり載せたのがあらわれる。そうでなければ、漫画「ブロンディ」の、ダグウッド流ダブルデッカー・サンドイッチが運ばれて来る。オープン・サンドイッチも、耳の切り落してない部厚なダグウッド・サンドイッチも、伯爵考案品の末裔《まつえい》ではあろうけれど、一と口食って「もう沢山」という感じであった。しみじみ日本のサンドイッチがなつかしかった。

「おや」と思ったのは、英国へ渡ってからである。ハロッズ百貨店の食堂に入ってサンドイッチを取ってみたら、「おや、日本と同じだ」――、これはしかし、文物伝播《でんぱ》の順路について咄嗟《とっさ》の誤判断だったこと、断るまでも無い。

明治開国後、日本が取り入れた「あちらの風物慣習」何千種類もの内、かなりの部分は英国固有の、英国だけのもので、西欧諸国一般のものではなかった。鉄道を例に取れば、駅のプラットフォームが列車の乗降口と同じ高さなのも、首府へ向う列車を上り列車（up train）、首府から出て行く列車を下り列車（down train）と呼ぶのも、英国と英領植民地と日本だけのこと、アメリカ合衆国、メキシコ、フランス、ドイツ、ロシアに、そんな構造の駅、列車のそんな呼称は存在しない。サンドイッチがやはり、大陸ヨーロッパとアメリカへ広まったあと、それぞれのお国ぶりにかたちを変えてしまい、日本にだけ正統直伝の英国流が残ったのではなかろうか。

食い物の不味《まず》いロンドンで、ハロッズ百貨店のサンドイッチは大変おいしかった。つまり、私の口に合っていた。後年、ロンドン西郊バグショットの、古城を改造した小さなホテルに投宿し、おそひるを頼んだら、紅茶と一緒にメイドの持って来たのが、まさしく日本のハム・サンドイッチ、すなわち生粋の英国風サンドイッチで、此の時も、日本の味というか、本家本元の味に満悦した。

一九九〇年代初期の駐英大使北村汎氏の著書「英国診断」（中公文庫）には、バッキンガム宮殿の庭で開かれる英王室主催外交団招待の園遊会に、おいしいサンドイッチが出ると書いてある。エリザベス女王やダイアナ妃と歓談しながらつまむ宮廷サンドイッチの中でも、格別珍重されるのが胡瓜《きゅうり》のサンドイッチだそうだ。肉食人種の英国人がどうしてと、不思議な気がするけれど、夏も薄ら寒いイングランドで、胡瓜は古来、値段の張る高級野菜、庶人の手に入り難い貴重品として扱われて来たらしい。したがって、色々サンドイッチが並んでいるなら、バターを充分塗ってあるはずのキューカンバー・サンドイッチをまず選ぶのが、栄養の上、品位の上で最も優雅な上流社会の風俗と見做《みな》されるらしい。オスカー・ワイルドの芝居に、胡瓜のサンドイッチを話題にする場面があることも、北村さんは書いている。私は私で、サンドイッチ関係の図書目録を繰っていて、キューカンバー・サンドイッチを主人公にした児童読み物があるのを見出《みいだ》した。ピーター・ローワン著藤田千枝《ちえ》訳、さ・え・ら書房発行「きゅうりサンドイッチの冒険旅行」、原題「The Amazing Voyage of the Cucumber Sandwich」——。

だけど、胡瓜の安い日本で、児童書の翻訳はともかく、「きゅうりサンドイッチ」自体は話題にも売り物にもなるまい、いくら英王室御愛用でもこればかりは本邦へ渡来しなかったようだと思っていたら、「いや、青山にキューカンバー・サンドイッチの専門店があります」と人に言われて驚いた。一度食いに行ってみてもいいが、駅弁の「さあんどいっち」が最初のサンドイッチだった私としては、一番大事な中身はやはりハムなのである。ごくありふれたハムをバターパンに挟んで耳を落した途端、ぐいと味が引き立って来る。サンドイッチを好物とする所以《ゆえん》だが、此の独特の食習慣を、英国ケント州の伯爵よりずっと早く自家薬籠《やくろう》中の物としていたのは、黄河流域に住む民ではなかろうか。

戦後北京《ペキン》から引揚げて来た兄夫婦に、私は春餅《チュンピン》という物の作り方を教わった。メリケン粉を水でよくこねて、拇指《おやゆび》大の団子を幾つも拵《こしら》える。二つ一と組、団子の片面に食用油を塗り、油の面と油の面を重ね合せて、延べ棒でしっかり押し延べると、非常に薄いホットケーキ状のものが一枚出来上る。それを鉄板の上で軽く焦《こ》げ目がつくまで焼けば、合せ目に油が入っているため、ぱらりと二枚に分れる。その薄い二枚の餅《ピン》に、別の鍋《なべ》で作った炒肉片《チャオローピエン》でもいい、昨晩食い残しの青椒牛肉絲《チンジャオニュウロースー》でもいい、少量挟んで食うと、これがこよなく旨《うま》くて、いくらでも手が出る。安上りだし、僅かな肉でみんなが満腹するし、味は元の料理の味よりずっとよくなるし、貧窮時代よくうちで作った。岩波文庫版「随園食単」には薄餅《パオピン》という名で出ており、「立春の日に食べる風習があるので『春餅』と呼ばれる」と、訳者青木正児先生の補註がついている。いずれにせよ、薄い支那《シナ》風サンドイッチである。

「随園食単」の著者袁枚《えんばい》は、食に贅《ぜい》の限りを尽した人のようだが、薄餅を自分の考案品だとは言っていないから、読んで察するに、此の支那式サンドイッチ調理法は、おそらく山東か河北あたりの粉食民の間に先祖代々伝承されて来た相当古いもので、二十世紀前半にそれが、北京へも北京在住の日本人家庭へも伝わったのであろう。

袁枚の生年は、清の康熙《こうき》五十四年、西暦で一七一五年、奇妙な偶然だが、一七一八年生れのジョン・モンターギュ・サンドイッチと三つしか齢《とし》が違わない。ジェームス・クック探険航海の庇護者だったサンドイッチ伯爵は、東方世界に自分と同年輩の大教養人、袁随園先生という大食通がいることを、噂としても聞かなかったろうか。東西の交流未《いま》だ容易ならざる時代とは言え、マルコ・ポーロより五百年あとの、すでに近世である。清国の薄餅別名春餅が、勝負事のテーブルで英国貴族の食う簡易食のヒントになったと考えては、空想が過ぎるだろうか。

残念ながら、「波」編集部の探し出してくれた文献資料に、それらしき話は全く出て来ないけれど、一つ、サンドイッチが召使にサンドイッチを作らせたのは一七六二年、伯爵四十四歳の夏の晩だという、大変まことしやかな英文記録があった。事実とすれば清の乾隆二十七年、袁枚先生は四十七歳、官途を辞して南京《ナンキン》城西の随園に隠棲《いんせい》し、詩酒、美味、茶、庭つくり、著述三昧《ざんまい》の日々を送っていた。日本では宝暦十二年、女帝後桜町天皇が夏七月に即位なさる年。出来たてのサンドイッチが此の国へ入って来るのは百六年後、五代あとの天皇の開国維新まで待たねばならない。

（附記《ふき》・「街のサンドイッチマン」の作詞者は宮川哲夫氏）

ハワイの美味

ハワイへ旅する人たちの間では、「ハワイに旨《うま》いもの無し」がほぼ定説になっている。日本人だけでなく、味にうるさいニューヨーカーの多くが、やはり「ハワイは駄目」と思っているらしい。「ニューヨーク・タイムズ」の名高い食味評論家M女史の親友で、世界の美味を知るという人物に、曽《かつ》てそう言われたことがある。

初対面だったが、ちょっと頼み事があって、知人から口頭の紹介を受けてめぐり逢《あ》った手前、用件がすんだあと、御礼代りの社交辞令として私は質問した。

「帰国の途中、ホノルルで三泊するんですが、あなたなら、私どもの知らないような、ハワイのおいしいレストランもよく御存じでしょうね」

佳《い》い店があれば教えて下さいという含みで言ったのに対し、ひどく断定的な答が返って来た。

「Nothing in Hawaii. Absolutely nothing in Hawaii.」

——「此《こ》の人、分ってないな」と思った。一応聞いてはみたが、ハワイ事情に関しては、多分、「ニューヨーク・タイムズ」の食味コラムニストより、のべつ行っている私の方が詳しい。ハワイにも旨いものはある。一つだけある。

年に何回か私どもの滞在中、日本から来た知友に、「よかったら食べに行こう」、誘いをかけると屢《しばしば》と「ホノルルで鯛《たい》料理とは珍しい」と誤解されるけれど、言うまでもなくThaiの料理、ただしこれは、口に合って喜んでくれる人と、全く受けつけない人と、その差がはっきりしている。

いつか、東京新宿歌舞伎《かぶき》町でタイ料理屋を経営する南方系の人の苦言が、雑誌に出ていた。

「日本人のお客さん、自分流儀で色々文句言う。唐辛子こんなに入れるな、辛すぎる。香菜《シャンツァイ》、くさい、のけてくれ。ココナッツミルク、いやだ。そんならタイ料理なんか食べに来ない方がいい。文句言うお客さんの気に入るように作ると、ほんとのタイ料理でなくなってしまう」

その、くさくて辛いところが私には大変結構なのだが、同じ叱言《こごと》を言う人は、アメリカ人の中にも相当数いるだろう。にも拘《かかわ》らず、東京を凌駕《りょうが》する旨いタイ・レストランが、食文化の伝統浅く乏しい元サンドイッチ諸島に、何故《なぜ》突然出現し、根づいて、繁昌《はんじょう》しているのか。どうやら、東南アジア諸国の戦乱と革命が関係しているらしい。

今から二十三、四年前、アラ・ワイ運河のほとりの、小さな「クム・マリアンヌ」というタイ料理店を人に教えられた。店主はヴェトナム戦争帰りの大男の黒人、出征中向うでタイ人の女性と懇《ねんご》ろになり、ハワイへ連れ帰って結婚した。此の女房が料理上手の料理好き、その上大層働き者なのを見込んで、店のコック長に仕立て上げ、つい先だって看板を出したばかりだそうだ。行って食べてみると、ハワイにこんな旨いものがと、驚くくらい旨い。浅蜊《あさり》貝を唐辛子と生姜《しょうが》と大蒜《にんにく》でたっぷり蒸して煮込んだ店長おすすめの一品なぞ、皆が汗をうかべて、ふうふう言いながら食べていた。当時はたちそこそこだったうちの娘が、

「うわア、からいイイ」

嬉《うれ》しそうな子供っぽい奇声を発したら、別のテーブルのアメリカ人が、片言の日本語を使って、

「カライケドオイシイネエ」

と笑顔を見せたこともあるし、梶山季之《かじやまとしゆき》を連れて行って無理に感心させたこともある。

評判が評判を呼び、運河沿いの小店では客をさばき切れなくなり、数年後「クム・マリアンヌ」はワイキキのイリカイ・ホテルの中へ移って、グランド・ピアノまで備えた観光

客向きの大レストランに様変りした。黒人の元軍曹は大得意だったけれど、私は「危っかしいな」と思っていた。

京都の古い料亭の女将《おかみ》が、中華料理店の若いマネージャーを戒めた言葉がある。

「鈴木さん、よう覚えときなはれや。屛風《びょうぶ》と食べ物屋は拡《ひろ》げたら倒れるえ」

いいい、鈴木さんとは赤坂「遊龍《ユーロン》」の鈴木訓店長、いくら客が増えても、昔聞かされた女将の忠言を守って店を大きくしない人だが、今此処《ここ》でそちらへ話をそらすと、事がこんぐらかって面倒になる。「遊龍」の件は後日にゆずって、問題の「クム・マリアンヌ」がどうなったかというと、案の定、拡げて一年経《た》たぬうちに倒れてしまい、次回私がハワイへ行った時には、イリカイ・ホテルの中から姿を消していた。

ちょうどその頃、南ベレタニア街に別のタイ・レストラン「メコン」が開店した。こちらの経営者は中国系ラオス人の一家で、ワシントン州立大学の建築科を出た長兄ケオ・サナニコネと、しっかり者の姉さんの二人が中心になって、此の店を始めたとのことであった。それ以上は詳しい事情を知らないけれど、要するにビエンチャンからアメリカへ、ケオを頼って亡命した大家族らしい。ラオス王国では、一九七五年に社会主義革命が起きている。革命前、ペプシコーラのボトリング会社を営んでいた、ケオの父親を長老とする富裕な一族郎党は、ハワイへ脱出するに際し、家つきの料理番を一人連れて来た。その、タイ系ラオス人の婆《ばあ》さんが、そのまま「メコン」の料理長に納まったのである。

食ってみれば、香辛料の沢山入ったスープ「トム・ヤム・クン」、「トム・ヤム・ガイ」を始め、どれも皆おいしいが、「クム・マリアンヌ」の屏風倒れでがっかりしていた私は、「ケオ、店を大きくして味を落すな。余計な宣伝なんかするな。君のとこは今、ホノルルで唯一《ゆいいつ》旨い、僕にとって貴重な店だよ」

つぶれては困ると、我ながら身勝手な、口先だけの激励応援を繰返した。未《ま》だ全くの無名だったケオは、真面目《まじめ》な顔して聞いていた。

酒類の販売許可も取っていない地味な小さな店で、団体の観光客なぞ一切入って来ない。飲みたければ、自分の好みのビールなり、葡萄酒《ぶどうしゅ》なり、買って持って行く。くつろいで気楽に食事が楽しめて、値段は安いし品数は多いし、すこぶる気に入り、毎晩此処で食って飽きなかった。

英文メニューに載っているタイ風カレーだけで五種類ある。その一つ、例えばイエロー・カレーを「イエロー・ビーフ・カレー」と註文してもいいし、チキン、豚肉、海老《えび》で註文してもいい。辛さの程度は、mild medium hot の三段階、もう一つ上の extra hot を指定することも出来る。選び方、組合せ方で、味がちがって来る。日本のカレーライスに普通入っていないライムの葉っぱや、パクチー（香菜。英語ではチャイニーズ・パセリ）、ココナッツミルク、レモン・グラス（和名不詳。辞書によればイネ科オガルカヤ属の草）が入っていて、複雑極まるspicyな味がする。人によってはそれを嫌がるのだが、

「これが文化というもんじゃないですかねえ」

と、非常な満悦ぶりを見せてくれた客人もあった。

その他、レタスに包んでミントと胡瓜《きゅうり》を添え、タイの魚醤《ぎょしょう》ナンプラー（ヴェトナムのニョクマム）入りのつゆに浸して食べる春巻、チェンマイ・チキン・サラダ、茄子《なす》と豆腐の香料炒《いた》め、牛肉とブロッコリー入りのタイ・ヌードル――、挙げて行けばきりが無い。やがて此の薄汚い店は、ハワイへ休養に来る女優やプロデューサーたちに眼をつけられ、口から口へ噂《うわさ》が伝わって、ハリウッド始め米国西岸各地で大分名を知られるようになった。

「サンフランシスコのどんな中華料理、日本料理、タイ料理の店と較べても、ケオのところの方がまさっている」

とか、

「ロバート・レッドフォード、本紙記者に語る。ケオの料理は、自分がバンコクで食ったどのタイ料理より旨い。もしホノルルに住むことがあったら、自分たちは必ず常連になるだろう」

とか、そういう賞讃記事が、ホノルルの新聞にも、ロス、桑港《サンフランシスコ》の新聞にもちょいちょい出始めた。「タイ料理のミシュラン・ガイドを作るなら、断然此処が三つ星のトップ」と評した食味コラム担当記者もいた。それを、ケオが一々切り抜いて置いて、嬉しそうに私に見せる。金曜日土曜日の午後七時前後、「メコン」の前には順番を待つ客の行列が出来るようになり、サナニコネ一族の喜び、察するに余りありと言いたいけれど、私にとっては少々又憂慮すべき事態であった。

しかし、それだけ客が増えているのに、「メコン」は三年経《た》っても店を拡張しなかった。その代り、ケオが其処《そこ》を出た。姉さん一家に経営を委《ゆだ》ね、ビエンチャン以来の婆さんコックもそちらへ残し、独立して、カパフル通りに、大きな駐車場つきの Keo's Thai Cuisine を開いた。

家族の間でどんな談合と取り決めが交されたのか知らないが、コックは若い人が新しく育っていたろうし、資金面でも相当ゆとりが生じていたのだろう。新規開店と同時に、ケオは車をベンツのスポーツカーに買い換えた。

「大した成功ぶりだね」

私はいささかいや味を言った。

「だけど、繁華街から遠いこんなところに、こんな大きなファンシーな店作って、味の方、大丈夫なの？」

内装もファンシーだが、壁に、ハリウッドの俳優たちとケオと、笑顔で肩組んだ写真が何枚も飾ってある。

「いや。料理人に自分が、伝統のレシピーをきちんと守らせるから、味が落ちることは決してない。ベンツは中古車です」

苦笑気味でケオは反論したけれど、昔有吉《ありよし》佐和子さんの贔屓《ひいき》だった海べのおいしいフランス料理店がどうなったか、「クム・マリアンヌ」がどうなったか、殷鑑《いんかん》遠からず、ハワイの食べもの屋の栄枯盛衰を、いずれ又一つ見せてもらうことになるんだろうなと思っていた。

それがそうならなかった所以《ゆえん》を、今考えてみると、アメリカには、ケオの店の潜在的な顧客が、想像以上の厖大《ぼうだい》な数いるのではないか。つまり、十六年間に及ぶヴェトナム戦争中、ヴェトナムと後方基地のタイで、アジアの美味を覚えて帰った人たちである。「クム・マリアンヌ」の黒人軍曹もその一人だが、経営者としての彼は多分、旧仏領印度支那《ふつりょういんドシナ》ラオスの、変転極りなき時代を生き抜いて来た華僑《かきょう》系一族のようなしたたかさを、持ち合せていなかったのだろう。

サナニコネ一家は、その後さらに二軒、ホノルル市内で、バーの設備もある小綺麗《こぎれい》なタイ・レストランを開いた。私が識《し》り合った頃ハワイ大学の学生だったケオの弟、通称「ファット・ブラザー」の経営する南キング街の「メコンII」、それと、ワード・センターという高級商店街の中の第二の「ケオの店」、――四軒とも倒れる気配無く、爾来《じらい》ずっと順調に営業をつづけている。

もっとも私は、「メコンI」と名前を変えた発祥の店がやはり一番の気に入りで、他の三軒へ行くことはめったに無い。酒を置かぬ方針を頑固に守っている為、「メコンI」へなら好みのカリフォルニア・ワインを自由に持ちこめるのと、婆さんコックの作り出す味の方が、僅《わず》かな差で他よりすぐれていると感じるからである。

建築学専攻のケオは、もともと料理の腕前にも横好きの自信があって、一九八五年、「世界中の友の要望に応じ」、カラー写真入り英文の、「ケオのタイ料理読本」を出版した。一冊貰《もら》ったのがつい此の間のような気がするけれど、あれからすでに十三年、「メコン」開業の年を基準に数えると、サナニコネ家の味を覚えて二十一年の歳月が過ぎ去った。婆さん料理長は齢《とし》とって、昨年ついに隠退したらしい。今年の春久々ぶりでケオに会ったら、若かった彼も、頭の天辺薄ら禿《は》げの初老の小父《おじ》さんになっていた。

特定の店をこういう風に紹介するのは、「食味風々録」連載の趣旨に反するのだが、

Keo's Thai Cuisine はカパフルからワイキキへ移って、現在大通りの角のすぐ分るところで営業している。読者諸賢、ハワイ旅行の折あって、ふと、タイ風カレーや「トム・ヤム・クン」(英文メニューでは spicy shrimp soup) を食べてみる気になったら、お立寄りの上、ケオに私の名前を告げてごらんなさい。「味が落ちると言って、店を大きくするのを嫌った人だ」と思い出話をするかどうかは分らないが、「知ってます。うちの一番古いお得意さんの一人です」、きっとそう言うだろう。

讃酒歌《さんしゅか》

一

大伴家持《おおとものやかもち》のお父さん旅人《たびと》は、大変な酒好きで、萬葉集に「酒を讃《ほ》むる歌十三首」を残している。白文で書くと、

「大宰帥《だざいのそち》大伴卿《きょう》讃酒歌十三首」

今回と次回と、これを借用して、自分流の酒談義にしようと思うのだが、その前に疑問を一つ、旅人の言う「酒」とはどんな酒だったのだろう。酒飲まぬ人間の顔をよく見れば「猿にかも似る」と嘲《あざけ》り、

「なかなかに人とあらずは酒壺《さかつぼ》に
　成りにてしかも酒に染《し》みなむ」

いっそ酒壺に化身して、酒びたりの一生を送りたいと言うくらい大酒飲みだったのに、

当時としては長命で、天平三年六十七歳で亡《な》くなっている。そこから察すると、食道癌《がん》や脳溢血《のういっけつ》の原因になりそうなきつい酒は、飲まなかったし、飲みたくても手に入らなかったのではないか。となれば醸造酒だが、アルコール含有量どの程度のどんな醸造酒か。奈良朝初期、こんにちの日本酒に近いものが、すでにあったのか。

「一坏《ひとつき》の濁れる酒」を詠《よ》み込んだ歌を見ると、原料は米と麹《こうじ》でも大伴さんの飲み料、どぶろくの域を出ていないような気がするし、

「酒の名を聖《ひじり》と負《おほ》せし古《いにしへ》の
　大き聖の言《こと》のよろしさ」

此《こ》の歌と、「酒壺」の一語と、考え併《あわ》せれば、大陸からの渡来酒を好んで飲んでいたような印象も受ける。遣唐使の船が持ち帰る経典書画各種文物の間には、当然、甕《かめ》に入った紹興あたりの美酒が積んであったはずで、安着の度、献上品として筑紫《つくし》の国の「大宰帥」のもとへ、それが二た甕三甕届いてもちっとも不思議はない――と、色々想像してみるけれど、結局のところよく分らない。大伴卿の盃《さかずき》を満たしていた酒の味と色香を、具体的に想像することは難しい。

旅人が死んで千百八十九年後、安芸《あき》の国広島に私が生れた。西暦一九二〇年、「猿にかも似る」姿で此の世へあらわれ出た自分が、いつ、何を飲んで人なみに酒の味を覚えたか、

これははっきり分っている。

小学校四年生か五年生の時であった。六十過ぎの父親が、老後の収入を考えたのか、末っ子の将来の為にと思ったのか、貸家を一軒建てることにした。心行寺という寺の隣りの空き地へ、神主がやって来て、地鎮祭が行われる。祝詞お祓いのあと、簡単な盃事になり、

「お前も一杯頂戴《ちょうだい》せえ」

父がすすめるので、素焼の盃に六分目ほど注がれた冷や酒を、一礼してぐっと飲み乾《ほ》したら、五臓六腑《ろっぷ》にしみわたると言いたいほど旨《うま》かった。それ以来、早く大人になって、こんな旨いもの、好きなだけ飲んでみたいと、酒に対する憧憬が生じた。

望みが叶《かな》うのは、七、八年後、中学四年修了で広島高等学校の入学試験に合格し、マントに白線帽、朴歯《ほおば》の下駄《げた》、トリンケン、ラウヘン、自由自治の生活が始まってからである。萬葉集の歌に日々親しんだのもその頃だが、おでん燗酒《かんざけ》にも心行くまで親しんだ。「論語孟子《もうし》を読んではみたが、酒を飲むなと書いてない」というわけで、未成年の大酒《たいしゅ》放歌、乱舞高吟を、警察も未《ま》だ大目に見ていたし、四年後アメリカとの戦争が始まり、先生友人家族自分の運命に激変が起るなどとは、むろん想像していなかった。「仰げば希望の峯《みね》高く、伏すれば理想の水清し」の寮歌や、でかんしょ節《ぶし》歌いながら飲むのはもっぱら日本酒で、

それも西条の「賀茂鶴《かもづる》」、三原の「酔心」、呉《くれ》の「千福《せんぷく》」、大抵が広島の酒であった。

あの頃のことを思うと、坊やが背伸びして無理な大酒《おおざけ》飲んで、ちょいちょい吐いたし、性的な鬱屈《うっくつ》が関係しているし、醜いような滑稽《こっけい》なような気もするけれど、ともかくあれが、十有五にして学に志した自分の、短い、二度と返って来ない青春時代だったかと、時には不覚の涙を催す。もっとも、古い寮歌なぞ口ずさんで老化せる涙腺《るいせん》に突如分泌《ぶんぴつ》作用が起る場合、今でも必ず酒が入っている。


千二百年飛んだ話がさらに六十年飛んで、又年の瀬が来て、酒屋へ行ってみると、棚に、昨今人の持て囃《はや》す「大吟醸」「純米吟醸」がどっさり並べてある。あの手の酒が私は好きになれない。酒どころとは古来聞いた覚えのない関東北陸北海道各地の産が大部分で、どうかすると物々しい陶器の壺に入れてあって、効能書に「冷やのままお召し上り下さい」――、燗をするなと指図されるのがそもそも癇《かん》にさわる。

小学生の時初めて飲んだ酒は、神事の土器の冷や酒だったけれど、青春期以後の六十年間、日本酒はあたためたのを味わうものと心得て、それで通して来た。越前蟹《えちぜんがに》やつめたい海鼠《なまこ》の酢の物を肴《さかな》に冬の熱燗、河豚《ふぐ》の鰭酒《ひれざけ》、鮎《あゆ》の塩焼きや目玉ごと煮つけた鯛《たい》の頭を肴に初夏のぬる燗、「ああ、旨い」と眼を細めたくなるくらい、ほんとうに旨いのは、やはり灘《なだ》、西宮、広島県の三原、西条、あと京の伏見、土佐の高知、東北は秋田、昔ながらの佳い水が湧《わ》く土地の、出来れば昔のままの樽《たる》酒、燗をすると味が落ちると言うなら、大吟醸だか何だか、そんな酒初めから飲みたくない。

大体、はやりの物は嫌いである。自分の好きな酒や食品が流行の波に乗るのもいやだ。諸般の不都合が起る。

今からおよそ三十年前、表参道の「皇家飯店」始め、東京に何軒か傑出して旨い中華料理屋があって、食べに行くと私は先《ま》ず貴州の茅台酒《マオタイしゅ》を註文し、好みの前菜と一緒にその香りと味を楽しんでいた。礼儀上、同席の客にも一応奨《すす》める。特にこちらが招待している時、自分だけ別の酒を飲んでいては失礼だと思って奨めるのだが、「うん、まあいい、くさい」と、大抵敬遠された。「まあいい」で結構と思っていた。多くの日本人が嫌うのと、中華人民共和国の物価事情とがかさなり合って、此の旨いきつい酒、マッチを近づけると青い炎を上げる文字通りの火酒が、大変安く買える。一番上質の物で一瓶二千円ぐらいだったと記憶する。

数年後、田中内閣の時代になった。角栄首相が北京《ペキン》を訪れ、念願の日中国交恢復成就《かいふくじょうじゅ》、周恩来総理と「乾杯《かんぺい》、乾杯」の光景が、連日連夜、新聞テレビで報じられた。「乾杯」の杯の中身は茅台酒である。いい迷惑であった。途端にブームが起り、東京における貴州茅台の値段は六千円七千円に跳ね上った。「くさい物がいつからくさくなくなったのですか」、買う人一人々々に私は聞いてみたかった。

話を日本酒に戻そう。讃酒風々録なら何処《どこ》の国の酒を語っても構わないようなものだけれど、取敢《とりあ》えず日本の清酒をテーマにしている。おいしくて大好きな日本酒だが、いやなところを一つだけ挙げれば、酔っ払いの発するあの臭《にお》いである。齢《とし》とともに、ぷんぷん臭うほど自分が飲むのも、飲んで異臭を漂わす相手の人物も、嫌悪《けんお》するようになった。大伴旅人と実際につき合ったら、今の私は好意を抱かないかも知れない。しかし、世の中には、利口そうな態度を粧《よそお》ってないで、飲むなら徹底的に飲んで、「酔泣《ゑひなき》するになほ若《し》かずけり」という考え方の人も、古今東西、相当いるらしい。私の経験では、土佐にその風潮があり、亡《ほろ》んだ海軍にその気風があった。

ある時、三浦朱門と私が講演の依頼を受け、高知へ行くについて、主催者側の人が打合せの為上京して来た。

「講演会終了後、粗餐《そさん》を差し上げる予定にしとりますが、お酒は召し上りますか」

と聞くから、

「好きです。ある程度までは飲みます」

そう答えた。これが三浦に伝わり、「駄目だ、駄目だ」と、急遽《きゅうきょ》電話で厳重注意された。

三浦は高知高等学校の卒業生で、お父さんが土佐中村の出身だから、よく分っているのだ。

「ある程度飲めますなんて、そりゃ高知じゃ、一升や二升軽く行けるという意味なんだ。大変なことになるよ、君。殆《ほとん》どいただけませんと言って置いて、どうにかまあ、五合ぐらいで許してもらえる」

果して向うでの酒宴の席上、驚くべき話を聞かされた。総務課の某と某が、此の間、犬と猫と較べるとどちらが賢いかの議論を始めましてねえ、一と晩呑《の》み明してやり合《お》うて、両方とも譲りませんものねえ、課長が、そんなら一日休暇をやるから、もう一遍徹夜で呑みながら決着つけて来いと言うて、いやいやいや、先生どうぞどうぞもう一献――、恐れをなした私は、前言翻《ひるがえ》すようですが、まことにどうも不調法で、そればかり繰返して、何とか急性アルコール中毒にならずに宿へ引き上げることが出来た。


海軍にも酒豪がいた。アメリカ海軍は艦内での飲酒、今も昔も原則として一切禁止だが、負けた日本の方はその点すこぶる寛大で、酒にまつわる逸話綺談《きだん》が一杯残っている。諸事英国流というか、艦長室や士官室にはウィスキーが置いてあるけれど、くつろいでたっぷり飲むとなれば、やはり日本酒であった。

「それをそんなに飲まないと、海軍では出世の道が開けんのか」

一族の長老から、いい加減にしなさいと言わんばかりの苦言を呈されて、

「そんなことはありませんがね、酒は私の好物で、好物をたしなんでいれば自然気持が和んで、人間関係がうまく行くんですよ」

と答えた艦長さんもあるし、

「酒の上の失敗は、時々やって、人に隙《すき》を見せた方がいい。そうすれば部下が、ほんとうに心服してついて来る」

と、酒飲み独特の処世訓を披露した司令官もある。狂言の「棒しばり」ではないが、飲めるロに飲むなと言っても、何とか飲む方法を案出するのは、士官も水兵も変りなかった。

次の航海、日数が少し長くなるというので、「菊正宗」と「白鷹」の菰《こも》かぶりを沢山積み込ませ、通路へ並べて、盗み飲みされないように番兵をつけたことがある。それが一週間後、樽の中の酒量、ひどく減っているのが分った。

「封印もして、二十四時間交替で番兵を立てておるのに、何故《なぜ》減るか」

「分りません。気候が乾燥しておる為、蒸発するのではありませんでしょうか」

見廻りの甲板士官と当直下士官のやりとりを聞いていた年輩の掌帆長が、にやにやしながら口をはさんだ。

「泥棒に泥棒の番させて安心してたって駄目ですよ。夜中に番兵が、錐《きり》で穴あけて、仲間

と廻し飲みしたあと、割箸《わりばし》の削ったのを穴へ差し込んで置くんです。いくらでも減りますよ」

いずれも、第一次大戦終了後、勝者日英米三大海軍国の間にワシントン軍縮条約が締結され、世界のネイヴァル・ホリデイと言われたのどかな時代の話である。俸給やボーナスを貯金に廻そうなどと、けちなこと考えるなという中少尉《い》連中が三、四人一と組になって、入港地の、海軍御用の旅館へ乗り込み、四斗樽一本と湯船を二つ用意させる。風呂場《ふろば》に並べた片方の浴槽に四斗の酒をあけて酒風呂を立て、真水の風呂で暖まってからこちらへ入り直すと、香気馥郁《ふくいく》として実に心地よい晩酌前のほろ酔い状態が出来上った。「四斗樽一本、二十四円でしたね」と、これは第二次大戦終結後二十何年目かに、古稀《こき》を過ぎた先輩たちが私に聞かせてくれた、彼ら若き日の思い出話である。

私どもが在籍した戦時中の海軍にも、兵食器でがぶ呑みする風習は残っていたが、何しろ物資欠乏戦勢は不利、酒豪士官のやることも、もう少し世知辛かったような気がする。

四斗樽風呂の話は曽《かつ》て海軍物語の中に書いたことがあって、その箇所読み返すとちょっとなつかしく、立ててみるつもりなら、今、立てること可能なわけだが、みんなで浴びたあと、こがね色した残り湯の始末をどうするのか。いくら何でも、これの燗ざましは飲めまい。ただ流してしまうのだとしたらあんまりなと、好奇心より勘定ずくのためらいの方が先に立って、一度も未だ試みていない。

二

齢《とし》とって、嗅覚《きゅうかく》が年々鈍くなって行く。香りの違いが分らぬ人間に、葡萄酒《ぶどうしゅ》の佳《よ》し悪《あ》しを語る資格は無いと、そのことは、此《こ》の連載を始めるにあたって断った通り、自分で充分認めているのだが、分らなくなったまま、ワインの味が好きで、今もよく飲む。日本の清酒の次に好んで傾けるのは、幾種類かの赤葡萄酒。フランス人だってイタリア人だって、老境に入れば鼻の感覚は鈍麻するだろう、それでも彼ら、ワインを楽しむのを止《や》めない、同じことだ、いいじゃないかというのが、香気も値段も高そうなワインの瓶をあける時、私の私に対しての言い開きになっている。

「葡萄ノ美酒、夜光ノ杯」と唐詩が詠じる此の西域の果実酒について、だから、思い出なら一杯ある。味を初めて知ったのは、やはり十三、四歳の頃、父と一緒の夕食の席であった。鯛《たい》や平目のつくりを肴《さかな》に、徳利一本の晩酌が、六十半ばの父親の日々の楽しみだったのだが、ある年からそれを、夏の間だけワインに切り替えた。医者に奨《すす》められたのだと思う。大きなガラスのコップになみなみと赤葡萄酒を満たし、氷片を浮かべて飲んでいた。

「僕も欲しい」と、小さなグラスに少量頒《わ》けてもらい、砂糖を入れて試みてみたら、何とも言えぬほど旨《うま》かった。

よく覚えているのは、これが薬屋で買って来た日本薬局方の葡萄酒だったこと、医者の指示によるものだろうと想像するのも、それ故《ゆえ》である。濃い赤色をしていて、今思えばボルドー系のワインのような気がするが、もしかしたら勝沼あたりで薬用に作られていた初期の甲州ワインだったかも知れない。

それからおよそ六十五年の歳月が過ぎた。「来る年の矢の生田川《いくたがわ》流れて早き月日哉《かな》」、思い出の上へ思い出が降り積って、その気になれば書くことはたくさんあるけれど、ギリシア・ローマ時代以来、葡萄酒を飲んで三千年の伝統を持つラテン系の民族と、せいぜい豊臣秀吉「ちんたの酒」で存在を知った日本人とでは、ワインへの馴染《なじ》みの度合がちがう。

一九六三年の春、未《ま》だ鼻のよくきいていた頃、パリ・ディジョン間、フランス国鉄の機関車に乗せてもらって驚き入った。

此の酔狂な試乗をするについて、私は日本国有鉄道当局からフランス国鉄広報部宛《あ》ての紹介状を持参していたので、英語の出来る通訳兼監督ムッシュー某がつき添ってくれた。

マルセイユ・ニース方面行特急「ル・ミストラル」は、パリのリヨン駅を十二時三十分に発車する。乗り込む前、ガール・ド・リヨンの駅食堂で監督さんに昼食を御馳走《ごちそう》になった。

当然の食習慣でワインが出た。好きな葡萄酒だが、昼間これを飲むと私は身体《からだ》がぐったりし、陶然として眠くなって来る。肝腎《かんじん》の電気機関車BB9200型の運転席へ入った時には、その手のほろ酔い状態であった。狭い室内、大蒜《にんにく》とワインの匂《にお》いがぷんぷんしていた。運転士と運転助士、監督兼通訳のムッシュー、ディジョンまで同行してくれる機関区の助役、私とも五人が、今しがた飲み食いしたおひるの匂いである。日本の特急の運転席とちがって、全員立ったままだが、その姿勢で発車後、前方を注視しながらとろとろッとしそうになるのは私だけ、あと四人は変った様子なぞ全く見せなかった。フォンテンブローの森を過ぎるあたりから、「ル・ミストラル」のスピードが最高の百五十キロに上る。外国人の試乗者を意識するせいか、正副運転士、やや緊張気味だが、謂《い》わば謹厳極まる態度で時速百五十キロの酔っ払い運転をしているわけで、「ほほう、これはこれは」、此の人たち、毛穴の隅々《すみずみ》に葡萄酒の澱《おり》が染みついている感じ、日本人はペダンティックなワイン講釈なんかあまりやらない方がいいなと思わせられた。

由緒《ゆいしょ》ある特急「ル・ミストラル」は、一九八〇年代の初めまで昔通りに運行されていたが、TGVの出現後姿を消した。フランス型新幹線TGVの速度最高記録は五百十五キロ、此の試験列車の運転も彼ら、ワインをたしなんだ上でやっているのだろうか。

控えた方がいいワイン講釈の一つに、古酒礼讃《らいさん》がある。不思議な偶然だが、第二次世界大戦が終って、ヨーロッパ各国食糧不足に困っていた一九四五年は、大変な葡萄のあたり年で、あの年の、然《しか》るべき蔵元のワインが残っていたら、一本何十万円するか分らない、一度飲んでみたいというような話を時々聞かされる。確かに葡萄酒は、佳い年のものを良い状態で長く寝かせて置くと、芳醇《ほうじゅん》なまろやかな、格別の味になって来るようだ。「紀元節の初しぼり」などという日本酒の新酒礼讃とちょうど逆、横文字でいわゆるヴィンテージ・ワイン、多くの人が古き佳き年の葡萄酒に対し、強い憧《あこが》れを抱いている。私にも、その種の憧憬と興味とが多少はあった。ただし、此処《ここ》で披露するのは古酒信仰の失敗談、がっかりした話である。

問題の葡萄酒は、ヴィンテージもヴィンテージ、戦争終結の年とか、そんな生易しい古さではなく、一つが一九二〇年代、もう一つは多分、一八六〇年代のものであった。海軍の同期生には、色んな家系の出がいた。その一人、北条時宗《ほうじょうときむね》の遠い血すじにあたる某中尉が、戦争末期、空襲の激しくなる頃、

「俺ンちに、昔江戸城の蔵に在ったという葡萄酒が一本残ってるんだがな。いつB29に焼かれてしまうか分らないし、みんなであけて飲んでしまおうじゃないか」

と言い出した。

大いに結構、東京在勤のクラスメイト五、六人揃《そろ》って押しかけ、古色蒼然《そうぜん》たるボトルの埃《ほこり》を拭《ぬぐ》い、ぼろぼろのコルク栓を抜いて、恐る恐る味わってみると、中身はただ、気の抜けた酢のような液体で、到底飲めるものではなかったそうだ。

私は外地へ出ていて此の試飲会に加れず、帰国復員後、仲間たちから話を聞いたに過ぎないが、もう一本の方は、じかに試みている。昭和の終った年の九月、谷川徹三《てつぞう》先生が亡《な》くなられた。鎌倉東慶寺で営まれる葬儀に、私は生涯の恩顧を受けた者として弔辞を読んだ。後日、令息の詩人谷川俊太郎さんが、弔辞の礼にと、そのヴィンテージ・ワインを持参された。ラベルを見れば、一九二八年ものの「ムートン・ロートシルト」である。ラベルの文字をそのまま書き写すと、

「Mis en Bouteilles au Château 1928」「Château Mouton Rothschild」「Pauillac Médoc」「A. DE LUZE & FILS BORDEAUX」となっていて、ロスチャイルド家の五つ矢の家紋がついている。瓶の裏には、「Specially selected for the Imperial Hotel in Tokio」と英語を記した小型ラベルが貼《は》りつけてあった。私はフランス語が駄目で、一部何のことやらよく分らないが、要するにムートンのあの醸造元が帝国ホテル向けの特製品として輸出したワインを、谷川先生は買い求め、九十四歳で亡くなられるまで六十年間秘蔵しておられたのであろう。

一九二八年（昭和三年）当時の「ムートン・ロートシルト」は今ほどの有名品でも高級品でもなかったらしいが、別の意味で貴重な、先生遺品の葡萄酒だから、冷蔵庫へ納めて大切に保存することにした。しかし、他の食品と一緒に冷蔵庫で保存というのがそもそも間違いのようだし、いつまで置いておくのか切りが無いような気がするし、三、四年後の某日、ローストビーフのよく焼けた晩、とうとう思い切って封を切ってみた。結果はやはり酢であった。台所の流しへ流し捨てる時、此の酪酒の六十余年の境涯を思って、ちょっと感傷的な気分になった。江戸城のワインもそうだが、喜望峰廻りスエズ廻り、暑熱の印度洋《インド》を越えて日本へ到来した時すでに、それほど長生きは出来ぬ運命を背負わされていたのであろう。

カリフォルニア産の葡萄酒に、こういうフランスの逸品（むろん生きた逸品）と較べて劣らぬものがあることに気づいたのは、今から二十四、五年前である。ハワイへ行って、一と月も一と月半も暮している間、ビール以外何を日常の飲み料にするか。ウィスキーはあまり好きでないし、ヨーロッパの葡萄酒の佳いものは高い。常夏《とこなつ》の島で、輸入品の日本酒もどうかと思う。

ホノルルの、ビジネス街の一角に、立派な酒屋があった。棚の前を往《ゆ》きつ戻りつ迷って

いる私に、

「何を探しているのか」

禿《は》げ頭の店主が、少し訛《なま》りのある英語で訊《たず》ねた。

「ドメスティックのワインで、値段が手頃で、推奨出来るものがあったら教えてほしい」、私は答えた。「好きなのはボルドー・タイプと言うか、カベルネ・ソーヴィニオン種の赤だ」

禿げ頭がゆっくり頷《うなず》いた。此の人はフランスからの移住者であることをのちに知るのだが、「今、カリフォルニア・ワインには素晴しいものがある。先月リリースされたこれ。それからこれ。或《あるい》はこれ」と、親切に色々銘柄の説明をしてくれた。有名な醸造元ロバート・モンダヴィの「Opus One」も此の店で知った。名前通り特吟の一級作品らしく、高くて手が出なかったが、もう少し安いお奨め品三種類ばかり「BV」とか「クロ・デュ・ヴァール」とか「ジョルダン」とか買って帰って飲んでみたら、どれも皆旨《うま》かった。なまなかな欧洲《おうしゅう》ものよりずっと上等だと、感心した。

ところが、日本へ帰って来てその話をしても、信用してもらえない。葡萄酒に詳しい人ほど、ある種の頑固な先入観を持っているようで、

「まあね、割に佳《い》いのがあるって言うけどどね」

と、馬鹿《ばか》にしたような薄ら笑いされるが落ちであった。デパートの地下へ行って聞けば、「多少は置いております」、一瓶七、八百円程度の安物売場を指さされるし、日本航空や全日空の国際線に乗って赤を註文すると、「ボルドーになさいますかブルゴーニュになさいますか」——、反応は決っていた。アメリカ往復の便ですら、カリフォルニア・ワインを一切積まないというのは、かなりの偏向現象だと思い、航空会社の人に言ってみたこともあるが、これ亦《また》聞き流されるだけであった。（今では各社各便積み込んでいる）

ハワイの禿げ頭店長を最初の先生に、その後の二十余年間、私はずいぶんな数の加州《かしゅう》ワインを試み、銘柄と味を覚え、ワイナリーの見学にも人の好意で連れて行ってもらって、そのうち特に旨いと自分で執心している品を、アメリカ土産の贈り物に他家へ届けたことが何遍かあるけれど、

「これは驚いた。カリフォルニアでこんな素敵な葡萄酒が造られているとは知らなかった」

と率直に喜んでくれた人は三人しかいない。

ワインに関する限り、日本人の眼はひたすらヨーロッパの方向いたまま、長年動かなかったのだ。フランス物イタリア物の逸品の中へ、カリフォルニアの佳いのを忍び込ませて、ブラインドの試飲会を催したらどんな結果が出るだろうと、口惜《くや》しくて、その光景を空想

してみたこともある。

西を向いていた日本人の眼が、突如東へ向き直ったのは、此処一両年の驚くべき異変で、誰が言い出したのか「心臓病に良く健康に良い赤ワイン」の宣伝が大流行を呼び起し、加州産カベルネ・ソーヴィニオンの価格も一挙はね上って、主だったものは市場から殆《ほとん》ど姿を消してしまった。敢《あえ》て名前を明せば、私の最も好きだったのはナパ・ヴァレーの「Chateau Montelena」と、同じくナパの「Beringer, private reserve」、アメリカでなら四、五十ドルで買える（買えた）ものが、最近東京のホテルのレストランのワインリストに珍しくも載っていて、それを見た人の話によると四万円の値段がついていたそうだ。カリフォルニア・ワインが漸《ようや》く正当な評価を受けるようになったと、喜ぶべき場合かも知れないが、正直な感想は、茅台酒《マオタイしゅ》ブームの時と同様、大きな大迷惑である。

こうなったらカリフォルニアに見切りをつけ、スペインかアルゼンチンかオーストラリアか、世に未だあまり知られぬ旨い安い葡萄酒を探し始めるより仕方が無いと、腹を立てているところで「讃酒歌」の「二」を終る。もう一種類、好きな酒があって、ジン、アクヴァヴィット、テキラ、ウオトカ等々、度のきつい、透明に近い蒸溜酒《じょうりゅうしゅ》、これはしかし、話が自然カクテルに及ぶので、又別の機会に譲りたい。

かいぐん

近所の内科胃腸科吉武医院の老先生は、私と同い年、対米戦争末期海軍の軍医であった。家族全員風邪引き腹こわしの都度世話になって、向うの御家族とも何十年来の識《し》り合いだから、うちの女房が路上吉武夫人に出会うと、

「まあ、暫《しばら》くでございます」と立話が始まる。「これからお買物？」

「はい。東急地下の肉屋まで。主人が今晩『かいぐん』にしてくれと申しますので」

此《こ》の「かいぐん」は「海軍」ではない。吉武家特有の九州訛《なま》りで「かいぐん」と尻上《しりあが》りに響くお惣菜《そうざい》の名称、肉じゃがのことである。肉とじゃが芋の煮つけが何故《なぜ》「かいぐん」かはあとで書く。

日本の陸軍は、武士道重視、痩我慢讃美《やせがまんさんび》の精神主義で、兵食士官食とも粗食をよしとする傾向があった。安岡章太郎元陸軍二等兵の話では、慶応東大を出て麻布の歩兵三聯隊《れんたい》へ入った幹部候補生たち、都会っ子ばかりの夕食の菜が、「乃木《のぎ》大将の好まれた」茄子《なす》の芥《から》

子漬《しづけ》一と品のことは少しも珍しくなかったという。かかる禅僧に似た粗食癖も、極まるところ、戦場に於《お》いて「泥水すすり草を噛《か》み」まで行くと、外国人には理解出来にくくなる。「泥水すすり」は、支那《シナ》事変の初期大ヒットした「父よあなたは強かった」の歌詞の一節だが、その部分翻訳して聞かせたら、ヴェトナムの前線へヘリコプターでステーキ肉とアイスクリームを運んでいる米軍の軍曹から、「それは、反戦グループの作った反戦歌か」と質問が出たそうだ。

「ちがうちがう。一九三八年、朝日新聞が全国に公募して一等当選になった『皇軍感謝の歌』で、父よ、夫よ、苦しい状況に耐えてよくこそ勝って下さったと、くにの妻子が出征中の肉親を讃《ほ》め称《たた》えてる歌だよ」

「だけど、泥水が兵士の飲料水で草がレイションだというのは、補給が駄目になってる証拠だろ。補給が一切とまってるのに、日本人は未《ま》だ戦うのか。そんなひどい状況を、批判しないで何故感謝するのか」

英国を手本とした海軍は、そのへんの考え方がもう少し柔軟合理的で、アメリカ陸軍輸送部隊の軍曹とも意見の一致しそうなところがあった。「補給がうまく行ってるから戦争に勝てるという保証は無いが、後方補給のちゃんと出来てない軍隊が戦争に勝った例は無い」と、これは主計科士官たちの間でごく普通に語りつがれていた言葉だし、痩我慢についても考え方がちがった。

「寒冷地で勤務する時など、寒さに負けまいと意地を張るのが一番いけない。身体《からだ》をこわして、往々一生使いものにならなくなる。『葉隠《はがくれ》』を武士の大切な修養書だと言って礼讃《らいさん》する人があるが、あれは自殺奨励痩我慢奨励の書だから、若い士官には読ませない方がいい」

此の意見も、日露戦争を知っている世代の提督たちの間では、ごく常識的な意見であった。

傭人《ようにん》のコックが用意する日常の士官食に、やはり英国流が加味されていて、オフィサーたちの昼食は、スープに始まり魚料理肉料理が一と皿ずつ、あと、サラダ、デザート、コーヒーで終る一応のフルコースと、長年のしきたりで決っていた。大正の末、陸軍歩兵中尉《ちゅうい》の秩父宮《ちちぶのみや》が、弟宮（高松宮宣仁《のぶひと》親王、当時少尉候補生）の乗艦「長門《ながと》」を見学に来て、

「君たちは毎日こんな物食ってるのか。陸軍じゃ考えられない贅沢《ぜいたく》だぞ」

とびっくりなさったエピソードが残っている。英国風なら不味《まず》そうだという反応も、あり得るはずだが、香蘭社《こうらんしゃ》あたりに焼かせた、「桜と錨《いかり》のマーク」が金色に光る洋食皿、銀色のどっしりしたナイフとフォーク、若い陸軍の皇族の眼にひどく華美贅沢な美食と映じたのであろう。

艦隊司令部の食事となると、これに軍楽隊の演奏がついた。従兵長に先導された司令長官が食堂へ入って来て、大テーブルの中央に着席、スープのスプーンを持ち上げると同時に、後甲板で待機していた楽長の指揮棒が振り下され、クラシックに近いポピュラー・ミュージックの演奏が始まる。

昔は此の時、食事旗、別名食事旒《りゅう》というものを上げた。所定の信号旗一旒、マストに掲揚して、「司令部職員、艦長以下、本艦乗員只今《ただいま》食事中」なることを周囲に示した。示してどうするのか、まさか敵艦が近所にいたら一時砲撃を中止せよとの要求ではあるまいが、私どもの時代にはもう此の旗の使われた例が無く、本来の意味はよく分らない。多分、昼休みの間ぐらい、作業をやめてゆっくり食事を楽しめという英国海軍伝統の古い風習があって、その信号標示法を日本が真似《まね》したのではなかろうか。

「それでアガワさん自身は、海軍でどんな物食ってたんですか。初めの頃は、やっぱり中々優雅な食生活でしたか」

残念ながらちがうのである。「初めの頃」がひどかった。大体、ミッドウェー敗北のあとで、戦局日に日に悪化し、日本中何処《どこ》もかしこも食糧不足、「足りないところは精神力で補え」と、海軍でも陸軍式の掛け声を聞かされるようになっていた。それに、予備学生と呼ばれる我々の立場が、少尉候補生に準ずる身分とは言え、戦時下臨時採用の初級士官要員、そうそう優雅に扱ってくれるわけが無い。八回前の「ビール雑話」にもちょっと書いたが、南台湾の訓練地東港《とうこう》へ連れて行かれて、半年間の基礎教育中、アルコール類は一切禁止、三度々々の食事は、すべて瀬戸引の兵食器にこて盛りの兵食であった。これは、江田島を出た本ものの少尉候補生連中も、遠洋航海に行っている間は兵食だそうだから、文句言うべきすじ合いではないけれど、その盛り切りめしに、穀象虫《こくぞうむし》と蛆《うじ》虫の死骸《しがい》が一杯混っているのには驚いた。みんな気味悪がって、初めは一々箸《はし》で取りのけていたが、そのうち馴《な》れてしまい、そっくりそのまま全部平らげて、それでも腹がへり、蛆虫穀象虫の混ぜごはんを、自分の食器へ出来るだけ多く取り込みたがるようになる。配食当番にあたった時の、自他の、あるまじき浅ましい姿が、五十七年後の今、眼に浮かんで来る。

副食物は、さすがに茄子の芥子漬一と品というようなことはなかった。焼魚もついたし肉も出た。よく食わされたのは野菜と魚の煮こみ汁、洒落《しゃ》れて言えば和風ブイヤベース、台湾近海魚の新鮮な白い切り身が入っていて、味は割にいいのだが、烹炊所《ほうすいじょ》が横着で乱暴で、魚の鱗《うろこ》を落していない。歯ざわり舌ざわりの悪さ甚しく、私たちはこれを、「東港名物うろこ汁」と称した。こういう待遇をして置きながら、外出の際は、服装、姿勢、言語、海軍士官らしいマナーをきちんと守れとやかましく言われる。「これがほんとの海軍ダマシ」と茶化す者もいた。

翌昭和十八年春、内地へ帰って来て、横須賀の通信学校で情報関係の専門教育が始まって、少し食事情がよくなった。八月、少尉に任官して、もう少しよくなった。しかし、音に聞く海軍式フルコースのディナーは、足かけ五年の軍隊生活の間に、一度しか経験させてもらっていない。軍令部附《づき》、東京勤務を命ぜられた同期生六十人ばかりが、一夕《いっせき》、軍令部総長元帥《げんすい》永野修身大将に晩餐《ばんさん》の招待を受けた。白の第二種軍装に威儀を正し、総長官舎の大食堂へずらりと席を並べた私ども新任少尉の手もとから、年配のボーイたちが、さも面倒くさそうなぞんざいな態度で、食べ終った皿をどんどん片づけて行ったのを覚えている。旨《うま》いも不味いもありはしなかった。

その他、海軍の「食」について語ろうと思えば話題は色々あるけれど、今回、メインテーマが「かいぐん」である。吉武老先生は、海軍の肉とじゃが芋の煮つけがどうしてそんなになつかしく、お気に入りなのだろう。

昨年夏、舞鶴《まいづる》観光協会作成の、駅ばり用観光ポスターが一枚、偶然手に入った。

「おふくろの味『肉じゃが』の発祥地　舞鶴」

大文字の広告文を見て、「ははあ、これだな」と思った。

「食卓の人気メニューのひとつ、おなじみの〝肉じゃが〟、そのルーツを探ってみると旧海軍の艦上食として作られたのが最初のようです。その発祥の地として舞鶴が登場いたしました」

「明治34年初代舞鶴鎮守府長官であった東郷平八郎は、イギリスで食べたビーフシチューの味が忘れられず、肉とポテトをベースにした食物を作るよう命じました。日本の調味料である醬油《しょうゆ》と砂糖で味つけした結果、出来上ったのが肉じゃが、その後家庭へと普及したのが始まりです」

ポスターには、鉢に盛った旨そうな肉じゃがの写真と、東郷元帥の顔写真とが、カラーで印刷してある。調理法もしるしてあり、「舞鶴風肉じゃがはこれにグリーンピースとにんじんを加え、栄養と見栄《みば》えに配慮」、——さあ皆さん、肉じゃがを食べに舞鶴へいらっしゃいということのようだ。

明治初年、英国に七年間留学した東郷提督が、肉じゃがの発案者だとは知らなかったが、私も海軍時代、これを食った覚えはある。しかし、吉武先生のなつかしがるほどなつかしい食い物として印象に残っているわけではない。

肉じゃがが発祥の地舞鶴から、南へ七十キロ離れた兵庫県の有馬《ありま》温泉、戦争末期海軍は、此処《ここ》の旅館施設を買い取って海軍病院の分院にした。若き日、吉武軍医中尉の勤務地が、

その有馬温泉の病院であった。夫人によれば、

「すぐ近くに宝塚がございますでしょ。きれいなヅカ・ガールたちを徴用して、看護婦代りに働かせる一方、一緒に歌を歌ったり、ダンス・パーティを開いたり、大変楽しかったらしいんです。普通の人は牛肉なんか闇《やみ》でも中々買えない時代に、其処《そこ》でよく出た士官食が肉じゃがだそうで、今も此のお料理をなつかしがりまして、うちじゃ『かいぐん、かいぐん』と主人の大好物なんです。だけど、そんなことばかりしてるから負けたんでございますよねえ」

吉武家の影響を受けて、我が家でも時々、「かいぐん」を晩めしの惣菜にする。ちなみに、舞鶴市の観光ポスターが、「海軍厨業《ちゆうぎよう》管理教科書より」と出典明示の上、紹介している「肉じゃが（甘煮）の作り方」は左の通り。

「材料　生牛肉、蒟蒻《こんにやく》、馬鈴薯《ばれいしよ》、玉葱《たまねぎ》、胡麻《ごま》油、砂糖、醬油。

一、油入れ送気

二、三分後生牛肉入れ

三、七分後砂糖入れ

四、一〇分後醬油入れ

五、一四分後蒟蒻、馬鈴薯入れ

六、三一分後玉葱入れ
七、三四分後終了」
（一、醤油を早く入れると醤油臭く味を悪くすることがある。二、計三十五分と見積もれば充分である）

おいしそうだと、もし心が動いたら、みなさん、昔々のレシピー通り、一度、明治海軍の肉じゃが作ってみられては如何《いかが》なりや。不思議な偶然だが、東郷平八郎中将が舞鶴鎮守府の初代長官に着任したのと、国木田独歩が代表作「牛肉と馬鈴薯」を発表したのとは、同じ明治三十四年の秋であった。独歩の短篇の内容と、東郷が作るよう命じた日本風肉ポテト料理との間に、直接の関係は何も存在しないけれど。

弁当恋しや

不思議な偶然というのは、不思議にもう一度続けて起る。生涯に何遍かその経験をしている。

今回弁当の話を書こうと思って、あれこれ考えているうち、「腰弁」という言葉が頭に泛《うか》び、これを誰か小説家が作品の中で使っていないかと、あたってみたら、国木田独歩に用例のあることが分った。

前回、独歩の名前を出したばかりである。舞鶴《まいづる》名物の古い海軍食「肉じゃが」と、独歩の短篇「牛肉と馬鈴薯《ばれいしょ》」、両者の間に直接の関係は何も無いけれど、肉じゃが創《づく》りの提案者東郷平八郎提督が初代長官として舞鶴鎮守府へ着任したのは、独歩が此《こ》の小説を発表したのと同じ明治三十四年秋、不思議な偶然だと書いて、話を了《お》えた。その文筆家が今回、のっけに又立ちあらわれたのである。私は独歩の愛読者ではない。作風や文体に、格別深い関心も持っていなかった。妙な気がするのだが、余談は其処《そこ》まで、「腰弁」について国木田独歩は何を言っているか。

　未完の長篇「暴風」の中で、主人公の弟今村幸一の境遇を、

「十八で学校を止《や》め文部省の雇に出て月給十円から腰弁の第一歩を踏み出し」

　こう叙している。要するに、今村家が貧しかったことの説明である。毎日弁当を提げて勤めに出るのは、明治四十年当時すでに、安月給取の典型的な生活様式だったろう。ところが、私にはそれが羨《うらや》ましい。明治の腰弁が食ってみたい。下っ端《ぱ》役人の悲哀を感じ取れないのかと言われても困る。何処《どこ》へも出かけぬ毎日なので、他人の弁当箱の中身が、今昔を問わず緑色に見えて仕方が無い。

　散歩の途中、家の建築現場で作業員たちが昼の弁当を使っている場面に行き合うと、旨《うま》そうだなあと思う。おかずは何か、ちょっと覗《のぞ》きこみたくなる。一度、じろりと睨《にら》み返された。

　本を読んでいても、「弁当」の二字でつい引っかかる。独歩が亡《な》くなって八十年後世に出た出久根達郎《でくねたつろう》さんの近著「書棚の隅っこ」、これは本のことを書いた本なのに、やはり「弁当」のところで引っかかった。戦時中に生れ、「貧困家庭の子だった」著者は、小学校時代、ほとんど弁当を持たずに登校した。

「たまに母が弁当を作ってくれることがある。麦飯に、シソの実の塩漬けをまぶした弁当

だった。麦飯では恥ずかしかろうと、飯を隠すように一面にふりかけてある。フタを開けると、シソの香りが強くただよう」

つらい思い出として語っている出久根さんに悪い気がするけれど、「そいつは案外旨そうだぞ」と、先《ま》ずそちらの方へ頭が行く。何しろ、少年期が終って以後、敗《ま》けいくさのあとの我が大貧困時代も含めて、弁当と縁が無い。

そのまま国は段々復興し、うちの次男が中学生になった昭和五十年頃、世の中もう、貧富にかかわらず、麦飯弁当の時代でなくなっていた。毎朝母親に、炊《た》き立ての白い御飯で弁当を作ってもらって、息子が学校へ出かける。飯には胡麻《ごま》塩が振りかけてあって、菜は牛肉の佃煮《つくだに》、ピーマンの細切りの油いため、卵焼の小さなのが二つ、沢庵《たくあん》三切れ添え、それを、仕事で徹夜明けの私が眺めている。

「俺にも、死ぬまでに一度、ああいう弁当作ってくれないかなあ」

「又いやがらせを仰有《おっしゃ》る。あんな物でよければ、いつでも作りますけど」

とは言うものの、作ったためしが無い。私の方も、無理に作らせたとして、それを持って何処へ行ってどう食べるかの思案が成り立たない。結局、弁当を鞄《かばん》へ入れて家を出るという生活と無縁のまま、以来二十三、四年の歳月が過ぎた。その前から数えると、五十余年の歳月が過ぎた。

弁当恋し弁当なつかしの此の思いは、文筆業者で学校勤務会社勤務を兼ねていない人なら、誰しもある程度持っているのではなかろうか。吉田健一さんを、私は個人的に識《し》る機会無しで終ったが、大変な食いしん坊だということは承知していたし、それらしき挙措を他処《よそ》ながら垣間見《かいまみ》た古い記憶もある。

昭和三十年前後、銀座ローマイヤの各種ソーセージ、アイスバイン、芋サラダ、酢キャベツなど、ドイツ風の食品が未《ま》だすこぶる佳味珍味とされていた頃、店の前を通りかかったら、吉田さんがガラスケースの中を、一心に、傍目《わきめ》もふらず眺め入っていた。腰を少しかがめ加減に、左の掌《てのひら》を右の頬にあて、髭剃《ひげそ》りあとのざらざらでも撫《な》でさするような恰《かっ》好《こう》しながら、どれが旨《うま》いか、どれ買おうか、とつおいつ迷っておられる様子が、舌なめずりを抑えかねているかの如く見えた。その吉田健一さんに、やはり弁当を語った文章がある。

「子供の頃に駅弁を買って貰《もら》って旨かったのが、大人になるとともに薄れず、駅弁を買うのを旅行する楽みの一つに数えることが出来れば、そういう人間は健康であって（中略）、駅弁などまずくて食えないというような通人の仲間入りを我々はしたくないものである」

（中公文庫「舌鼓《したつづみ》ところどころ」）

御説ごもっともなれど、汽車で旅する時の駅弁くらいしか、弁当を食べる機会を持ち得なかった人の、弁当憧憬《しょうけい》の口吻《こうふん》を感じる。

何百個も大量生産の「駅弁」と、一つ一つ家で作る「腰弁」と、比較するなら後者の方が私には好もしいけれど、汽車弁当も嫌いではない。少年時代は夢中であった。あの、へぎの匂《にお》いからしてよかった。今、我が家でよく口にするのは、鰤《ぶり》の照焼や鰆《さわら》の味噌漬《みそづけ》を出されて不味《まず》かった時、

「これだって、焼魚として駅弁に入ってりゃ、お、旨い、此の駅の弁当中々上等だと、魚の点数上がるんだろうがな」

ただ、駅売り弁当も、関東と関西では西の方に旨いのが多い、——ような気がする。多分、伝統的にそうなのである。

瀧澤《たきざわ》馬琴の著作の一つに上方旅行記があって、その中に京大坂の芝居小屋のこと、観客の弁当のことが書きとどめてある。正確には「曲亭馬琴遺稿　壬戌羇旅《きりょ》漫録全三冊」のうち、第六十四節「四条の芝居」、

「弁当は如《かくのごとく》レ此ろぬりのべんとうばこへ入れこれへ椀《わん》をそへて持て来る」と、立派な蠟塗《ろうぬり》の弁当箱を絵で紹介し、「凡《およそ》芝居の弁当に焼飯握りめしはなし」、そう続けている。

江戸深川に生れて、それまで京師へ遊んだ経験の無かった馬琴は、歌舞伎《かぶき》見物の際、庶

人の弁当と言えば焼むすび程度のものと、長年心得ていたのであろう。それが、都の老幼男女《なんにょ》、上質漆器《しっき》の弁当箱へ鯛《たい》の塩焼きだの大根なますだの、旨そうな物を一杯詰めて持って来ているので、びっくりしたのだろう。

もっとも、馬琴が見て驚いた上方芝居の弁当は、昼飯用なのか晩飯用なのか、二食分なのか、そのへんのところが、『羇旅漫録』を読んでもよく分らない。大体、「弁当」という日本語、英語（又はフランス語ドイツ語）に訳しにくいのではないか。ケンブリッジで英文学を専攻した吉田健一さん健在なら何と翻訳《ほんやく》なさるか。試みに和英辞典を繰ってみると、「lunch; luncheon」、野外で食べるのが「a picnic lunch」、駅弁のようなのが「a box lunch」と、概《おおむ》ね昼の簡便食の感じで出ているけれど、私ども日本人にしてみれば、歌舞伎座の夜の部で註文する幕の内も弁当であり、夜汽車の窓から買うのも弁当である。

講談社の『カラー版　日本語大辞典』は、殆《ほとん》どの名詞動詞形容詞に、それと対応する英語を一つ添えているのが特色だが、「弁当」ではたと困ったらしい。「へんとう〔返答〕reply」、「へんどう〔変動〕change」の次、「べんとう〔弁当〕」には横文字が添えてない。ボックスランチ即《すなわ》ち弁当とは言いにくかったに違いない。

「おい、あしたは弁当作ってくれるんだろうな」

当然そのはずだぞと、胸張って言えるのは、海外旅行に出かける前の晩である。

「お弁当作りより荷造りの方が未だ片づいてないのよ。今度は機内食で我慢して下さいよ」

と拒否される場合もあるけれど、三度に一度は女房自身その気になる。飛行中出る食事の不味いのを知っているから。

かくて当日は、亭主も手伝う。米を研《と》いで、暫《しばら》く水に浸して置いて、ガス釜《がま》の火をつけ、炊き上がったらよくむらして——、何しろ一年数ヶ月ぶりの弁当、次はいつ食えるか分らぬ弁当と思えば、気が浮き立って来る。次男が中学生の頃、毎日見せつけられて羨ましがっていたあれとほぼ同じ内容だが、もう少し念入りに、もう少し贅沢《ぜいたく》に拵《こしら》える。

外側黒塗り内側朱色の弁当箱に、炊き立ての白い飯を詰めて、まん中に梅干を一つ埋めこむ。端の方へ少量、大阪錦戸《にしきど》の「まつのはこんぶ」を散らす。あとは胡麻塩の振りかけ。おかず入れの方に牛肉の佃煮、市販の品は不可、うちで選んだ赤身の肉を、たっぷり生姜《しょうが》入りで今の今煮込んだもの。卵焼は、だし巻の方が好きなのだが、普通の卵焼のやわらかいので我慢する。弁当の味は濃い目でなくてはならず、だし巻は薄味がよく、どちらを主に考えるか迷って、大抵いつも卵と調味料だけの卵焼に決まる。塩鮭《しおざけ》を一と切れの三分の一、「コレステロールの数値が高過ぎます。塩分と動物性の脂肪を控えるように」、医者に言われたばかりだが、此の際そんなこと、構っておられるか。

莢豌豆《さやえんどう》の茹《ゆ》でたのを、白い御飯の方へやや寄せかけ、菠薐草《ほうれんそう》のおしたしを小さな銀紙の容器に入れて、色の取り合せからも此処《ここ》へ飛驒《ひだ》の赤蕪漬《あかかぶづけ》が加わるといいが、無ければひね沢庵。

「あまり盛沢山だと、正月のおせちのようだって、あとで必ず御不満が出るわよ」

それはそうかも知れないけれど、もう一と品か二た品欲しい。長州仙崎のかまぼこと、きんぴら牛蒡《ごぼう》を、むっと来ない程度の量、詰め合せる。

用意万端ととのい、勇んで家を出かけたる老夫婦が、成田離陸後、ジャンボ機の片隅の狭い座席で、ごそごそ風呂敷包みを解いて弁当二つ取り出すのは、客室乗務員に対し、いやがらせをやっているようで、多少気がさすが止《や》むを得ない。

ちょうど、ベルトのサインが消えて食前酒のサービスが始まり、スチュワーデスが、

「御夕食のチョイスはどちらになさいますか」

と聞きに来る頃である。

「ええと、そうね。どちらも要りません」

「は？」

「実は自家製の晩飯を持って乗っているんでね。ビール一本と日本酒の燗《かん》したのを一つ、

あとで日本茶」

気の弱い女房が、「わたし、前菜だけいただくことにするわ」と言い出すのを、「馬鹿《ばか》、折角の弁当が不味くなる」、はたへ聞えないよう叱《しか》りつけて置いて、やおら黒塗りの弁当箱を開く。色どりが大変よろしい。卵焼の濃い黄色、かまぼこの白、梅干の赤、塩鮭の赤、野菜の緑、その容器の銀色、黒く細い錦戸の塩昆布、牛肉の佃煮の佃煮色、初め「変な客」と不審顔だったスチュワーデスが、二度目の通りすがり、必ず足をとめてにっこりする。

「まあ、おいしそう」

考えてみれば、機内食に一番うんざりしているのは彼女たちで、他人の弁当を羨ましく思う気持は、私ら同様かなり強いと察しられる。事実、誰が作ったのであろうと、弁当の旨いのはほんとうに旨い。

土筆《つくし》づくし

散歩道の途中に桜のきれいな公園があって、四月初めの日曜日、思い立って行ってみたら、何百人もの花見客で賑《にぎわ》っていた。十数本の染井吉野《そめいよしの》、案の定九分咲きの美しい眺めだったが、私のお目あては実のところ別にあって、近くの土手に群生している土筆である。三日前、小町谷照彦《こまちやてるひこ》さん夫妻と一緒に摘んで帰って、あまりにおいしかったからもう一度探しに来たのだ。

ところが、昼の花見の宴を中座してこれを採りに来る人が一人もいない。土筆は伸び放題の闌《た》け放題、したがって私どもの採り放題であった。日本独特のつくしんぼの味、春の摘み草の楽しみは、もう過去のものになっているのかと思った。

そう言えば此処《ここ》七、八年来、私どもと小町谷夫婦との、あたかも年中行事のような土筆摘みを、誰かに邪魔された記憶が全然無い。

土筆煮て飯くふ夜の台所　子規

そんな情景は、とくの昔、忘れ去られたのであろう。

小町谷照彦さんは中古専攻の国文学者、夫人の新子《しんこ》さんは亡《な》き瀧井《たきい》孝作先生の次女――、と言うより、芋版画の作者として近年とみに名高くなり、個展も催したし、テレビにも出演したし、「楽しい花の芋版画」と題する近著もある。当然、お二人とも土筆の味を知る立場、知る世代に属する。ある年、何のきっかけだったか、我が家へ招いて昼を供し、食後野辺へ散策に出たら、大変喜ばれて、以来それが、春の一日の恒例になった。横浜市に住む私たちが、八王子に住む小町谷家の近所へ土筆摘みに行くのではなくて、八王子の方から毎年横浜へやって見える。変だと思うと変だが、八王子駅南口徒歩五分の、瀧井家小町谷家のあたり、土筆なんぞ今では全く生えていないらしい。多摩丘陵の一部、横浜市の我が家の近まわりに、蓬《よもぎ》や杉菜土筆の萌《も》え出《い》ずる場所が未《ま》だいくらか残っている。

では、採って来た土筆を、お互いどうやって食うか。「今年また、おかげ様で春を迎えることができました」と、新子女史の手紙が届いているので、一節引用すると、「ツクシはさっとゆでて三杯酢にしたり、一寸《ちょっと》油でいってお醬油《しょうゆ》で煮たり、翌日友人宅へも少し持って行きまして、ここでもほめられました」そうである。ただし、「さっとゆで」るまでが大変だったろう。芋版画作家の指は、絵具ならぬ、土筆の袴《はかま》取りでまっ黒になっただろう。

「小町谷さん、袴取りの手伝いぐらいしたかネ？　又テレビで野球ばかり見てて、新子さんに叱《しか》られたんじゃないかネ」

笑って噂《うわさ》したその小町谷教授夫人を、私どもは今以《もっ》て、つい「新子ちゃん」と呼びそうになる。彼女が文藝春秋の新入社員、「文學界」の若い編集者として、頻々とうちへ来ていたのが、ほんの、此《こ》の間のことのような気がするのだ。「瀧井さんとこの下のお嬢さん、新子ちゃん」、そう言って、此の娘編集者に親しみを持っていたけれど、御註文の小説、私は中々書かなかった。書いて渡せば、おやじの瀧井孝作が、「新子の初めて取って来た原稿、どれどれ」と、読んでみるだろう。文章にも文字にも格別きびしいあの大先輩が、一字一句眼を通す場面を想像すると、筆執る気になぞたやすくなれないのであった。そのうち、一度、孝作先生直き直きの催促を受けた。

「あのネ、新子が会社で無能だと思われると困るからネ、何か一作書いてやってくれ給え」

それでも書かなかった。ついに一枚の原稿も渡さぬまま、やがて彼女は文藝春秋を退社し、長野出身の若い国文学者と結婚の段取りが決って、十二月の吉日、披露宴へ御招待を受けた。席上、スピーチを求められたので、新子新婦に私はあらためて詫《わ》びを言った。

「何度も何度も足を運んで下さったのに、すべて無駄足にしてしまい、申訳無かったと思っております。其処《そこ》にいらっしゃる花嫁のお父上のお顔が眼に泛《うか》んで、どうにも筆持つ手が動かなかったのです。ただ、びっくりしましたのは、そのお父上から、『新子が会社で無能だと思われると困る、何か一つ書いてやってくれ』と言われた時です。瀧井孝作先生平素の御作風より察して、『新子が君のとこへ行っているようだが、気の乗らぬものを書くのはよくないからね。書けなければ無理に書く必要無いよ』と仰有《おっしゃ》るなら分りますが、これは、寡作《かさく》で聞えた頑固一徹な作家の御言葉とも思えぬ、異な御意見を承ると、意外に感じました。しかし、娘に対する父親の情とは、なるほどそういうものかとも思いまして」

喋《しゃべ》りながらそっと見たら、孝作先生が涙を拭《ぬぐ》っておられた。瀧井新子嬢の此の晴れの日以来、三十三年の歳月が驚くべき速さで流れ去り、その三十三年間に、手間のかかることは全部いやという、インスタント食品全盛の時代がやって来て、春の野の草を食べる風習を、人々は忘れてしまったのであろう。

本題へ戻らなくてはいけない。幸田露伴の作品に、「話の舟が澪外《みをそと》を大分あるいた」という表現がある。「舵《かぢ》をなほして、前《ぜん》の澪筋へ出」て、問題は土筆の料理法である。袴を取り終るのに一時間の余かかるが、取り終ったら、塩を少量入れた熱湯でざっと茹《ゆ》で上げる。水で洗って水切りをすると、土筆が何とも実にいい色をしている。穂の部分のくすんだ緑色、茎の部分の赤味がかった淡褐色、我が家では色艶《いろつや》よろしい此の、茹で立ての野草を、醬油と酒に浸して煮る。紀州の梅干で味を整える。小町谷夫婦と摘みに行った今年初めての日、燗《かん》酒のさかなにして、つくづく倖《しあわ》せを感じると言いたいほど旨《うま》かった。夕飯の食卓には、トクサ科の多年草つくしんぼと並んで、南欧原産ユリ科の多年草アスパラガスも出ていたけれど、ちょっとかたちの似た大小二つの食用植物、食べ較べてみれば、缶詰《かんづめ》の白い柔いユリ科の方は、いやにどてッと、間の抜けたような味でしかなかった。

一体ヨーロッパの春の山野に、土筆は生えているのかいないのか。生えているとしたら、アスパラガスやトマトや、クレソン、トリュフ、フンギのおいしさを発見したイタリア人フランス人が、何故《なぜ》これの滋味に気づかないのか。第二次大戦が終って九年目、七十何歳かの北大路魯山人《ろさんじん》がアメリカ廻りでパリへやって来て、「フランス料理なんか、素材の持ち味を殺しているから駄目じゃ、料理は日本が世界一」と広言し、同席の荻須高徳《おぎすたかのり》画伯とパリ来遊中の大岡昇平さんを面白がらせたそうだが、此の話、然《しか》り然りと感ずる部分がある。単に食習慣のちがいというものではないだろう。ついでに書き添えれば、魯山人はトゥール・ダルジャン名物鴨《かも》の丸焼きを、味つけせずに持って来いと命じ、持参のわさび醬油で食ってみせて、支配人とシェフに大変興味を示されたという。彼らのその率直な態度に大岡さんが感心すると、「客あしらいの訓練が出来とるだけのことじゃ」、そう言ったと、大岡昇平作の食べ物エッセイが残っている。

アメリカ大陸には土筆がある。二十九年前の、季節はやはり四月、偶然自分で見つけた。シアトルで三、四日使っていたフォードのレンタカーを、そのまま運転して北へ向い、カナダとの国境が近くなった頃、ふッと、荷物のことが気になり出し、道路わきへ停めてトランクをあけてみたら、案じた通り、鞄《かばん》が一つ足りなかった。パスポートと旅行小切手の入った書類鞄である。ホテルの駐車場で大きなスーツケースを積み込む時、ポーターへチップを渡すのに気を取られて、小型鞄の方はそのへんに置き忘れ、「サンキュー・サー。バアイ」で走り出してしまったらしい。困ったことになった。ヴァンクーヴァーで乗る予定の日航機の出発時刻まであと三時間しか無い。探しに戻るのは無理だ。かと言って、此のままではカナダ入国を拒否されるだろう。声も上ずり気味の電話をシアトルへ二つかけて、事情を訴えた。今どき珍しい幸運だったと思うが、書類鞄は駐車場の片隅に残っていると分った。日系商社の人が、御親切にもホテルへ行ってそれを受け取って、此処まで駈《か》けつけてくれると言う。正確な地点は何処《どこ》ですかと聞かれ、私はあたりを見廻して、自分が今、ワシントン州ファーンデイルという小さな町の町はずれの、モービル・ガスの給油所で電話を借りていることを確認し、給油所の所番地、車の型、色、番号を告げた。あとは焦《あせ》ってみてもしようが無い。商社の人と落ち合えるのは一時間半後と見積り、車をモービルに預けて、木々が新芽を吹いている近くの森の中へ、時間つぶしの散歩に入った。其処に土筆が沢山生えていたのである。丈三十センチくらいの、大きなお化け土筆であった。パスポート騒ぎの記念に、一本抜いて、内緒で日本へ持ち帰ったら、みんなに珍しがられた。小学生だった男の子が学校へ持って行くと、学校でも珍しがられて、暫《しばら》く教室に展示されることになった。しかし、アメリカのサラダに此の野草が入っていたという話は聞いた覚えが無い。フランス料理のメニューに「つくし入りのスープ」とか、それに類するものが記されていた例も、私の知る限り皆無である。とすれば、これはやはり、日本人だけが知っている春の美味なのであろうか。

花見旁《かたがた》との二回目は、気温が上ったせいか、新子さんたちと一緒の時より、もっと豊富に出ていた。胞子のぎっしり詰まったかたの良いのばかり摘んで、すぐ袋一杯になった。その晩、つくし飯を作ることにした。昆布だしで白米を炊《た》き上げ、別に、醤油と味醂《みりん》でやや濃い味に煮込んで置いた土筆を、その上へ振りかけてむらす。充分むれたところを、杓子《しゃもじ》でかき廻せば、簡単につくし飯が出来上る。調理法は簡単だが、仄《ほの》かな苦味があって、実に旨い。余った土筆は、さっとゆがいたのを京都千鳥酢村山本家特製の「都すみそ」で和《あ》えて、酒のさかなにし、あと、つくし飯を一杯半食って、又々こよなき倖せを感じた。

古語「五味」の一つに、酸、辛、鹹、甘と並んで苦が入っているから、唐土《とうど》の人たちも、苦味の勝ったものが旨いという感覚はあるのだろうが、私どもほどそれを珍重するかどうか、少くとも土筆のほろ苦さを、中華料理の炒菜《チャオツァイ》の中に見出《みいだ》すことは、香港《ホンコン》でも上海《シャンハイ》でも、東京、神戸でもあり得ないような気がする。念の為参考書を何冊かあたってみたら、たった一つ、辻《つじ》調理師専門学校刊「中国料理便覧」にツクシが出て来た。ショウガ、シロウリ、ゼンマイ、タケノコ、ナズナ、ナノハナ等々、食用野菜の日本名中国名対照リストに「笔頭菜（ビイ・トウ・ツァイ）」として載っている。「笔」は筆である。土筆と似た名づけ方だが、現代中国語ではそう呼ぶらしい。ただし此の本にも、笔頭菜をどうやって食べるかは書いてないようであった。

その点、「世界一」の日本料理のテキストには、屢々《しばしば》土筆が顔を出す。東山千栄子《ちえこ》の実妹故中江百合《ゆり》さんの「季節を料理する」（旧題「日本料理十二か月」）は、当家厨房《ちゅうぼう》の古典的料理読本の一つだが、これの中にやはり、土筆の食べ方が色々記してある。つくし寿司《ずし》の作り方も書いてある。

「私はつくしのある季節に、一度はつくしを入れたちらし寿司をこしらえないと気がすみません」

百合子夫人の手料理が如何《いか》に美味だったか、何故その味を知っているかの個人的事由は省略するけれど、非常に鮮明な古い記憶があって、来年の春、未だ試みていないつくしのちらし寿司を一度作ってみようと思う。願わくは台所方も私もそれまで健在で、横浜市の丘陵に土筆杉菜の萌え出る土地が残っていて、八王子の小町谷夫婦に又誘いの電話のかけられんことを。

ブルネイ料理

若い知人夫婦がブルネイ在勤になって、此《こ》の国へは邦人旅行者の訪れもめったに無いらしく、人恋しいのか暇なのか、遊びに来いと繰返し誘ってくれる。熱帯の花咲き乱れ、水辺のマングローブ林に沈む夕陽が美しく、眺めだけは天国のようなところです、シンガポールから毎日二便ジェット機が飛んでいます、いらっしゃいませんか一度——。

偶《たまたま》と中近東方面への旅の途中、シンガポールへ立ち寄る機会が生じたので、お誘いに応ずることにした。実は、誘われなくても前々から、ブルネイに少なからぬ関心があった。

昭和十九年の十月、レイテ海戦に出て行く戦艦重巡洋艦主体の栗田《くりた》艦隊が、最後の燃料補給を受ける為入港したのがブルネイである。史上未曽有《みぞう》の此の洋上決戦は、周知の通り、結果として日本側の徹底的敗北に終る。別の海域で行動中だった空母四隻《せき》を含めて三十三隻が撃沈され、日本海軍は実質上比島沖で全滅するのだが、その数日前、ブルネイ湾へ錨《いかり》を入れた時の味方水上艦艇群自体は、威風尚《なお》あたりを払う概《がい》があったであろう。出て行って再び還《かえ》って来ない武蔵《むさし》、扶桑《ふそう》、山城、摩耶《まや》、鳥海以下各艦最後の静止シルエットは、ブルネイの浜のどのあたりからどの方角に望見出来たか、その種の記録や口碑が現地に残っているかどうか、関心事の一つはそれである。

それからもう一つ、今世界で一番の大金持ちが、アメリカの金融ブローカーでもアラブ諸国の首長たちでもなく、ブルネイの国王ハサナル・ボルキア陛下だという事実に興味を覚える。総資産二百五十億ドル、円に直して約三兆円、国民みな王室の富の余沢にあずかっており、税金は安くテレビ、自動車、冷房装置の普及度が高く、外国人家庭の召使のような役柄には誰も就きたがらないのだそうだ。

大体、西暦九世紀の中頃、唐の王朝はすでに、南海の物資豊饒《ほうじょう》な国「勃泥」の存在を知っていて、交易船を往《ゆ》き来《き》させていたらしい。「蛮書」という史書に国名が出ているという。もっとも、ブルネイ Brunei とボルネオ Borneo とは僅《わず》か母音二字のちがい、唐の地誌歴史学者が音うつしで「勃泥」と書き残したのは、ボルネオ島全体なのか、島の中部北岸にある小王国だったのか、はっきりしないけれど、ともかく長安の都人士が欲してやまぬ海燕《うみつばめ》の巣、樟脳《しょうのう》、籐《とう》、鼈甲《べっこう》の大切な産地だったらしい。今では、液化して積み出す天然ガスが、それらの物資に代ってブルネイ国民の富裕な暮しを支えているのだが、さて、ブルネイ料理というものはどうも聞いたことが無い。世界一金持ちの王様のもとで、誇り高き王国の老若男女《ろうにゃくなんにょ》は毎日どんな物を食べているのだろう。二つ目の関心事がそれである。

日本を発《た》つ日が決ったので、ブルネイへ電話をかけ、接続便名到着時刻と共に、右二つのことを御地で知りたい試みたい旨《むね》伝えた。001のあと電話機の番号ボタン十回タッチすると、五秒もしないうちに、フィリッピンの遥《はる》か向う、赤道のすぐ北にいる知友の奥さんT夫人の声が、はっきり聞えて来る。ただし彼女の受け答えは、妙に当惑気味であった。

「御食事の件ですね。それがそのウ、此の国はイスラムの戒律が大変厳しくて、何処《どこ》のレストランへ行ってもお酒が出ないんです。豚肉は食べること買うこと殆《ほとん》ど不可能ですし、新鮮でおいしい牛肉も中々手に入りません。結局うちの、ビールと日本酒で和食を召し上って戴《いただ》くのが一番いいんじゃないかと、私たちあのウ」

御配慮感謝するけれど、それでは何しにブルネイへ行くのか分らなくなるよ、僕はやっぱり町で、ブルネイのブルネイらしい食べ物が食べてみたいんだから、どうかよろしくと念を押して置いた。

シンガポールのチャンギ空港を出て二時間後、飛行機はブルネイへの着陸態勢に入る。窓から眺める下界の、濃い緑の森の中、立派に舗装された高速道路のような広い道が四方へ通じていて、沢山の車が英国流に左側を走っている。現在のブルネイは、マレーシア領サラワクとサバと、隣国の二つの大きな州にはさまれた小さな独立国だが、昔はこれら全部ひっくるめて「英領北ボルネオ」と称した。大部分が未開のジャングル地帯、オランウータンの棲《す》む瘴癘《しょうれい》の島というのが、我々世代の持つ古いイメージ乃至《ないし》謬見《びゅうけん》だったけれど、今やすべては近代化されているらしい。定位置に停止したジェット旅客機の横へゆっくり動き寄って来たのは、銀色のボーディング・ブリッジであった。

以下は、出迎えてくれた若夫婦の交々《こもごも》語る「新ブルネイ事情」の要約である。

機内アナウンスでお気づきになったと思いますが、英語でもマレー語でも、ブルネイは「ブルナイ」と発音します。第二次大戦中の数年を除いて約一世紀、英国の保護領だったのが十五年前に独立して、正式の国名がヌガラ・ブルナイ・ダルサラーム、此処《ここ》はその王国の首都、人口十万のバンダル・スリ・ブガワン。そうなんです、長ったらしくって覚えにくくて、私たち、此の国「寿限無《じゅげむ》々々々」の国だわって言ってるんです。国王陛下のお名前なんか、ほら、其処《そこ》にある王室アルバムを御覧遊ばせ、たっぷり二行にわたっておりますでしょ——。

見ればなるほど、「Kebawah Duli Yang Maha Mulia Paduka Seri Baginda Sultan Haji Hassanal Bolkiah Mu'izzaddin Waddaulah ibnu Al-Marhum Sultan Haji Omar Ali

Saifuddien Sa'adul Khairi Waddien」と記してあった。Sultan とか ibnu とかいう言葉より察するに、「イスラム君主スルタンの子その子を生み、その子スルタンとなりて神の何とかを何とか」と、そんな風な名前なのであろう。中の一語だけ取り出して通常ボルキア陛下と申し上げる国王の「御真影」を、此のあと国内到《いた》るところで、建物の壁面上に見かけることとなる。口髭《くちひげ》生やした美男子国王のカラー版の額の左下に、肥った第一王妃が、同じく額入りでにっこり笑っていらっしゃる。右下には豊満な第二王妃が、これ亦《また》負けじとにっこり笑っていらっしゃる。ブルネイに日本の新聞社の支社は無いからいいけれど、もし特派員がやって来て、両妃同壁の此の王室写真を馬鹿《ばか》にするような記事なぞ書いたら、不敬罪で忽《たちま》ち国外退去だそうだ。王と王の一族が持っている権力影響力は絶大なもので、一方国民の側も、多くが、国王に対し深い敬慕の念を抱いている。王室抜きでは物事が順調に運ばないようなところがあるという。その伝統の国情故《ゆえ》に、私が食べさせてもらうブルネイ料理にまで、かすかながら王室が関係して来る。

T夫人と学窓を同じくするS夫人（日本の会社員の奥さん）に私の希望が伝わり、それがS夫人からY夫人に伝わった。Y夫人は王家の縁戚《えんせき》にあたるブルネイ女性で、毎週S夫人に日本語のレッスンを受けている。そりゃうちの姉に委《まか》せたらいいだろうとY夫人が言い出し、話はレストランの女経営者、Y夫人の姉上Z夫人のところへ持ち込まれた。日本の老作家がブルネイ料理に強い関心を抱いて近く来訪する、いい加減な物を食べさせてはいけない、王室の名誉にかけて、姉さん、おいしい料理を作りなさい、よろしい、腕に縒《より》かけて作りましょう、お願いしますと、TSYZの間で寿限無風の談合成立、到着の翌日、私はその店へ案内されることになったのである。そんなの気が張っていやだとは、今更言えなかった。

「Kafe Pedada」は、アメリカ式ショッピング・モールの一角にあった。白いテーブルクロス、銀色のナイフ、フォーク、レモングラスの入ったフィンガー・ボール、不思議なかたちをした箸《はし》、種々様々な香草を盛りつけた平皿と、東西混用の正餐《せいさん》のしつらえで、一行が着席したメインテーブルとは別のテーブルの上に、色とりどりの御馳走《ごちそう》が並べてある。牛の肺の焙《あぶ》り焼、小鰺《こあじ》のオイル漬け、豆のもやしと烏賊《いか》のサラダ等々、これを思い思いに取って来て、香草に包み、魚醬《ぎょしょう》らしきソースに浸して食べるのだが、その調味料はチリソースとマンゴやグアバの果肉果汁の混ぜ物だから、辛くて妙に甘ったるい。

サゴ椰子《やし》の澱粉《でんぷん》で作った葛餅《くずもち》か片栗《かたくり》のような練り物も、卓上に出ていた。根本が一つで先が二つに割れている独特の木箸を使って、魚や肉と一緒に此の椰子餅を挟み千切りながら食う。珍しいと言えば、すべてが珍しかった。瀬戸内海産いりことそっくりの、小さな雑魚《ざこ》のにんにく炒《いた》めや、スープ状のチキンカレーは、真実おいしかった。しかし、気温摂氏三十度の町を歩いて来た私としては、一と口でもいいから冷《つ》めたいビールが飲みたい。それが出してもらえない。ビールやワインの代りに供されるのは、多分ココナッツミルクと何かを混ぜ合せた、とろりと甘い桃色の飲み物、同じく砂糖のたっぷり入ったライムジュース、どう考えても、料理の味を引き立てるより、引き下げる効果の方が大きかった。

「回教圏でも、もっと戒律のゆるやかな国はあるんですがね。国王が極めて敬虔《けいけん》なムスリムなので、此の国は特別なんです」

と、T夫人の御亭主の方が、遠慮勝ちに小声で話し始めた。調理場に、「如何《いかが》でしょうか」と言わんばかりの笑みを泛《うか》べて店のオーナーZ夫人が控えているから、遠慮勝ちにならざるを得ない。

「すぐ其処の小道の向う側に、『猪肉店』と書いた店が見えるでしょ。横文字で『NON HALAL FOOD』と書き添えてある。つまり中国系ブルネイ人の豚肉屋でして、戒律にそむく食品を売ってる店も、あることはあるんです」

ハラールというのは、牛や羊、雞《にわとり》の頭を聖地メッカの方へ向けて、アラーの神に祈りをささげつつ、頸動脈《けいどうみゃく》を断ち切る宗教的儀礼である。こうして血を出し終った獣肉だけが、回教徒の食べていいお浄《きよ》め済みの獣肉で、したがってNON HALALの、而《しか》も豚肉を商っている店などは、法律上一応許されているとしても、何となく世をしのぶ日陰者の店らしくなって来る。道向うの「猪肉店」も、ガラス戸一杯に黒いカーテンを下ろして、中が見えないようにしてあった。

「味のよしあしより、コーランに示された儀式と禁忌事項を守る方が大切なんです。こんな厄介な手間をかけてお祓《はら》いした牛肉が、旨《うま》いわけありませんから、我々日本人仲間のすき焼パーティなんてものは、初めからもう諦《あきら》めてるんですよ」

それでも、今日のブルネイ料理がS夫人とYZ姉妹格別の好意による特製料理だったことは間違いない。サゴ椰子の団子に黒蜜《くろみつ》をまぶしたデザートまで平らげ、厚く御礼を申し述べて「Kafe Pedada」を出た。知人宅へ帰る途々《みちみち》、昔開高健に聞かされたヴェトナム戦争従軍奇談を、私は思い出した。米軍将兵と夜間協同作戦中の南ヴェトナム軍の兵隊が、腰に携帯食料の生きた雞をぶら下げて行軍している。そいつが時々コケッココと鳴き立てる。ヴェトコンが聞きつけて、闇《やみ》の中からいつ機銃掃射を浴せて来るか分らず、危くてしょうが無い。せめて締め殺して持ち歩いてくれと言うのに、ヴェトナム兵は頑として首を横に振るのだそうだ。「味が落ちる」

日本から見れば、同じ南アジアの同じ暑熱の国々なれど、命より味が大事なヴェトナム人みたいなのもいれば、味よりコーランの戒律の方が大事なブルネイ国民のようなのもいる、来るまで本当に何も分っていなかったと話したら、日本人一般みんなそうです、ブルネイ王国と日本と、どんな関係にあるのかも、御存じない方々が殆《ほとん》どです、東京の普通の家庭の、電球一つはブルネイが輸出する液化天然ガスLNGでともってる勘定になるんですがねと、そういう話も出た。

栗田艦隊の投錨《とうびょう》位置については、ブルネイ湾がやはり、日本で想像していたのと違うとてつもなく広大な湾で、大和が此処、武蔵があのへんと、そんなこと五十五年後のこんにち到底正確には分らないと分って納得したけれど、本題からそれる話なので割愛する。

あとは予定の旅程にしたがって、旨い物の一杯あるシンガポールへ帰って行くだけである。ロイヤル・ブルネイ航空429便、乗り込んだ私は「ロイヤル」の一字にふと、英国のウィスキーが飲めそうだという錯覚を起したが、むろん出してはもらえなかった。出発時刻がちょうど日没時にあたっており、機内放送を中断して聞えて来たのは、メッカへ向って夕べの祈りをささげる不思議な節廻しの声であった。

鯛《たい》の潮汁《うしおじる》

鯛の潮《うしお》の旨《うま》いのに、長い間接していない。うちで作らないし、料亭でも、出してもらった記憶が近年無いような気がする。もしかすると、出されたのに味が今一つ物足らず、上の空で片づけてそのまま忘れているのだろう。

昔、我が家の食膳《しょくぜん》には、此《こ》の澄まし椀《わん》がよく出た。老いた父が、

「お前らは西洋かぶれで、ポタージュとかコンソメとかハイカラな名前に憧《あこが》れて洋食屋のソップの方を有難がるがの、ほんとうに旨いのはこれじゃぞ」

と言って、鯛の刺身と共に、瀬戸内の鯛の潮汁を好んだ。「西洋かぶれ」の末息子は、「そもそもソップなんて言い方が古くさい」と思いながら、結構、親の好きな吸い物のお相伴もつとめて、その味に馴《な》れしたしんでいた。これはしかし、対米戦争の始まる前、新鮮な魚介類が安くて豊富な広島の町の住人だったから出来た贅沢《ぜいたく》である。実を言うと、贅沢をしている意識なぞ無かった。母親が格別料理上手だったわけでもない。普通の中流家

庭の、平和時、ごく普通の夕食の献立を、一汁三菜とすれば、その「一汁」に過ぎなかった。

ただ、自分が父の歿年《ぼつねん》にさしかかって、あの頃おやじさんの好物だったあの鯛の潮の旨いのをもう一度食べてみたい、時折ふっとそう思う。それが今や、本式の贅沢で中々むつかしいらしい。大体、日本料理の手の込んだ吸い物は、「食う」のか「飲む」のか「啜《すす》る」のか、作り方を考えるより前に語法上の疑問が生じる。

六十年前、西洋かぶれが多分にドイツかぶれの様相を呈していた時代風潮の中で青春期を迎え、高等学校受験に際し、ドイツ語を第一外国語とする文科乙類を選んだ。合格して、高等学校生徒の生徒らしい生活に必要な単語を、**trinken, rauchen, spielen, lieben und geliebte werden** と次々覚え込んで行く初歩の課程で、先生から、「ただし諸君、酒を **trinken** してもSuppe を **trinken** してはいけませんよ」と教えられた。「あれは飲む物じゃなくて食べる物です。Suppe に対する動詞は essen です。忘れないように」

だから、六十年後の今も忘れずにいて、それが気になる。味噌汁《みそしる》ならあっさり「飲む」と言えるのに、大きな鯛の頭が入った潮汁のような吸い物を、「飲む」とはどうも言いにくい。日本語の場合、正しい語例は何なのか。思案に暮れる趣があるけれど、ともかく、これを食せざること、絶えて久しい。原因の第一はやはり、天然の大鯛が手に入りにくくなった、その漁業事情であろう。天然と言っても色々ある。明石《あかし》の瀬戸や鳴門《なると》海峡、来島《くるしま》海峡の荒潮で育って身の引きしまった、両手にどっしり載るくらいの大きさの真鯛が最も望ましい。これが瀬戸内海から段々に姿を消している。絶滅したわけではないけれど、東京や首都圏の、普通の魚屋で素人《しろうと》が手に入れようとしても、先《ま》ず無理だ。しかし、此の種の内海の真鯛でないと、潮《うしお》のほんとうの味は出ない。

亡《な》き獅子《しし》文六《ぶんろく》先生が、贔屓《ひいき》の店新橋「京味」の主人に、提案旁《かたがた》と尋ねてみられたことがある。

「どうかね、健ちゃん。材料全部、大阪から一々航空便で取り寄せなくたって、伊豆あたりで獲《と》れる魚の、充分使える旨いのがあるんじゃないかネ」

「一つもおまへん」

というのが、三十余年前、「京味」主人西健一郎若かりし日の、調理場に立ってのにべも無い答であった。此の言いようは、「江戸前」とか「魚河岸《うおがし》」とか「神田ッ子」とか、それを粋《いき》と感じている東京の人たちから嫌われる。私自身、某所でうっかり同じようなことを口にして、年輩の鮨《すし》職人に「それを言っちゃあいけませんや」と、べらんめえ口調でたしなめられた経験を持ち合せているけれど、ありていに申すなら、特に鯛に関しては、「京味」の断定通りであろう。

谷崎潤一郎さんは日本橋蠣殼町《かきがらちょう》の商家の生れでありながら、関西へ移住して、その事実に早く気づかれたらしい。「細雪《ささめゆき》」作中に、明石の沖あたりで獲れる鯛がどれほど結構なものか、縷々《るる》述べたくだりがある。

「東京に二た月三月もゐて、赤身の刺身ばかり食べさせられることが続くと、あの明石鯛の味が舌の先に想《おも》ひ出されて来、あの、切り口が青貝のやうに底光りする白い美しい肉の色が眼の前にちらついて来て」

と、三人姉妹の中の一人、鯛好きの雪子の感想のかたちで記してある。

それが、芦屋《あしや》大阪京都を東へ離れて、内海ものでない鯛を供された場合は、同じ真鯛でも、点数、おそろしく低い。

「今日は手料理と云ふけれども、膳の上の色どりは、大垣あたりの仕出し屋から取り寄せたらしいものが大部分を占めてゐた。……試みに鯛の刺身に箸《はし》を着けて見ると、果して口の中でぐにやりとなるやうに身が柔かい。鯛について特別に神経質な彼女は、慌《あわ》てゝそれを一杯の酒と一緒に飲み下して、それきり暫《しばら》く箸を置いた」（こちらの「彼女」は姉の幸子）

実際に接待した側の、モデルと見られる人物の体面もあるだろうに、よくぞこれだけはっきりお書きになると感心する一方、その日その場での谷崎さんの顰《しか》めっ面《つら》が眼に泛《うか》ぶ。前節、「青貝のやうに底光りする」刺身の切り口も、あとの「口の中でぐにやり」も、「そう、まさにその色」、「そう、その不味《まず》さ」と、一々頷《うなず》きたくなる。ただし、読んでの通り、「細雪」の此の部分、潮の話ではない。

それで私も大谷崎に倣《なら》って、話の軸を少し鯛そのものの方へずらそうと思う。最近見かけないが、昔郷党選出の衆議院議員が大臣に就任すると、「目の下三尺」の大鯛が邸《やしき》へ祝いに持ち込まれる光景を、地方新聞は写真入りで報じたものだ。「目出鯛」の語呂《ごろ》合せで、別に悪い気もしないが、私ども文士にはおよそ無縁の風俗と思っていた。その、大臣用の鯛に近い大鯛を人から贈られて驚いたことが、過去十年間に二度ある。結論を先に記すなら、残念ながら二尾《ひき》とも駄目な鯛だったけれど。

最初のは、荷を解いて一と眼見て「あ、いけない」と分った。色がいやに赤かった。鯛でも蛸《たこ》でも、ほんとうに佳《い》いものなら、色はむしろ白っぽいはずである。此の、黒ずんだ毒々しいばかりの赤さは、養殖に決っていると思った。それでも一応、魚屋に頼んで下ろしてもらい、刺身、兜煮《かぶとに》、あら焚《だ》き、種々調理して試みてみたが、妙に脂《あぶら》がべとついて、くさくて、食えたものではなかった。潮なぞ、初めから作る気になれなかった。鰻《うなぎ》の養殖が成功しているのに、鯛の養殖は未《いま》だし、前途尚《なお》遠いらしいと再認識した上で、贈ってくれた人の好意に対し相済まぬと思いながら、全部捨てた。

二回目に貰《もら》った鯛、これはよかった。大変佳《よ》さそうに見えた。近所の「魚平」へ、又下ろし方頼みに行くことにした。横浜新開住宅地の魚屋にしては話のよく通じる「魚平」のおやじが、「ほほウ、今度のはみごとな鯛だねえ」、感嘆してみせるだろうと思ったのに、何ンにも言わない。夕方届いたのを、片身の部分、取敢《とりあ》えず刺身に作らせて、台所の立ち食いで一と切れ味わってみたら、これが「ぐにゃり」であった。あとは察して余りあり、私は不審でならなかった。今回、贈り主は食いしん坊の若い親しい友人だし、産地発送元は確か愛媛県と聞いたし、色合いからして瀬戸内海の新鮮な天然物としか見えないのに、何故《なぜ》こう不味いのか。

翌日、「魚平」の店へ立ち寄って質問した。

「おやじさんが何も言わないから変だとは思ったんだが、あれ、やっぱり養殖なの？」

「いやァ」と、「魚平」が口ごもった。「養殖じゃあないんで、天然の鯛なんですがね、養殖用の網のまわりへへばりついていて、業者が撒《ま》く餌《えさ》の、網の目から流れ出るおこぼれを食って大きくなった奴《やつ》でして、あッしらの方では『はんちく』と呼んでます。尾鰭《おびれ》のかたちで分ります」

やれやれ其処《そこ》まで来たのかという感じがした。要するに、活《い》きのいい本物の「明石鯛」なぞ、尋常の手段ではもう手に入らない、「目の下三尺」を見かけたら先ず疑ってかかれという事だろう。したがって、本物の味がどんな味か、人が知らない。殊《こと》に、東京で暮している若い世代の大多数は、鯛の頭、鯛の目玉、鯛の潮、そんな物に無関心らしい。食べたことが無いか、食べたとすればくさかった思い出しか持っていないのだから——。

料亭の方も、無知無関心な人に、貴重品に類する天然鯛の頭なんか出す気にはなれないだろう。先年、尾道《おのみち》の割烹《かっぽう》旅館「西山別館」でそれを経験した。銀座吉井《よしい》画廊関係の招宴、座敷に居並んだのは、ほぼ全員東京からの参加者、銘々の膳に中型の鯛の塩焼きが一尾ずつついていた。これが実に旨かった。尾《し》っぽの方までせせりほぐして行くと、俗に鳴門骨と称する瘤《こぶ》状の太い骨があらわれる。瀬戸の急潮で鍛えられてこそ、これだけの味の此の瘤鯛、「はんちく」は多分こんな骨、持っていないだろうな、そう思いながら夢中で食べているうち、待てよ、変だぞと気づいた。鯛の塩焼きは「尾かしらつき」と昔から決ったものなのに、「かしら」の部分が欠けている。

「ちょっとちょっと」、忙《いそが》しげに座敷へ出入りしている中年女性を、私は呼び止めた。「これの頭はどうなってるんですか。何故頭を出さないの？　あんたたち内輪の食べ料に、一番おいしいところは残して置くのかね」

女中頭らしき人が、

「ありゃ、分りますか」

にやりとした。その結果、私の前にだけ目玉つきの立派な頭が出て来て、甚だ具合が悪かったけれど、あとで考えるに、「西山別館」の方としては、「近頃こんな物、お出ししても、大抵の方が手をおつけになりませんのでねえ」、そう言いたかったのではなかろうか。

うちの娘が東洋英和の生徒の頃、「鯛は頭の、目玉のところがおいしい」と言って、友達にさんざんいびられたことがある。子供が四人もいる我が家では、娘に高価なコートや装身具なぞ買ってやれないし、買ってやらない方針だったが、食べる方なら、分不相応な店へもちょいちょい連れて行った。それに彼女は、広島の伯父伯母に可愛《かわい》がられて、小さい頃から瀬戸内海の鯛を度々食べていた。で、学校の昼休み、弁当を開いている時か何か、鯛が話題になって、ついそう言ったらしいのだが、

「うわァ、気持ワルーイ」

「目玉食べるなんて悪趣味。そんなの私、絶対駄目」

「アガワ、変ってる」

同級の、東京育ちの意地悪娘たちが早速、口々に囃《はや》し立てた。その時一人だけ、小声で異を唱える——、娘の立場に立って言えば肩を持ってくれる同級生がいた。

「だけど私は唇のとこがおいしい」

荘さんといって、お父さんが台湾出身の実業家のお嬢さんであった。三十余年前の話だ

が、聞いて、さすがと感服したのでよく覚えている。

荘家では鯛の頭をどんな風に料理なさるのか知らないけれど、その、唇と目玉と、人間の喉仏《のどぼとけ》に似た薄い骨「鯛の鯛」のかくれている鰓《えら》のあたりのぷるぷるとが、潮の材料として欠かせない物である。

一度何とか、新鮮な天然の大鯛の頭を手に入れて、おいしい潮汁を作ってみたい。だしは昆布一枚、あとむつかしいのは濁さないこと。濁り酒が一種の風情《ふぜい》を持っているのとちがって、鯛の潮の濁ったのは下の下で、使いものにならない。それを避ける為には、大鍋《おおなべ》たっぷりの水の中へ唇目玉ごと入れた鯛の頭を、とろ火で長い時間かけて煮ながら、慎重に丹念に、何十遍でもあくを掬《すく》い取る根気が必要になる。しかし、年季の入った料理人の話では、もとの鯛が佳い鯛なら、そんなに、心配するほどあくが出て濁るものではないそうだ。「叩《たた》けよさらば開かれん」と言う。「機が熟する」とも言う。こうして書いているうちに、何だか近い将来、自然と機運が熟し、一と叩きすれば真鯛の潮汁への道が開けそうな気がして来た。

鮎《あゆ》

栃木県那珂《なか》川の、新鮮な天然鮎の到来物があって、三日間鮎を食べつづけ、鮎にまつわる色んなことを思い出した。思い出すものの一つは、又しても、亡《な》き人たちの面影である。四十二年昔、昭和三十二年のちょうど鮎の季節、文藝春秋が主催する伝統の講演旅行に初参加した。私以外は、各地聴衆戦前よりお馴染《なじ》みの常連講師、石坂洋次郎さん、亀井勝《かめいかつ》一郎《いちろう》さん、それと世評とみに高い新進漫画家加藤芳郎《よしろう》さん、随行が文藝春秋の青年社員二名、イニシアルをローマ字で記すと二人ともKだが、若かったそのKたちも、石坂先輩も亀井先輩も、加藤さんと私を除いて、もはや全員此の世にいない。

それで、故人の面影から何を思い出すかというと、石坂さんと亀井さんが鮎を食べなかったこと。私と二人のKが鮎を肴《さかな》にお酒を過ごし、勢い余って夜明しで花を引いたこと。講演会第一日目の開催地は滋賀県長浜市であった。終了後、宿へ帰っての夕食に鮎の塩焼が出た。これが旨《うま》かった。何処《どこ》か近江《おうみ》と美濃《みの》の国ざかいあたり、早瀬の玉石につくなめらかな水垢《みずあか》（珪藻《けいそう》）を、鮎が舐《な》めて、それの染《し》みこんだ腸《はらわた》が炭火で焼かれて、好い香りがしている。初の舞台を無事つとめ了《お》えた解放感もあり、おいしいなあと蓼酢《たでず》で食いながらふと見たら、石坂さんと亀井さんは鮎の皿に手をつけていなかった。

「僕はこれ、駄目なんだ」

石坂さんが津軽訛《なま》りで言い、

「そう。僕も苦くて駄目。よかったら君たちどうぞ」

亀井さんが食膳《しょくぜん》をこちらへ押しやるような手つきをなさる。両先輩の生れ育った弘前《ひろさき》や函館には鮎を食う風習が無いのかしらと、不思議に思った。結局、「じゃあ頂戴しようよ」ということになり、若手四人で頒《わ》け合ったのか、私独りでもらい受けたのか、そのへん記憶が曖昧《あいまい》だが、とにかく私は塩焼計六尾《ぴき》平らげ、大満悦であった。

デザートに石坂さんの好きなバナナとメロンが出て、おそく始まった夕食が終り、年長者二人はそのまま寝所へ入られる。加藤芳郎さんは「まっぴら君」か何か、〆切ぎりぎりの仕事があって、やはりすぐ部屋へ戻る。仕事も無いし寝る気も無いのは私と二人のK、

「それでは先生方、おやすみなさい」

お辞儀一つして、さッと三人だけの別室へ引揚げた。合戦の用意と、簡単な深夜食の用意がととのえてあった。

その頃私は、コイコイの覚え立てで、寝床へ入っても花札の絵柄が眼にちらつき、気のおけぬ仲間とこれを始めたら中々やめられなかった。勝負はその晩、ＫＡの馬鹿《ばか》なつきっぷりで、四光と赤丹を作った上、未《ま》だ「来いッ」と、嵩《かさ》にかかるような打ち方をして見せる。ＫＢと私が癪《しゃく》にさわって、めくり札を場へ叩《たた》きつける。何か叫ぶ。「来いッ」「畜生、悔しい」「そらもう一丁来いッ」。夏空の白み始めるまでやって、二、三時間まどろんだあと、朝食の時、亀井さんが妙なことを口にした。

「ゆうべあっちの部屋で家出人騒ぎがあったようだネ」

「家出人騒ぎ？　はあ。何処の部屋でしょう」

Ｋ二人と私は、何となく眼を見合せた。

「気づかなかったか、君たち。女房が家出して此《こ》の旅館へ逃げこんだのを、亭主が連れ戻しに来てたんだと思う。『来いッ、来いッ』と疳高《かんだか》い声で何遍も叱《しか》りつけるように言うんだが、らちがあかないらしくて、おかげで晩《おそ》くまで寝つけなかったよ」

実はそれ、とも言い出しかね、我々三人、俯《うつむ》き加減に黙っていた。賭《か》け事なぞ一切なさらぬ清教徒派風哲学者肌の亀井さんが、その様子で大概を察したかどうか分らないが、とにかく具合が悪く、私はもじもじしていた。文藝春秋側随行二人は、もっと具合の悪い思いだったろう。

それから十八年後、私は初めての随筆集「鮎の宿」を、六興出版で出してもらう。長浜の旅館の思い出を随筆に書いて本にしたわけではないけれど、此の時KBと亀井勝一郎さんはすでに故人であった。一行のうち一番若かったKBの死は、海でダイビング中の事故死である。亀井さんの病気は食道癌《がん》、享年《きょうねん》五十九、今の私に較べれば、これ亦《また》ずいぶん若かった。そのほか、鮎と直接関係無いが、広津和郎《かずお》、三島由紀夫《ゆきお》、志賀直哉《なおや》、川端康成《やすなり》の諸家、文藝春秋では池島信平《いけじましんぺい》さん、みんな此の十八年間に亡くなっている。

書名「鮎の宿」は、当時壮健だった瀧井《たきい》孝作さん八十一歳の新著「釣の楽しみ」の中の俳句二つ、

　鮎の宿夜道して行く人の声
　ねむられず青羽木菟《あをばづく》聞く鮎の宿

から借用したのだが、題を決めるに際し、「年魚」とも書く鮎の一年かぎりのはかない命を、亡き知友先輩たちの運命とかさね合せて置きたいような気持も、多少持っていた。

ただし、「宿」と私がいうのはむしろ、洛西保津川《らくせいほづがわ》に近い鮎料理屋のことである。店の風雅なたたずまいをエッセイに書く前と、書いて随筆集にしてからと、二度食べに行った。おいしいけど高かった。

二回目の時、床の間に月見草のつぼみが活《い》けてあった。生麩《なまふ》と野菜の取り合せ、小ぶりの鮎ずし、胡麻《ごま》豆腐、そんな物を肴に、鮎の焼けて来るまでちびちび盃《さかずき》を傾けていると、そのつぼみが一つ、音も無く開く。聞えるのは、井戸水の生け簀《す》で魚のはねる音だけ、「夜道して行く人の声」もせず、静かなものだ。

「どうぞゆっくり召し上っとくれやすや。ゆっくりしておいやすと、月見草が又咲きますえ」

梅雨が上れば、樹間に蛍の飛ぶのも見えるそうだし、京の闇夜《やみよ》らしい佳《よ》き風情《ふぜい》があった。言われる通りゆっくり、二度塩焼のお代りをし、月見草のぽっかり開くのも三遍か四遍か見て、満ち足りた気分で勘定書を求めたら、想像した値段と大分ちがっていた。前回、自分で払っていないのだ。頼んだタクシーが来て、連れと二人乗りこんだが、京都の運転手は京に関する他所者《よそもの》の陰口を知り合いの店へ伝えそうな気がする。車内で私は声をひそめた。

「つぼみが一つ花開くごとに、ざっと二万円だぜ。一輪二万円の宵待草は高過ぎるだろ、おい」

鮎にふさわしい閑寂《かんじゃく》とした座敷で、本当に佳い鮎を腰落ち着けてたっぷり食べたければ、此の値段は止《や》むを得ないのかも知れないが、それきり行っていない。

瀧井孝作さんは、大正の末、結婚前後の二年間を京都で暮している。元は街道すじの鮎問屋だった此の古い店を、知っておられたろうか。いずれにせよしかし、後年俳句に詠《よ》まれる「鮎の宿」は、もっと辺鄙《へんぴ》な、田舎の渓谷沿いの、釣師たちの泊り場であろう。

「生のまま素のまま」と題する瀧井全集収載の小品がある。

「私は、生一本の生地の素裸の、自然な純粋な、かざり気も見えも何もない、生のまま素のままが、一番好きです」

さながら清流の鮎を思わせる感想文だが、此の種の随筆類を瞥見《べっけん》して、時々、瀧井孝作は文章にきびしく、生活を切りつめ、無駄な物皆削り捨てて、唯々木訥《ただただぼくとつ》質素な一生を送った修験僧《しゅげんそう》のような作家というイメージを抱く読者がいるらしい。これは、必ずしもそうでない。旨い物、脂《あぶら》濃い物を食う楽しみも、将棋や花合せ、麻雀《マージャン》、勝負事に惑溺《わくでき》する面白さも充分知っていて、知った上での「生一本」であった。作家の作品の何処かに備わっていなくてはならぬ美しいものは、「忙しい世の常とはちがふ、放心とか、遊びとか、いくらかムダのやうに考へられる所」から生れて来るという趣旨の述懐もある。

遊びの中で特に打ち込まれたのが鮎釣りで、今年はどこの川の、八月に入ってあぶらの乗り切った放流鮎の方が旨いとか、鮎の味、品質の良し悪《あ》しについて、玄人《くろうと》なみに詳しかった。うるかなども、自分で作っておられた。

ところで、「鮎の宿」出版の年から又長い歳月が経《た》ち、瀧井さん始め志賀門の作家、私以外全員がその二十四年間に亡くなり、文藝春秋のKAや親しかった友人も、近年次々世を去って、訃報《ふほう》聞く度無常迅速の思いの深まる私のところへ、先般那珂川の鮎がたくさん届いたのは最初書いた通り。贈り主は食べることとこよなく好きな黒鉄《くろがね》ヒロシ、発送人が栃木県烏山《からすやま》の川魚商、此の鮎は、光沢からしてよかった。旨そうな物にめぐり逢《あ》うと、私は齢《とし》の自覚を失って無常の思いが薄れるのだが、突然の鮎の到来物で一つ困ったのは、蓼が手に入らないことである。近所の八百屋にも、駅前東急地下の野菜売場にも、蓼は置いてない。和洋支の各種ソースが並んでいるのに、蓼酢の瓶詰めというのは無いようだ。大体、「蓼」と訊《たず》ねると、殆《ほとん》どの店員が「何ですかそれ」と聞き返す。此の、他に用途の無い、苦いだけが取柄の草の葉を、濃くすりこんだ二杯酢が何故《なぜ》鮎によく合うか、多分苦《に》がみの相乗効果、日本特有の洗練された美味だと思うのだが、一般にはもう忘れられていて、話題にもならぬらしい。仕方が無いから、かぼすとすだちを買って来た。

まずは塩焼にする。背越しのなますとか、鮎の魚田、煮びたし、あまり凝ったことはしない方がいい。萬葉集に屢《しばしば》と「若鮎」が出て来るが、火と塩なら奈良朝推古朝の人たちも日常ごく普通に使っていたはずで、鮎はやはり塩焼が、古来変らぬ正統な食べ方であろう。

かぼすを絞りかけて食って、結構おいしかった。

　年少の頃、鮎を食べる時の作法、骨抜きの手順、何処《どこ》が一番旨いかを教わって、今もそれを覚えているし守っている。塩焼が出たら背骨一本しか残すまいと思う。化粧塩を盛って焦《こ》がした尾鰭《おひれ》も食べてしまうし、最後は頭に齧《かじ》りつく。四尾目、五尾目、齧りながら見ると、どの鮎も、恨めしげなきつい顔をしていた。二十余年前、洛西の鮎料理屋で、「保津川の鮎は怖い顔してまっしゃろ」と言われたのを思い出した。急潮渦巻く瀬戸内の鯛《たい》も同じだが、激流できたえられた天然の鮎は、確かに面《つら》つきがきつい。表情おだやかな、いやに肥《ふと》った鮎は、大抵養殖物で、水垢の高い香りがせず、腸《はらわた》の苦がみも乏しい。

　此のこと、昔誰かが言っているのを何かで読んだと、かすかな記憶を頼りに、捨てそこないの古雑誌の山を引っくり返してみたら、案外簡単に見つかった。「銀座百点」と同じサイズの、大阪の鶴屋八幡《つるやはちまん》本店内に発行所があった食べ物誌「あまカラ」の、昭和四十二年八月号で、日本画の福田平八郎画伯が「味談義　鮎の話」を語っていた。「きき手」辻《つじ》留《とめ》先代主人辻嘉一《かいち》が、

「養殖の鮎と天然の鮎とでは、面構えがちがうそうでございますね」

　そういう風に水を向けると、

「それはそうです。形も違う。天然のは苦しんで瀬を上ったいきおいが出ておるのです。

瀬を上ったものは肩が張っています」、老画伯は写生帳を開いて見せ、「生きてるところを写生したのです。精悍《せいかん》でしょう」と説明する。

「養殖ではこんな顔しておりませんな。もっとのんびりした顔しております」

辻留が受けてつづける。

興味が湧《わ》き、そんなら瀧井さんは此の件どう言っているか、全集の鮎随筆、たくさんあるのを拾い読みで読み始めたら、顔つきについての文章は見つからないのだが、只今《ただいま》現在那珂川の鮎を旨いおいしいと思って食べている私には、一箇所、驚くべき記述があった。

「那珂川の鮎は実にまづい」というのである。昨年（私が長浜で初めての講演をした昭和三十二年）の八月末、栃木県烏山の下流で釣って、持ち帰って塩焼にしたが、まずくて一と口以上誰も食わず、あとは捨ててしまったと――。黒鉄ヒロシ、本名竹村の弘さんが好意で、店を選びに選んで烏山の川魚商に決めて送らせてくれた、その、我が食卓の精悍な鮎と、およそ話がちがう。四十数年の間に川の様相が変ったのか、「同じ那珂川の流域でも、枝川に入ると良い所もある」「烏山の近くの枝川の荒川といふ川の鮎は良いと云はれる」と、瀧井さんが書き添えている、その枝川の鮎が「那珂川の鮎」の名で届くのか、不可解だが、あの世の瀧井さんに聞いてみるわけにも行かず、鮎釣り渓谷歩きの経験を持たぬ私には、判断がつかなかった。

卵料理さまざま

鎌倉書房の季刊誌「四季の味」が、「玉子焼き十人十色」という、見るからにおいしそうな特集をしたことがある。筆者は男二人女八人、それぞれ御自分が得意の卵料理を、写真入りで披露していた。これを見せて、

「どれが一番食べたい。君なら何を作ってみせる」

相手構わず質問すると、それこそ「十人十色」の答が返って来る。

「ふうん。そうかね」

「そうかねって、じゃあアガワさんは？」

私は、最初「四季の味」のその頁《ページ》を開いた時から、室生朝子《むろうあさこ》「金沢式の玉子焼」に一番魅力を感じていた。

エッセイ本文と編集部の「つけたし」を併せ読むと、京風のだし巻とちがってだしは加えず、酒だけ少量入れて、やや噛み応《ごた》えを感じる程度に焼き上げてある。それでも、カラ

ー写真を見れば、中心部にしっとりとした柔らかみが残っているようだ。女流作家室生朝子女史は、毎年々末、新春号の原稿執筆より、これを焼く仕事の方が忙しいらしい。全部で四十本ほど巻き上げて、親しい人たちに届けるのだという。暮近くなると、友達から用も無い電話が掛って来る。今年も又ねの、「言葉に現わさない玉子焼の催促」と分るので、作る方は内心嬉《うれ》しいのだと——。

あらためて書くにもあたらないが、朝子さんは室生犀星《さいせい》の長女、名作「杏《あんず》っ子」のモデル、晩年癌《がん》で再入院し、日に日に食欲を失って行く犀星先生が、形ある食べ物として最後に口にしたのも、杏っ子作るところの玉子焼だったそうだ。その作り方を、朝子さんは金沢生れの母上から伝授された。やはり金沢は、京大阪と並ぶ我が国伝統食文化の中心地の一つ、一度食べてみたい、よっぽど旨《うま》いらしい、そう思うけれど、私は室生家へ年末無用の電話を掛けて無駄話が出来るほど昵懇《じっこん》な間柄でないので、朝子さんお手製の金沢式玉子焼のほんとうの味は知るすべが無い。催促しているのではありませんよ。知らないまま終るのも亦《また》よしと考えている。「恋の至極は忍ぶ恋と見立て候。逢《あ》いてからは恋のたけが低し」という「葉隠《はがくれ》」の言葉を藉《か》りるなら、味の至極も、物によっては「一生忍んで」（少し大袈裟《おおげさ》だが）、長く想像上の余韻を残して置く方が味覚のたけが高いかも知れない。

それより、十人十色の卵料理、自分なら何を作るか。「四季の味」のあの欄へ十一人目の筆者として登場させられたら、室生朝子さん始め他の人の品々と較べて、味、見た眼の美しさ、それほど遜色《そんしょく》無い何が自己流に拵《こしら》えられるか、考えた末行き着くのは結局木樨肉《ムーシュイロウ》である。「自己流」と言ってもむろん、本家の中華民国に古くから伝わる家庭料理だが、大学生の頃味を覚え、戦後家庭を持って以来うちで作ることになり、段々我流に変化してしまった。それを、今もよく晩の献立の中へ加える。作り方簡単だし、若き日の思い出がからんでいて、なつかしいまろやかな味がする。出来上りは、名前の通り、皿の上へ金もくせいの花を散らしたように、炒《いた》め卵のぽろぽろがたっぷり散らばっていればそれでよろしい。

中野駅の南口を出て、線路沿いの坂を上り、ごちゃごちゃした狭い道、少し左の方へたどって行くと、薄汚い暖簾《のれん》をかかげた小さな中華料理店「萬華楼《ばんかろう》」があった。昭和十二年の夏、支那《シナ》事変が起るまで、中野高円寺のあたりには、中華民国からの留学生がたくさん住んでいた。その人たちの口と財布に合う一膳飯屋《いちぜんめしや》、つまり味を日本人向けに崩していない、安くて旨い簡易中華食堂があちこちにあり、やがてお客さん激減で店をしめてしまうのだが、「萬華楼」はそれの、僅《わず》かに残った一軒だったろうと思う。住まいが荻窪《おぎくぼ》の私は、本郷への往《ゆ》き帰り、中央線沿線の友人連中と誘い合せて、三日にあげず此《こ》の店へ通った。

すぐ近くに、法学部蠟山《ろうやま》政道教授（正確には元教授）の邸《やしき》があった。其処《そこ》の長女雅子さんが後年嶋中《しまなか》家へ嫁いで中央公論社の社長夫人となり、その社が敗戦後十四年目、「世界の家庭料理」シリーズを出版して、私と、雅子夫人の同窓後輩にあたるうちの女房に木樨肉の正式な作り方を教えてくれると、そんな将来の因果関係なぞ当時知るわけが無いけれど、私どもは、河合《かわい》栄治郎事件に抗議辞職した蠟山教授にシンパシーを抱いていて、先生の名前政道のもじりで此処《ここ》の通りを蠟山街道と称した。

午後の講義を控えて早昼を食べに行くと、その蠟山街道を通って「萬華楼」へ入って来る、或《あるい》はすでに入って坐《すわ》っている日本人の常連が私たちの他に一人いた。背広姿に中折帽、身なりはきちんとしているが、未《ま》だ独身らしい。殆《ほとん》ど毎回出会うのに、年恰好《としかっこう》我々より七つ八つ上のその白面の青年は、こちらへ視線を向けることを一切しなかった。出された物を独り黙々と食いながら、持参の新聞を拡《ひろ》げて、隅々までただ熱心に読んでいる様子であった。註文する料理も「十七番」一つと決っていた。

蠟山教授が東大を辞めたのが昭和十四年、私どもの「萬華楼」通いはその翌年翌々年の話で、戦争の気配が近づいており、食糧事情は追い追い悪化し、此の店へ来たら、壁に貼《は》り出してある菜単《ツァイタン》の中から、限られた数の、時には「出来ません」と断られる料理を、誰もが番号で註文するしきたりになっていた。

十七番しか取らないから、「十七番さん」と私どもの間で綽名《あだな》をつけた素姓不明の此の青年紳士が、のちに「余録」の執筆者として名高くなる毎日新聞論説委員の古谷綱正《ふるやつなまさ》氏、古谷さん若き日お好みだった十七番がすなわち木樨肉である。ただし、「萬華楼」の菜単には確か木須肉と書いてあって、我々「ムースーロウ」と発音していた。十七番木須肉は、私にとってもすこぶる気に入りの、いつ出なくなるか心配な一と品だったこと、言うまでも無い。

五十八年後のこんにち、思い出の中のその木須肉と、手元にある中央公論社版「世界の家庭料理」シリーズ中華料理篇の木樨肉とを較べてみると、前者は具が少く、如何《いか》にも卵料理然としていたのに対し、後者は入れる具が大変多い。「卵3個、豚肉120g」は当然だが、他に葱《ねぎ》、生姜《しょうが》、椎茸《しいたけ》、筍《たけのこ》、きくらげ、ほうれん草を炒め込めと書いてある。なるほど、豊かな時代が来て、これが本当の木樨肉かと、初めはお手本通りに作っていたけれど、そのうち我が家では段々、具を少くするようになった。先《ま》ず菠薐草《ほうれんそう》を除外し、次に椎茸筍を入れるのをやめ、葱の量、肉の量も減らした。中野の十七番へ逆戻りする感じだが、必ずしも懐旧の情からではない。その方が卵の味と色が引き立って、前述通り、もくせいの花を散らばしたような、美しく好もしい仕上りになる。ただ、きくらげだけは外せない。

人の耳のぷるぷるに似ているので、中国語で木耳《ムーアル》という此の、ぬるま湯もどしをした乾燥茸《きのこ》は、木樨肉によく合って、何が何でも入っていなくては困る私の好物なのである。

さて、具体的作り方だが、支那鍋《なべ》の中の油がほどほどに熱くなったところへ、といた卵を流し入れて、さッと掻《か》きまぜ、手早く別の容器に取り出して置く。味つけは塩少量のみ。そのあとすぐ、もう一つの支那鍋で熱した油の中へ、大蒜《にんにく》、生姜、葱、豚肉、木耳の順に抛《ほう》り込んで、酒と醤油《しょうゆ》と塩胡椒《こしょう》で味をととのえると、それ自体一つの惣菜《そうざい》として使えそうな豚肉の葱炒めが出来上る。これに、先の掻きまぜ卵の未だあつあつを合せて再度炒め上げたのが、長年の間に変化した当家流木樨肉、難しいのは二度の油炒めで卵のきれいな色を薄黒くよごして了《しま》わないこと、じくじくの部分を少しでも多く残して置くことの二つであろう。

大体、固くなり過ぎた卵料理は不味《まず》い。オムレツでも目玉焼でも、日本風の煎《い》り玉子でも同じだと思うのに、アメリカへ行くと明々白々な此の事実が無視される。ホノルルのカハラ・ヒルトンは、代替りする前、全米有数の佳《よ》いホテルで、私も何度か泊ったことがあるけれど、朝食のオムレツにだけ閉口した。いくら念入りに註文をつけてみても、中までしっかり焼けた、どてッと分厚い、干物みたいなプレイン・オムレツしか出してくれないのだ。

その上近頃、加熱不充分の鶏卵《けいらん》はサルモネラ菌に汚染されている、中毒患者が急増しているると警告が出て、こうなるとアメリカは徹底した衛生第一主義で、茹《ゆ》で卵の柔いのすら食べられなくなった。昔、対英米五・五・三の軍縮問題が国論を二分していた頃、早朝私邸へ談話取りにあらわれる新聞記者に、ストップウオッチを出して見せ、「今スリー・ミニッツの茹で卵を作っているところだから失敬する」と追い払った海軍の将官があったそうだが、アドミラル仰《おお》せの通り、旨いのは三分、四分、せいぜい五分まで、「ハードボイルド」が洒《しゃ》落れた流行語として通用するのは推理小説の世界だけである。その点、何処《どこ》へ行っても生卵、半熟卵、中のじっとり柔いオムレツ、今尚《なお》自由に食べられる日本の国を、有難いと思わねばなるまい。今年に入って、朝日読売その他各紙、サルモネラ菌汚染の件を報じ始めたから、いつアメリカ並みの規制が始まるか分らないけれど――。

フランス人はどうしているのだろう。中毒患者の発生率と、オムレツや茹で卵の旨い不味いとを秤《はかり》にかけたら、思案の末、彼らは結局危険承知で、伝統の味の方を取るのではなかろうか。思い出すのは石井好子《よしこ》さん著「巴里《パリ》の空の下オムレツのにおいは流れる」、宿のマダムが「夕食にしましょうか。今夜はオムレツよ」、好子さんに声を掛けて、台所で、熱したフライパンに驚くほどの量のバターを入れる。よくとかした卵が流しこまれて、やがてふんわりと形を成して来る。「そとがわは、こげ目のつかない程度に焼けていて、中はやわらかくまだ湯気のたっているオムレツ」、オムレツって何ておいしいものだろうと、好子さんがしみじみ思う。

もっとも、彼女がパリの劇場で歌っていた昭和二十九年当時は、洋の東西を問わず卵その物が旨かったのである。何年かのち、

「此の頃の卵は不味くなったねえ」

私が言ったら、

「卵に旨い不味いがあるかい」

近藤啓太郎が驚いたような顔をしたが、察するに、千葉県鴨川《かもがわ》の住人近藤は、みみずや地虫や貝殻の破片を啄《ついば》んで育った地雞《じどり》の卵ばかり食べていて、養雞場《ようけいじょう》で大量生産される卵の味を知らなかったのだと思う。「吉兆《きっちょう》」主人の湯木貞一《ゆきていいち》老が、晩年、

「この頃はなんでも、ものがおいしくなくなってきましたが、なかでも玉子はとくに、おいしくないようですね」

と嘆いている。料理にしても、黄色味が薄くて、おいしそうな玉子色にならない、仕方がないからうちでは、「巻き焼き」を作る時、五つ卵を使うなら、黄身は五つ、白身は二つ減らして、黄白五対三の割で作っている、と。

それやこれや考えると、十人十色の玉子焼も、当家の木樨肉も、どんな卵をどう使うかが、調理法より先の問題になりそうな気がする。その意味で、「十人」のうち一番はっきりしていて羨《うらやま》しく感じたのは、「いわゆる脱サラ農家」の主婦中村あをいさんの記事であった。山羊や兎《うさぎ》や鵞鳥《がちょう》を飼い、山羊の乳でチーズも作り、自家製チーズの卵巻きを読者に紹介しているのだが、「今日ここに使った卵は、自由に庭を走り回っている合鴨やチャボが、床下や山羊舎の藁《わら》の上に産み落としたもの。わが家の卵は放っておくと皆ヒヨコになってしまいます」のだそうだ。

ちなみに、「四季の味」が「玉子焼十人十色」の特集をしたのは今から十年前、昭和の時代の終った年の春四月、それの出たのとほぼ時を同じゅうして古谷綱正さんが亡《な》くなる。同じ年の秋、古谷家と親しく、戦前の「萬華楼」を御存じだった谷川徹三《てつぞう》先生が九十四歳で亡くなる。卵料理の物語にも諸行無常の響あり、五年後の平成六年には、鎌倉書房が倒産する。「四季の味」も自然廃刊になったが、幸い、引き受けてくれる版元があって此の雑誌だけは復活し、前と同じく春夏秋冬年四回、前と同じ体裁で刊行がつづいているのを、味の伝承の上でせめてものことと思いたい。

茸《きのこ》

筑摩《ちくま》書房の「ちくま」に、植物学の塚谷裕一《つかやひろかず》氏が「文学者のための自然教育講座」を連載している。「日本の文学者は自然の風物を知らないという不満」がきっかけで始めた巻頭エッセイだそうで、九月号のテーマは「茸」である。「日本人がいかに茸に無関心か」、食える茸を食わずにいるか、それが具体的に書いてある。此《こ》の「日本人」は、連載の趣旨からして、我々文士連中を指すと考えた方がいいだろう。事実、スープ仕立てのアミガサタケ（網傘茸）とかアンズタケ（杏茸）とか言われても、私など、旨《うま》そうだとは思うけれど、どんな茸か頭にそのかたちが浮んで来ない。東大の構内にだって生えていると知って驚いた。

しかし、「日本の文学者」皆が皆、特別教養講座を必要とするほど、押しなべて無知無関心なわけでもあるまい。誰か女流作家で茸に詳しい人がいたと、古雑誌を繰ってみたら、明治屋の「嗜好《しこう》」、四年前の春の号に、森禮子《れいこ》さんの「夏きのこの魅力」が載っていた。

これにちゃんと網傘茸のことが出て来る。天然の食用茸は、必ずしも秋のものと限らない、春の茸夏の茸に美味な物が多い、浅間高原から蓼科《たてしな》高原にかけて、信州は日本のきのこ王国で、春先、木の根元に暗褐色の坊主《ぼうず》頭を並べているアミガサタケの姿が眼に浮かぶと、万障繰合せても採りに行きたくなる、そういうきのこ随筆である。

坊主頭の形状がややグロテスクな為、日本人に嫌われて、長年食用にされなかったアミガサタケだが、「フランスではモリーユと呼ばれる最高級の食茸。値段が日本のマツタケなみ」、これを「ニンニクと一緒にバターで炒《いた》め、生クリームで煮てトーストにのせ、上に粉チーズとバジリコをふりかけてオーブンで軽く焼き」上げるのが、森禮子風の調理法らしい。読んで私は、別の茸の中華風生クリーム和《あ》えを思い出した。森女史の文脈を真似《まね》るなら、「中国で竹笙《ジュウション》と呼ばれる最高級の食茸。値段も日本のマツタケなみ」のキヌガサタケ、別名コムソウタケ、私が僅《わず》かに知っている此の珍しい茸と茸料理の美味については、あとで書く。

森さんの筆は、アミガサタケのほか、タマゴタケ、アイタケ、ヤマドリタケ、少し毒性のあるテングタケと、多岐に及んでいるけれど、こういう人は作家の中でも実のところ例外の部に属し、私ども日本人の大多数が、松茸、しめじ、椎茸《しいたけ》以外の茸に、先祖代々あまり関心を示さなかったこと、植物学者の御指摘通りであろう。

「くさびら」という狂言がある。くさびらは茸である。「まかり出《い》でたる者」の、茸についての独白で劇が始まる。

「この間《あいだ》、某《それがし》が庭前《ていぜん》へ、時ならぬくさびらが出ましたによつて、取り捨ててござれば、一夜《ひとよ》のうちにまたもとのごとく上がりまする。それより再三取り捨てますれども、おいおい大きゆうなつて上がりまするによつて、何やら心にかかつて悪《あ》しゆうござる」

つまり、自分のうちの庭先へ、取り捨てても取り捨てても茸が生え出て、而《しか》も段々大ぶりになって来る。どうも気味が悪い。天狗《てんぐ》の仕業かも知れぬ。此処《ここ》は一つ、山伏に頼んで茸退治の加持祈禱《かじきとう》をして貰《もら》おうという筋立てなれど、此の狂言、フランス人や中国人に見せたら何と思うか。怪しげな山伏の、

「いろはにほへと、ボロンボロ、ボロンボロ、ちりぬるをわか、ボロンボロ、ボロンボロ」

懸命の祈禱も功を奏せず、茸はいくらでも出て来る。子方も交えた狂言師たちが大勢、一文字笠《がさ》をかぶって茸の役をつとめる。彼らにつきまとわれ、いたずらされて、「また、おびただしゆう出おつた」、「ゆるいてくれい、ゆるいてくれい」と、ついに山伏が逃げ出すところで終るのだが、何故《なぜ》逃げ出したりするのか、おいしいかも知れないじゃないか、折角生え出た茸、気味悪がらずに食べてみたらいいのにというのが、彼らヨーロッパ大陸

支那大陸の人たちの、「くさびら」観劇後の感想となるのではなかろうか。

私は、野生茸の種類をろくろく知らない点で、祖先の遺伝子をきちんと受け継いだ典型的日本人の一員だろうと思うのだが、旨いと聞けば何でも食ってみたい、毒茸でない限り、きのこのかたちを気味悪がったりはしない、その点では、体内に大陸伝来の血が残っていて、折々これがざわめき始めるような気がする。取敢《とりあ》えず、茸のスープを食べさせるという文京区白山のフランス料理屋へ行ってみることにした。塚谷裕一氏はエッセイの中に店名を記していないのだが、筑摩の編集部に頼んで、白山四丁目の「ラ・ベル・ドゥ・ジュール」と確かめたのである。

大通りから少し入った暗い淋しげな、どうしてこんな所へと思うような街角に、洒落《しゃ》れた造りのフランス風の店が灯をともしていた。私ども、電話で予約しただけの一見客《いちげん》だったにも拘《かかわ》らず、係の人たち皆親切で、こちらの註文要望を注意深く聞いて、葡萄酒《ぶどうしゅ》と四品ばかりの料理をととのえてくれ、デザートに至るまですべて佳《よ》かったけれど、目下それは一応別の話である。問題は茸のスープ仕立て、想像して来たものと違った。

クリーミーな少量の茸料理のかたまりを、細身のマカロニでまるく取り囲んだ、小型ケーキのような物が、ポタージュのまん中に浮かんでいた。と言うより、マカロニ製の白い編み籠《かご》の下へ濃いソースが流してある感じであった。容《い》れ物の中の茸は、やや黄味を帯びた白っぽいのが杏茸、黒くて皺《しわ》だらけ穴だらけ、乾葡萄《ほし》の大きいようなスチュード・プルーンの小さいようなのが網傘茸と教えられた。信州産ではなく、フランスからの輸入品だそうだ。予想したものと違っていたがおいしかった。大変満足して帰って来た。

かかる次第で知らなかった茸を食べることが出来、心が落ち着いたので、此のあと、自分が知っている範囲内の旨い茸のあれこれを少し書いて置こうと思う。一つは前回ちょっと取り上げたきくらげ、木耳《ムーアル》の他に、白く半透明な銀耳《インアル》がある。何処《どこ》が旨いかと言われても、海のくらげと同じで、味なんぞ無い。ぷるんぷるんのとこが旨いとしか言いようがない。

もう一つは、ハワイのタイ料理店、ケオ・サナニコネ一族経営の「メコン」で出す、タイの代表的なスープ「トム・ヤム・クン」の中に必ず入っているフクロタケ、中国名草菇《ツァオクウ》、これも、植物図鑑を見ると、はっきり「無味無臭」と書いてある。森の小人がかぶる帽子のようなかたちをしていて、そのぬるりとした感触が旨い。

ヨーロッパでは、秋のヴェニスで味を覚えたフンギ・ポルチーニ、上げ潮が石畳道へひたひた寄せて来る野菜市場の屋台の上に、黒褐色の大きな茸が山と積み上げてあって、「さあシニョーレ、買った買った」の喧噪《けんそう》の中、イタリア人の最も珍重するフンギ・ポルチーニとはこれですよと、人に教わった。オムレツに入れてもスパゲッティやリゾットに入れても旨いので、以来袋入りの乾燥《かんそう》品ならいつもうちに用意しているが、これも、物識《ものし》りに聞くと、フンギ（funghi）とはイタリア語で茸（fungo）の複数、ポルチーニ茸は和名ヤマドリタケ、近頃東京の食料品店で新鮮なのが買えるらしい。

さて、これら何種類かの茸にもまして、我が生涯最良の美味と言いたいほど旨かったのが、前記「竹笙」の生クリーム和えである。竹笙又は竹蓀という名の茸が中華料理によく使われることは、前々から知っていた。香港《ホンコン》リージェント・ホテル地下一階の、麗晶軒《れいしょうけん》のメニューで、度々此の二文字を見かけたからだが、註文してみても、そんなに旨いとは感じなかった。福臨門《ふくりんもん》の一番シェフを引抜いたと聞く麗晶軒（リージェント軒）へはるばる食事をしに行くなら、もっと他に、取るべき料理がたくさんあった。

その、あまり関心の無かった竹笙が、調理法によってこんな美味に変るかと驚いたのは、九年前の、偶《たまたま》と二・二六事件の記念日にあたる二月二十六日の晩、今でも日附《ひづけ》をはっきり覚えている。辻《つじ》静雄さん未《ま》だ健在の頃で、私の友人知人六人と私ども夫婦が、東京の辻家の宴席に招かれた。辻調理師専門学校の中国料理研究室には、松本秀夫さん始め、教授の肩書を持つ名人級が何人もいるのだが、今夜の主厨《しゅちゅう》は河合鉱造と紹介された。茸料理の正式名称「竹笙醸官燕」、以下は、九年経って少し記憶の怪しくなっている私に、今回河合さんが補足説明をしてくれた談話の要旨である。

「メニューに『竹笙醸官燕』と書いてあっても、人によって多少作り方が違いまして、あの晩のはまあ、幾分か私の独創が加わっております。四川《しせん》省特産の竹笙は、御承知の通り、笠《かさ》のところが下の方へレースのように開きますので、キヌガサタケの和名があるわけですが、あの部分、粘液が一杯ついていて悪臭を放ちますし、生《なま》のままだと毀《こわ》れ易いので、私どもでは半分乾燥させたのを取り寄せて、料理用に使います。その茎の、中が空洞のところへ、生クリームと牛乳とコーンスターチをホワイトソース風にやわらかく、味よく煮込んだ物を詰めまして、上へ海つばめの巣のスープもどしを掛けたのが、九年前辻校長と一緒に召し上って下さったあの一品です」

洗って乾燥させて臭みを抜いた此の輸入茸は、相当高価なものらしい。四十本一と束に束ねて約二万円で売っているというから、中華人民共和国の物価を基準に考えると、かなり貴重な食材であろう。そのくせ、それ自体には何の味も無い。松本秀夫教授の著書によると、近年竹笙の人工栽培が始まっているが、やはり四川の奥地の竹林に生える天然物でなくては、もどした後、独特の滑らかさが得られないそうで、私が感嘆したのも、生クリームのソースと官燕のスープで複雑に味つけされたキヌガサタケの茎の、その滑らかな舌ざわりだったろう。

手の込んだ茸料理の一方の極がこれだとすると、もう一方、徹底して生《き》のまま、素材の香りと味を生かすだけの料理は、日本の焼松茸、戦前の家庭で、水をひたした和紙にくるんで火鉢の熱い藁灰《わらばい》の中へ入れて焼いたのが、せいぜい手を加える限界、あとは醬油《しょうゆ》とすだちさえあればよかった。

国語辞典を引いてみると、まつだけは鎌倉初期の宇治拾遺物語にも、江戸初期の日葡《にっぽ》辞書にも出ていることが分る。用例より察するに、正体不明のくさびらは嫌っても、松茸には、日本人みんな古くから強い執着があったように見える。実際、世界中の誰が何と言おうと、これほど香りの高いおいしい茸は他にあるものかと、竹笙の美味を語ったばかりの私が、そう思う。ただ、鎌倉武士も江戸の大名や富裕な町人も、関西の松茸を航空便で邸《やしき》へ取り寄せるという芸当は出来なかった。

上州の、将軍家御用の松茸が、徳川の御盛代に感じ、葵《あおい》の紋をつけて生《お》い出た話がある。からくりは、太田あたりの公儀御禁制山《おとめやま》に勤める山番の役人が、小知恵をきかせて、松茸の出そうな場所へ、葵の紋を裏返しに彫った瓦《かわら》をたくさん伏せて置いたのだと言うけれど、いくら立派な御定紋つきでも、歴代将軍御召料の御松茸は、上州か、遠くて信州の二流品だったに違いない。

今の私たちは贅沢《ぜいたく》なもので、その気になれば、徳川様も前田様黒田様も口にしなかった日の本一の松茸を自由に食える時代に生きているのだが、「自由」の代償としてとんでもない金を払わされる。京都物丹波物の価格、モリーユや竹笙の比ではあるまい。その代り、本邦産一級品中の一級品なら、焼いてすだちをしぼりかけるのも結構、すき焼に入れても旨いし、秋鱧《はも》と一緒に土鍋《どなべ》で「はも松」仕立てにしても、本当に旨いけれど、偶とそういう席でお酒を過ごしていると、私は、自分が狐に化かされて、松茸のかたちをした金塊を食わされているのではないかというような、陰々滅々幻想的でいやな気分になって来ることがある。郷里広島の秋の日暮れ時、何処の貧しい家でも松茸めしを炊《た》く匂《にお》いをさせていた少年の日が、遠い昔になってしまった。

ちなみに、「茸」の字をたけ或《あるい》はきのこと読むのは、いわゆる国訓で、本来此の漢字にマッシュルームの意味は無い。現代の通例に従って今回の表題を「茸」とし、まつたけをすべて松茸と書いたけれど、上田萬年博士の「大日本国語辞典」や昭和初年版平凡社の「大百科事典」など、戦前の辞典類は、まつたけの項に「松蕈」の二字を充《あ》てている。

福沢諭吉と鰹節《かつおぶし》

深田祐介《ゆうすけ》と食べ物対談をしたことがある。話がコロッケやハヤシライスや、和製洋食の味万般に及び、

「日本航空のパリ支店長でね、帰国後、羽田の社員食堂のメンチカツ定食を食って、『ああ、こんな旨《うま》いものがあったか』と、随喜の涙をこぼしたのがいるんですよ」

深田さんが言うから、

「それ、よく分る」

私は共感の意を表した。フランス料理なんて、偶《たま》に食いに行けば、そりゃ旨くて感心するけれど、毎日々々昼も夜も、あのこってりしたソースと濃い赤葡萄酒《ぶどうしゅ》で御義理の食事なんかしてたら、顔色蒼《あお》ざめて脂汗《あぶらあせ》が出て来る、僕なんか三日持たない、

「その点、メンチカツなら心休まるよ。日本料理だもの。ワインだってその方が落着いておいしく味わえるかも知れないし」

言った途端、

「そんな発言していいのかな。それじゃ『味のちがいの分る人』にならないよ」

とからかわれたが、「分る人」になれなくてもこれは本音である。特に、長期の海外旅行から帰って来た時の本音である。多分私だけではないだろう。

古くは慶応三年夏、五ヶ月間にわたる二度目の訪米を了《お》えて、アメリカの汽船「コロラド号」で横浜へ帰って来る福沢諭吉が、日記帳の裏表紙に、下船したらすぐにも食べたい物を列記している。もっとも、その中にメンチカツが入っているわけではない。そんな「洋食」、そんな日本語は、未《ま》だ此《こ》の世に存在しなかった。三十二歳の福沢諭吉が、さあ横浜へ着いたら食うぞと思っていた夢の献立は、原文通り書き写すと次のようになる。

「一、うしほ　すゝき又はくろだい
一、あらい　同断
一、に肴　鯛
一、酢の物　海老防風
一、茶椀　うなぎの玉子むし
一、わさび花鰹節
一、したし物　ほふれんそふ

一、ゑだまめ
一、新つけるい色〳〵
一、鰻
一、飯」

一途《いちず》な洋学党で、前回咸臨丸《かんりんまる》の航海の時、「私は西洋を信ずるの念が骨に徹して」いると称した諭吉、二回目も往路は、「船中の一切万事、実に極楽世界」と書いた諭吉だが、五ヶ月間陸上でも洋上でもアメリカ料理ばかり食わされ続けて、ついに悲鳴を挙げざるを得なくなったのであろう。

夢の献立表、見て面白く思うのは、後年「肉食の説」を著わし、「我国人」の体位向上の為、殺生《せっしょう》禁断やめにして「肉食せざるべからず」と説く人が、肉を食いたいと一と言も言っていないこと、それから、此の「風々録」の中で私の取り上げた「おいしい物」と、福沢諭吉の並べ立てる食べ物とが、かなりの部分重なり合っていることである。食に対する日本人の嗜好《しこう》そのものは、百三十年前と今と、それほど変っていないらしい。ただし、メンチカツやコロッケやハヤシライスが「なつかしの日本の味」になるまでには、諭吉帰国後、維新開国文明開化の、相当長い歳月が必要だったろう。いつそれがそうなったか、大雑把な推測に過ぎないけれど、諭吉の歿《ぼっ》する明治三十四年あたりが一つの目安のような気がする。東郷平八郎提督が舞鶴《まいづる》で水兵用の肉じゃが作りを命じるのが此の年であり、西暦一九〇一年、時代が二十世紀に入るのも此の年である。二年後には報知新聞に村井弦齋《げんさい》「食道楽」の連載が始まる。洋食屋風の洋食が「我国人」一般の舌に完全に馴染《なじ》んでしまうのは、「二十世紀だ二十世紀だ」で皆が沸き立っていた、ほぼその頃からではあるまいか。

「新西洋事情」執筆者との対談を振り出しに、メンチカツがらみで話が少しごちゃついた。それを、「西洋事情」本来の著者の側へまとめ直そう。慶応三年横浜入港直前の「コロラド号」船内、日記帳へ書き記される福沢先生垂涎《すいぜん》の食い物は十一品、そのうち「うしほ」や「鰻」については、すでに書いた。私が殆《ほとん》ど未だ触れていないのは「わさび花鰹節」である。

そもそも青年諭吉は、わさびと、きれいに削った鰹節とを、どうやって食うつもりだったのか。次の一と品「したし物　ほふれんそふ」の上へ振りかけるという意味か。おそらくは然《さ》にあらず、醬油《しょうゆ》と米の飯が省略してあるのだと思う。もしそうなら、猫も好む此の醬油味のおかかごはん、子供の頃から七十余年間、一貫して私の大好物で（猫と子供はわさび抜きだが）、「今夜それいやだ」、そんなことの決してなかった食べ物、諭吉献立表の中の「新つけるい色〳〵」（推定、茄子《なす》や胡瓜《きゅうり》の浅漬）と並ぶ、最も飽きの来ない美味、と言っても、家で日毎《ひごと》作らせているわけではないし、料亭ではまず出してくれないのだが——。

昔、ジェノアを出てニューヨークへ向うイタリア船「レオナルド・ダ・ヴィンチ号」の九日間の航海、好きなはずのイタリア料理が三日目頃から鼻につき始め、食後遊歩デッキへ上って水平線の彼方《かなた》を眺めながら、

「かつぶし飯食いたいなあ」

それればかり考えていたのを思い出す。

前世紀の六十年代、五ヶ月目に悲鳴を挙げる福沢諭吉と、二十世紀の六十年代、三日目で参った自分と、同列に置く気なぞむろん無いけれど、洋上「かつぶし恋しや」の一点に関する限り、百年の歳月をへだてて、あの偉丈夫の啓蒙《けいもう》思想家が私如《ごと》きによく似ている。

我が家のかつぶし飯は、弁当箱なり小鉢なりへ、炊《た》き立ての白いごはんを軽く入れて、それに醤油でほどよく湿らせた削り節をまぶす。その上へうっすらとわさびを添え、黒い海苔《のり》一枚敷きつめれば、容器の下半分が埋まる。上半分は同じことの繰返し。炊き立ての白米、醤油をひたした薄削りの鰹節、わさびと海苔。蓋《ふた》してむらして、味が浸《し》み込むまで、あったかさ加減が丁度よくなるまで待って、二段がさねの此の混ぜごはんに箸《はし》をつけると、

海苔の香わさびの香がほのかに立ち昇り、何とも言えず旨い。

吉行淳之介《よしゆきじゅんのすけ》が、亡《な》くなる三、四年前、うちへ来てよくこれを所望した。夕食をはさんで慰みにほんの数回、老年麻雀《マージャン》の集いだが、

「何か食いたい物あるか」

病状を案じて訊《たず》ねると、

「又あのかつぶし飯食わせてくれえ。あとは何ンにも要らん。出されても食えん。酒はやめたし食欲は衰えてるし、こうしてどんどん墓場が近づいて来る」

と言った。

食の細った病友がそれだけ望むなら、鰹節削りで丹念に削った花鰹を使うのが心づくしというもので、女房は出来るだけ努めていたようだが、何しろ手間と時間がかかるから、いいいにんべんの「削りぶしフレッシュパック」で間に合わせることもあったらしい。

私どもより前の世代の作家で、かつぶしごはんのこよなく好きだったのは小島政二郎さん、「ワサビ飯」と題する談話が二十二年前の「四季の味」に載っており、鰹節を削るカンナの良《よ》し悪《あ》しから話が始まっている。

「魯山人《ろさんじん》が私のところへ遊びに来て、いきなりいった言葉が、

『鰹節削りを見せたまえ』の一と言だった。鰹節が本節であるかどうか、鰹節削りのカンナがよく切れるかどうかで、その家の料理の関心度が分ると云う意味だったろう」

如何《いか》にも魯山人らしいくさみのあるやり方だが、試みんとするところ、的の要《かなめ》は射ている。さしあたり我が家なぞ、来られたらすぐ落第、それでも台所の隅に古びた箱型の鰹節削りが一つ置いてある分、「今の時世にまあまし」と認めてくれたかどうか。

小島政二郎家の「ワサビ飯」は、「本節と、よく切れるカンナだけが生命《いのち》」だそうだ。

「ワサビは云うまでもない。粉ワサビなんかでは、うまみが出ない。ワサビは、鮫皮《さめがわ》のワサビおろしでおろすこと」。そのあと、作り方が私の好みの海苔入り二段がさねと違って来る。

「炊きたての御飯に、きれいにかいたオカカを混ぜて――ただし、あんまり丁寧にまぜていると、女と同じことで、御飯の奴《やつ》、いい気になってまずくなる。ぬるくなってはおしまいだ。かまわないから、手荒にさっさとまぜることだ。

オカカに掛ける醬油も、ドップリ掛けるべからず。オカカの色が、まだ羞《はず》かしげに残っているくらいで留めておくこと。

ワサビもそう。一度にドッサリまぶすと、バカになって利《き》かないから、少しずつ、一ト口食べたら、またチョイと、といった風に足して行くことを忘るべからず。何でもいいから、体裁も風体もかまわず、手早に願います」

写真を見ると、当家のぎっしり詰めと異り、さらッと仕上げてある。福沢諭吉の「わさび花鰹節」も、食べる時は米飯にまぶしておよそこんな拵《こしら》えだったろう。それにつけても、おかか独特のあのうまみはどうして出て来るのか。素材になる魚は何故《なぜ》鰹だけなのか。鯖《さば》節や鮪《まぐろ》節しびぶし、あることはあるけれど、代用の下級品としてしか扱われていないし、事実不味《まず》い。

二番目の疑問は結局氷解出来なかったが、答を探していて一つ参考になったのは、ビタミンAの研究者大河内正敏《おおこうちまさとし》の文章である。

「生の鰹をすぐ鰹節にしても、けっして味は出て来ない。あの味は何から出るのか、ある時間かかって蛋白質《たんぱくしつ》の分解から出るのもあろう。しかし鰹節の製造には、必ず黴《かび》を生やさせてはまた黴落しをして、三黴まで生やさせなければ、本当の味が出て来ないという話だ。そうしてその黴の細菌の排泄物《はいせつぶつ》が味の出る一原因だという研究を聞かされた」（中公文庫「味覚」）

ひじきの二度めしや栗鼠《りす》の糞《ふん》と同様、尾籠《びろう》にわたる味談義だが、もと理化学研究所長の随筆だけに、説得力があった。

その、古今東西に傑出したうまみと、「勝魚武士《かつおぶし》」のめでたい語呂《ごろ》合せとで、上等の本節は、江戸時代から祝儀《しゅうぎ》の際の進物として長く使われて来た。叩《たた》けばカンカン音のする堅い重い鰹節を実際に包まない場合も、「松魚節《かつおぶし》の切手」という名称と、それを贈る習慣とが、昭和の初め頃まで残っていた。「三越の松魚節の切手」と言えば、要するに三越の商品券のことである。

此の風習の由来は、我が国最古の商品券の発行元が、江戸の鰹節問屋〓だったからだという。表に何両何分と金額を記し、裏に〓の刻印のある、鰹節の恰好《かっこう》をした銀の薄板が、引換切手として武士町人の間で広く用いられたと聞いている。〓はすなわち、日本橋室町二丁目の、今の株式会社にんべんである。にんべんの銀の切手で鰹節を買い求めたかも知れぬ福沢諭吉も、その店が機械削りの「フレッシュパック・ソフト」を売り出す日が来ようとは、到底想像出来なかったろう。「文明論之概略」の著者が思いも及ばなかった「新日本事情」は、今後ますます瞠目《どうもく》すべきものとなって、私などやがてついて行けなくなるだろう。と言うより、家庭の食べ物も含めて、すでにその徴候歴然たりと思っている。

ビフテキとカツレツ

紅書房社長の菊池洋子さんから手紙が来て、用件のついでに一つ、お問合せがあった。『波』に御連載の色んな家庭料理、例えば木樨肉《ムーシュイロウ》、おいしそうだなと思って拝見しているのですが、あれ、実際に御自分でお作りになるのでしょうか」

御当人に意地悪のつもりが無くても、これは相当意地の悪げな質問である。慌《あわ》てて、概《おおむ》ね次のような返書をしたためた。

「今の私は、老いたる王、長島と同じく、叱咤《しった》称讃《しょうさん》批判激励取りまぜて、命令し指導する立場であります。選手の出来が悪いと、腕組みしてふくれ上ります。昔は、若き日の王、長島と同じく、バット振るってヒットを飛ばした経験もあるのですが」

ヒットの一つは我流のフィレ・ミニョンである。台所でそれを焼いているところが写真入りの談話記事になって、東京新聞に掲載されたこともあった。

昔のもっと昔は、フィレ・ミニョンとかサーロイン・ステーキとかいう名称すら知らず、単に「テキ」として味を覚えていた。明治初年生れの父親の言い方に倣《なら》えば「ビステキ」、これが戦時中のある時期から、並の手段では口に入らなくなる。食えない物には憧《あこが》れがつのる道理で、勝利の生活スローガン「贅沢《ぜいたく》は敵だ」を聞かされた小さな子供が、ビフテキのことかと思う漫画があった。子供は確かフクちゃんだったと記憶しているので、鎌倉へ電話を掛けて訊《たず》ねてみたら、

「僕はそんなの描いた記憶無いなあ」

横山隆一翁《おう》に否定されたが、もう一つ覚えているのは、政府軍部の作った標語を「贅沢は素敵だ」と言い換えて、ひそかに鬱憤《うっぷん》を晴らす「非国民」どもがいたことである。当時海軍の初級士官だった私と雖《いえど》も、これは「非国民」の方の味方をせざるを得なかった。美味に対する渇仰《かつぎょう》は、みんな大変強かった。

やがていくさが終り、負けた日本は少しずつ立ち直って、ビフテキぐらい誰でも、そう無理算段せずに食える時代がやって来る。ただ、その頃、レストランへ入って「テキ」という言い方をする人は、もう無くなりつつあった。新聞社のカメラマンの前で貧乏作家の料理談義も、フィレ肉ステーキの焼き方について、それが戦後十三年目か十四年目のことだったと思う。

以上、実は前説《まえせつ》、つい此《こ》の間、久しぶりに自分でフライパンを握ってみる気になった、

その話を書くつもりである。紅書房菊池洋子さんと手紙のやりとりの後、「男の食彩」十月号の記事を見て、突如「昔とった杵柄《きねづか》」を思い立った。「男の食彩」はＮＨＫテレビの料理番組用副読本のような雑誌だから、レストラン名も学校名も伏せてあるけれど、銀座のフランス料理店シェフ十時亭《とときとおる》という人が、調理専門学校の校長服部幸應《はっとりゆきお》氏と、如何《いか》にしてステーキを上手に焼くか、語り合っていた。そのコツの中に、二、三箇所、「ほほう」と感嘆するところがあった。特に興味を惹《ひ》かれたのが、ステーキ肉を、焼く前ほんのちょっと煙で燻《いぶ》す調理手順、これはやってみたいし食べてみたい。

早速牛肉を買いに行くことにした。ステーキの旨《うま》い不味《まず》い、大半は肉の質によるとかねて考えているし、いやしくも「王、長島」が台所に立つ以上、いい加減な物は使いたくない。某デパートの地階に人形町の「今半」が店を出していた。百グラム三千円のサーロインの大きなかたまりの前を、私は横眼使いに往《い》ったり来たりした。ポンドで計算すると約一万三千円、ドルに換算して120ドル、アメリカ人なら0が一つ多い、間違いじゃないかと言うだろう。余談だが、芥川龍之介《あくたがわりゅうのすけ》の遺稿「或阿呆《あるあほう》の一生」の中に、「一人前《いちにんまへ》三十銭のビイフ・ステエク」と、その上に「かすかに匂《にほ》つている阿蘭陀芹《おらんだぜり》」の記述がある。阿蘭陀芹はパセリである。昭和二年、パセリを添えて三十銭で食えたテキが、昭和七十四年の今、材料費だけで少くとも一人前六千円かかる。高いからといって、薄くするのはいやだ。つ

いに「えいやッ」と決心して、

「これを此のくらいの厚さに、ステーキ用に二人分」

目方を計ってもらい、一万円札二枚差し出した。燻製《くんせい》用の桜のチップは、東急ハンズで手に入り、必要な物これで全部揃《そろ》った。

燻す時間はほんの十秒あまり、それ以上やると薫煙《くんえん》の香りが鼻につくそうだ。ぼろぼろにほぐしたチップにガスで火をつけ、煙を出し始めたのをアルミ箔《はく》でくるんで、支那鍋《なべ》の底へ置く。塩胡椒《こしょう》したばかりのステーキ肉を、中の金網の上へ載せて熱い支那鍋に蓋《ふた》をし、

「時計の秒針見てろ、秒針。バターとサラダ・オイルは出してあるか」

厨房《ちゅうぼう》の騒ぎが多少「奥、血止め」に似て来るけれど、あとはそう難しくない。つまり、テキストを見ながら、大体は昔通りの我流でやる。十時《とどき》服部両専門家の指示に違背したのは、にんにくを使ったこと、フライパンに残ったつゆへ少量の醬油《しょうゆ》を入れ、じゅッと言わせてステーキソース代りとしたこと、つけ合せは芥川の阿蘭陀芹ともちがう例のクレソン、英名ウォータークレス、和名阿蘭陀芥子《がらし》とレモンだけに限ったこと、右の三点である。

此の、半ば「男の食彩」流半ば当家流のスモークステーキ・ミディアムレアは、非常においしかつた。村井弦齋《げんさい》著「食道楽」では、中川お登和嬢が、

「料理人の腕前を顕《あらわ》すのはビフテキにあるのです」と言っている。「外《ほか》の込入つた料理は

面倒な代りにアラが知れませんけれどもビフテキの味を出すのが料理人の一番六《むず》か敷《し》い仕事です。ビフテキが上手に焼ければ料理法の卒業證《しょうしょ》書が出せます」

私のやり方で、果して卒業証書がもらえるものかどうか分らないが、又作ってみようと思う。ただし女房には、

「後片づけする身にもなって下さいね」

と、歯止めをかけられている。

テキと来ればカツとなるのが、私ども日本人の常識であろう。「敵に勝つ。ああ食べたいなあ」というフクちゃん風（?）嘆きの語呂《ごろ》合せを、戦争中よく聞かされた。若い人は知らないだろうけどと思っていたら、今も受験生やスポーツ選手の間で通用しているらしい。試験の前夜、試合の前夜、「敵に勝つ」まじないとして、ステーキとカツレツが好まれるのだという。

カツレツにも色々ある。その中で我々に一番馴染《なじ》みの深いのは、やはりとんかつ、上野界隈《かいわい》だけで「蓬莱屋《ほうらいや》」とか「本家　ぽん多」とか、此の和風カツレツの老舗《しにせ》が何軒もあるし、銀座には「珍豚美人《ちんとんしゃん》」というとんかつ屋があった。豚の顔した芸者が三味線を弾いている絵を、看板に掲げていた（本名「梅林」で今も営業している由《よし》）。目黒の「とんき」は、

畏《おそ》れ多くも先帝陛下の侍従長入江相政《すけまさ》さんが愛好した店で、入江さんの随筆に此処《ここ》のとんかつのことが出て来る。井伏鱒二《ますじ》訳「ドリトル先生アフリカゆき」の中にもとんかつが出て来る。犬のジップが役立たずの豚に向って「トンカツの生きたの！」と罵《ののし》る場面を、井伏さんらしい名訳と、感心して読んだものだが、一体その部分、原作ではどうなっているのだろう。英国人ヒュー・ロフティングに、とんかつ乃至《ないし》ポーク・カツレツを食う習慣があったのかどうか。

トンカツの次はビーフカツ、これ亦《また》明治以降日本食の仲間入りをしてしまった感じがあり、とんかつ同様好物だが、こんにちまでの長い生涯に私が最も旨いと思ったカツは、実のところある種のチキンカツなのである。パリ十六区のアヴェニュ・モザール（モーツァルト街）に、「ニチェヴォ」というロシア料理屋があった。曰《いわ》くありげな亡命ロシア人の経営する店で、出される料理みな佳《よ》くて、一九五六年秋、僅《わず》か三週間ばかりの滞在中、度々夕食に通った。鼠色《ねずみいろ》した大粒のキャビアの生クリーム和《あ》え、上に卵黄一つ載せた馬肉のタルタル・ステーキ、コーカサス風シャシリック、それら私の気に入りの品々の中に、キエフ風のチキンカツレツ、「コットレット・ア・ラ・キエフ」があった。

揚げ立てのこんがりしたのを皿に盛りつけて、給仕《きゅうじ》がテーブルへ運んで来る。ナイフを入れると、中から熱い液状のバターが勢いよく噴き出して、狐色《きつねいろ》美しいカツレツのころもをじっとり濡《ぬ》らす。それが実に旨かった。察するに、冷《つ》めたいバターの固りを雞《とり》の手羽肉で包み込んで、小麦粉をまぶし、とき卵につけて、生パンの粉の中へ転がしたのを、油鍋で揚げるのである。切った時、勢い余ってバターがナプキンや客の服へ飛び散るようでは困るし、べとべとと滲《にじ》み出る程度では風趣も風味も落ちる。その手加減が難しいらしかった。むろん、バターも雞肉《けいにく》もオイルも、選び抜かれた物を使っていただろう。

帰国したのが同年暮、それから三年後に、中央公論社が「世界の家庭料理」シリーズの刊行を始める。これの西洋料理の部「II」に、ウクライナはキエフ地方の郷土料理として、「キエフスキエ・カトレートゥイ」（キエフ風カツレツ）の作り方が詳しく出ていた。

「あったぞ、おい」

というわけで、うちの「選手」になつかしのパリのチキンカツを作らせてみたが、どうもうまく行かなかった。東京のロシア料理店のメニューにこれを見出《みいだ》して、註文してみたこともあるが、やはり「ニチェヴォ」の味に遠く及ばなかった。

ちょうどその頃、某月刊誌の「フランス文化とフランスの食べものを語る」という風な座談会に参加した。画家の宮田重雄《しげお》さんや彫刻家の高田博厚さんや、戦前からのパリ通と並んで、何故《なぜ》私が出席を求められたのか、多分、ヨーロッパ諸国を戦後見て来た文士は未《ま》だ珍しかったのだろう。身の程弁《わきま》えて発言を控えていたが、あんまり黙っているのも変

だから、

「僕がパリで旨いと思ったのは、名代のフランス料理の店より、むしろ『ニチェヴォ』というロシア料理屋でしたね」

そう言ったら、宮田さんと高田さんが、

「君、フランス語も出来ないのに、どうしてあんな店を知っているんだ」

と、ひどく驚いた様子であった。「勘で分るんです」、自慢してみたかったが、実際はパリの米国大使館在勤のアメリカ人に教えられたのである。

詩人谷川俊太郎さんの友達でダニエル・メロイという、日本語の上手な米人がいた。戦争中はキーンさんやサイデンステッカーさんと同じ米海軍の語学将校で、戦後外交官になって来日、谷川俊太郎と識《し》り合い、俊太郎さんの紹介で私とも友達のような関係になった。此のダニエルが、一年間の米欧遊学へ出立する私に、「パリへ行ったら、僕の兄のフランシスがいるから、訪ねて何でも頼んだらいい」とすすめてくれた。おすすめに従って米国大使館訪問、尋ねたのが「何処《どこ》か少し変ったおいしいレストラン御存じありませんか」、そんならと、地図書いて教えてもらったのが「ニチェヴォ」、後年フランシスが東京へ来た時、私は御礼に鰻《うなぎ》を御馳走《ごちそう》した。弟のダニエルは、その頃もう日本にいなかった。

それから間もなく、フランシス・メロイ（Francis Meloy）はレバノン大使になって、中東紛争に捲《ま》きこまれ、一九七六年ベイルートで暗殺される。兄のあとを追うようにして、弟メロイも翌年亡《な》くなる。水死事故であった。

「ニチェヴォ」ももう無い、——と思う。ミシュランの一九九九年版パリ・レストラン・ガイドに出ていないそうだ。昭和三十八年（一九六三）パリ再訪の機会が生じ、アヴェニュ・モザールに七年前の店を探しあてて、「コットレット・ア・ラ・キエフ」を食べたのが最後になった。ただし此の時、すでに経営者が替っていて、味が昔の味とちがい、私は失望した。したがって、本当に旨いチキンカツレツには、残念ながら四十三年間二度とめぐりあっていないのである。

物くるる友

一

十二月に入ると、あちこちから年の瀬の贈り物が届き始める。此《こ》のじじばばに今年も亦《また》、食べ切れぬほどの食べ物をと、御志は感謝するけれど、大部分がデパートの外商部あたりできれいに包装された、如何《いか》にも「御歳暮」らしい品々である。そういう中にいつも三つか四つ、新聞紙でぐるぐる巻きにしたような、体裁なぞどうでもいいと言わんばかりの旨《うま》い物が混っている。かますの干物だったり猪《いのしし》の肉だったり自然薯《じねんじょ》だったり、此の人たちこそ徒然草《つれづれぐさ》に言う「物くるる友」、論語に言う「益者三友《えきしゃさんゆう》」の末裔《まつえい》かと思う。そのうち常連の二人は、昔大陸から一緒の船で帰って来た海軍の復員仲間である。

湖北省漢口《ハンカオ》で敗戦の日を迎えた。地方軍閥らしきものが幾つも勝者として名告《なの》りを上げ、何処《どこ》と降伏の折衝をすればいいか、見当のつかぬ混乱状態が暫《しばら》く続いたが、やがて国民政府軍の正規部隊が進駐して来て、私ども揚子江《ようすこう》方面特別根拠地隊の海軍将兵一同、武装解除を受け、彼らの監視下に収容所生活を送ることとなった。と言っても、もとの根拠地隊司令部や水上警備隊の庁舎がそのまま俘虜《ふりょ》収容所で、自治自警が許されており、市内に散在する所属各支隊、施設部、海軍病院との間、往《ゆ》き来《き》も概《おおむ》ね自由だったし、強制重労働とか日俘虐待《ぎゃくたい》とか、そんな事件は一つも起らなかった。これは、武漢三鎮《ぶかんさんちん》在留の一般邦人に関しても、陸軍の駐屯部隊に関しても同様であった。「怨《えん》ニ報《むく》ユルニ徳ヲ以《もっ》テセン」という蔣介石《しょうかいせき》総統の告示が出ているのだと知って、深い感銘を受けた。

物資の略奪も殆《ほとん》ど行われなかった。衣料品も食料品も、煙草《たばこ》や油や革製品も、予想外の量が海軍の倉庫に手つかずで残っていた。その為、復員輸送の見通しが具体化するにつれて、むしろ敗軍の隊内で生活物資の貯《た》めこみ、取り合い、物資の擬装工作が始まった。新品の毛布や新しい洋服生地は、そのままだと乗船時の所持品検査でひっかかる。それをどうやって使い古しの身の廻り品らしく見せかけ、荷物の底へどれだけ沢山詰めこむか。毛布はほぐしてスエーターに編む。紺サージの服地は鋏《はさみ》を入れて寝衣《ねまき》風に仕立てる。司令部の参謀までがそれに浮き身をやつしているのを見て、我々学徒出身の青年士官たちが怒り出した。

「蔣介石の布告の立派さと較べて、ありゃ一体何のざまだ。あれが、いくさに負けた国の亡《ほろ》びて行く光景か」
みんな、精力のはけ場を失った向う意気ばかり強い独り者で、くにに妻子のある連中が、敗戦の祖国へ帰って、俸給も恩給も貰《もら》えぬ新生活を今後どう維持して行くか、途方に暮れもするだろうと、その心事を察してみるゆとりなど持ち合せなかった。そんなこと知るもんか、生きて帰国出来るだけ有難いと思え、とにかく俺たちはいやだ、私物一切持ち帰るのをやめると言い出した過激派の一人が通信隊の私、もう一人が防空隊の若田恒治郎中《ちゅう》尉《い》、それを諫《いさ》めにかかったのが長田《ながた》繁慶《しげよし》という兵曹長、此の長田と若田とが、後年私にとっての「物くるる友」になる。若田中尉の自然薯、長田兵曹長の猪、ただし話が其処《そこ》へ行き着くまで大分未《ま》だ先が長い。

海軍では、何処の艦船部隊にも、潮っ気しみこませて勤続十数年、鼻下に立派な口髭《くちひげ》を蓄え、水兵上りなのに綽名《あだな》は「司令官」、隊務の裏表すべて知り尽しているというような古参下士官が、一人か二人必ずいた。屢々《しばしば》「パッキン」の別名がつく。パッキンとはpackingの訛《なま》った海軍用語で、要するに機械の接合部分へ嵌《は》め込み、水洩《も》れガス洩れが起らぬようがっちり固めて置く衛帯《えいたい》のことである。「パッキン」タイプの先任兵曹になると、精神訓話の時間、少尉中尉のもっともらしい説教なぞ、

「学校出たての坊やが、何をごちょごちょ言うとるかい」

といった顔つきで聞いている。締め上げるところは締め上げて、部下もがっちり固めているが、上官にも言うべきことは言いに来る。うちの隊で「パッキン」呼ばわりされていたのが長田繁慶上等兵曹であった。終戦直前兵曹長（准《じゅん》士官）に進級した長田パッキンから、私どもは収容所内での血気に逸《はや》る言動を、面《おもて》を冒してたしなめられた。

「私物は一品たりとも持ち帰らんごと決めたて？　何をそげん、駄々っ子みたいなことば言うとッとかね。立つ鳥あとを濁さずのつもりか知らんが、阿川大尉のくには広島じゃろ。原爆の焼け跡へ復員して、褌《ふんどし》一本の面倒でも誰に見てもらうつもりでおるとですか」

去年転勤の時提げて来た旅行鞄《かばん》、せめてあれ一杯の荷物だけ持って帰れ、背中に背負えるように、わしがケンバスの背負い袋を拵《こしら》えちゃる——。あとあと私は、これでずいぶん助かるのである。石鹸《せっけん》一と箱シャツ一枚も、内地へ帰れば大変な貴重品、物々交換の材料であった。

若田中尉も結局、パッキン兵曹長の諫言《かんげん》に従う。ただ彼は、自棄《やけ》気味の無理食いがたたって、身体《からだ》に瘤《こぶ》が出来る。翌年二月、少数の残留要員を残して我々皆、平底の石炭船に詰め込まれ、汽艇に曳航《えいこう》されて長江を下るのだが、その前、

「二度ともう此処《ここ》へ来ることはあるまい。負けて帰るんだ、構うもんか。漢口の思い出に

何でも食おうじゃないか」

と、若田中尉ら何人かが、鱖魚《けつぎょ》の握り鮨《ずし》をたっぷり食べた。生で食すべからずの軍医長注意が出ていた魚で、体内にジストマか何か、瘤作りの寄生虫が宿っている。此の物騒な魚が、実は非常に旨《うま》い。如何《いか》に旨いか、書いて置きたいので、それで話の本すじが中々先へ進まない。

当時在留邦人の間で「揚子江の鯛《たい》」と称していた。長江とその分流支流、処々《しょしょ》に棲《す》んでいるようだが、戦後も日本の魚市場へ入荷したことは先《ま》ず無いらしく、東京大阪の中華料理店でこれを食ったという人の話も、聞いたことが無い。日本人に今殆ど知られていないその鱖魚が、幸田露伴先生の随筆の中に出て来る。

「鱸」と題するかなり長い文章で、初めの方には、支那の故事として名高い「松江《しょうこう》の鱸《ろ》魚《ぎょ》」と我が国の「すゞき」と、別物なのか同じ物なのかということが、詳しく書いてある。晋《しん》の国の高官張季鷹が、秋風の吹き起るのを見て、しみじみ故郷の味を思い出す。特に恋しいのが松江の鱸魚で、あの魚を食う為なら「何《ナン》ゾ名爵ヲ要《モト》メンヤ」と、ついに官を擲《なげう》ち駕《が》を命じて、南の呉郡へ帰って来る。松江とは、太湖より流れ出る呉淞江の異名だそうだから、つまりは揚子江に注いでいる水路で、上海《シャンハイ》、蘇州《そしゅう》、無錫《むしゃく》、揚州あたり、江南の水郷地帯が張季鷹の故郷であり、おいしい鱸魚の産地であった。そんなら、耶蘇《ヤソ》紀元前から珍重されている支那の「鱸」と和朝の出世魚「すゞき」「せいご」と、違うとしてどう違うのか。明末清初の字書「正字通」には、鱸魚のことを「巨口細鱗、鱖に似たり」、そう明記してあると、其処で初めて露伴先生の文章に鱖魚があらわれる。而《しか》も先生はそれを食っている。

「唐の張志和の『桃花水に流れて鱖魚肥ゆ』の詩の句で名高く、南画の好画題になつてもゐるもので、幸に自分は服部《はっとり》子の恵贈によつて其《その》新鮮のものを眼にし口にしたが、其形も味もまことに美なるものである」

　との御述懐だが、失礼ながらこれには若干の疑問を感じる。随筆「鱸」の書かれた昭和十一年、「服部子」は江南の鱖魚を、どうやって「新鮮」なまま東京へ運んだのか。多分長崎経由氷詰めの船便客車便だろうが、小石川の幸田邸へ届くまでに、少くとも丸三日かかる。「恵贈」を受けた露伴先生は、これをどのように料理なさったのか。召し上ってみて、本当に美味だったか。率直に申すなら、そんなはずが無い、「味もまことに美」とは「服部子」の特別な配慮に対する露伴先生感謝の修辞ではあるまいかと思う。冷凍技術も輸送手段も格段の進歩を遂げた六十年後のこんにち、赤坂「遊龍《ユーロン》」の鈴木訓支配人が、試みに此の淡水魚を上海から取り寄せ、「清蒸桂魚《チンチャンクイユー》」を作ってみて、どうしても客に出せる味にならなかった、あれはやっぱり向うで活《い》きのいいのを食べなきゃ駄目ですと言っている。だから、上海蟹《がに》は入って来るのに鱖魚は日本へ入って来ない。ちなみに桂魚は鱖魚に同じ。ケイとケツの違いが、中国語では同音の kui になる。

もう一つの疑問、それは新鮮な鱖魚を生で試食されたとして、露伴先生のおでこに瘤が出なかったかどうかである。

前述の通り、若田中尉は瘤を作った。私も抑留生活中度々鱖魚を食ったけれど、大抵ちり仕立てにして、生は避けていたので、瘤を出さずにすんだ。

それから長い年月が経《た》ち、耐火煉瓦《れんが》製造の実業家になった若田恒治郎は郷里の岡山で、文士になった私は横浜の今の住まいで、それぞれ耳順の年齢を迎える頃、私に、鱖魚とは如何なる魚か、短い解説文を書く必要が生じた。ところが、思い返してみるに、ただ旨かったというだけで、姿形も味も色合いも、私の記憶は大分もうおぼろである。これは若田中尉に聞いた方が早かろうと、岡山へ電話を掛けたら、次のような答が返って来た。

「そりゃ覚えてますよ。よく覚えてます。瘤を作って往生したんだもの。日本の田舎にこけらという体長五センチから七、八センチぐらいの珍しい淡水魚がおりますがね、鱖魚はあれによく似ている。ただし体長はこけらと違い、一尺二、三寸が普通です。海の魚ではあこう鯛に姿が似とります。これも、色はあこう鯛と違って、青みがかった肌に褐色の斑《はん》点《てん》があったんじゃなかったですか。鱗《うろこ》は非常にこまかい。その鱗を落して皮を剝《は》げば、揚子江の濁流に棲む魚とは思えんきれいな身をしておって、白身というより淡いピンク色ですがね、やや固めの魚肉を口に入れると、しっかりした歯ごたえがあって、味があって、旨かったですなあ。此のきれいな魚がジストマの宿主で、注意せんと瘤の出ること、知ってはおったんです。終戦になる前、前線の下士官の中に何人も、生で食って瘤を拵え、それが身体中移動して、背中の方まで廻って行っとるのなんか見ていましたからね。しかし、瘤の出る確率は百パーセントじゃない。個人個人の体質にもよる。それで敗戦後、例の構うもんかいという気になった。米軍機の空襲で焼き尽されたもとの日本租界に、焼け出されの居留民たちが色んな露店を出して、引揚げまで食いつなぎの俄《にわ》か商売をやっとったでしょ。ある日、赤い『日俘』の腕章つけて、あのへんひやかして歩いとったら、一軒、屋台の鮨屋があるんですよ。石炭船に乗り込んで長江を下る予定日も、もう決っていましたし、あとは負けて無一物で日本へ帰るだけの身だ、大丈夫だよと、騎虎《きこ》の勢いで鱖魚の鮨食った報いが、一ヶ月半後、上海・博多間の復員船の中で出ましたね。額のところが何か変だなと思ってるうち、見る見る大きな瘤になって来て、それが少しずつ下へ移って眼を圧迫するもんだから、痛くてしようが無い。岡山の家へ帰り着いて、近所の医院で診てもらったんですが、こんな病気知らん、どう処置していいか分らんと言われますしね、結局、九州へ復員した軍医中尉に問合せの手紙を出しました。漢口の海軍病院では、此の風土病の治療法を研究していたようです。自分の静脈の血を抜き取って、『モクソール』という薬局方の薬とよく混ぜて、患部に注射しなさいと教えられ、指示通り三回注射をやったら、不思議なくらいすうッと、眼の上の瘤が消えてしまいました。瘤も無くなりましたが、鱖魚の方も、あれっきり二度と食っていません。あの旨い魚に懲《こ》りたというわけではないんですが、僕はちっとも海外に出ませんし、その機会がないんですよ」

此の長電話で、鱖魚について語り合い、お互いの近況も語り合い、久闊《きゅうかつ》を叙したのがきっかけとなったかのように、その後毎年、岡山の自然薯が我が家へ配達されて来るのだけれど、「山の芋変じて鰻《うなぎ》となる」という俚諺《りげん》を真似《まね》るなら、自然薯変じて江南の魚の話になり、変じ残りの話が未だあって、中々本題へ戻れない。今回はこれでおしまいである。

二

「清蒸何々」という魚料理自体は、別段珍しいものではない。我が家の厨房脇《ちゅうぼうわき》の書架に一冊、表紙も背表紙もとれてしまった古本があって、奥付を見ると昭和二年実業之日本社刊「手軽に出来る家庭支那料理」、これの魚、貝、蝦《えび》料理の部が、ちゃんと「清蒸鯛魚」

を載せている。七十余年前、相当な数の日本人が此《こ》の料理を知っていたし、家庭で作っていたと推察される。調理法そのものも、そんなに難しくない。要するに鮮魚をまるごと、葱《ねぎ》と生姜《しょうが》で蒸して、胡麻《ごま》油入りの魚汁と香草であっさり味を調《ととの》えるだけである。紹興酒を使って酒蒸しにするやり方と、酒は使わぬやり方と、両方あるらしい。ただし、私自身の経験に則して言えば、日本で、中華風に蒸した鯛やすずきを心底旨《うま》いと思って食ったことは一遍も無い。香港《ホンコン》へ行くと、これが俄然《がぜん》圧倒的な美味になる。九龍リージェント・ホテル地下の「麗晶軒」、あの店が最もよかった時期、「清蒸老鼠斑《チンチャンラオスーパン》」、或《あるい》は「清蒸海青鮍《ハイチンイー》」、これ一と皿に米の飯一、二杯、それだけあったらあとはもうどうでもいいと言いたいぐらい旨かった。これが食えるなら、高い航空運賃払って香港へ飛ぶ価値充分と、よく思った。

老鼠斑も、骨の青い青鮍も、辞書に出ていない魚名で、よく分らないが、はたの一族べいらの一族らしい。日本の鯛、すずき、鰈《かれい》の清蒸がそれほどでなくて、はた科やべら科の南海魚がこんなに旨いのは、結局、その国の料理とその土地の食材とは切り離せない関係にあるということかナと思う。麗晶軒の給仕長《きゅうじちょう》には、あらかじめ献立の相談に行って、「今晩おすすめの活《い》きのいいのは何ですか」と訊《たず》ねることにしていた。老鼠斑が一番高価な高級魚だが、きょうはむしろ紅斑《ホンパン》とか、青鮍、蘇眉《スーメイ》、新鮮なのを幾種類か教えてくれる。親身に相談に乗りますという態度だけれど、彼の口から、一度淡水の鱖魚をどうでしょうとすすめられたことは絶えて無かった。

私が鱖魚の姿蒸し、「清蒸桂魚」にめぐり逢《あ》うのは、若田中尉や長田パッキン兵曹長と一緒に復員船の船艙《せんそう》へ詰め込まれ、敗残の身で上海復興島の波止場を去って、ちょうど四十年目の秋である。若い中国人の知友が、戦後上海初訪問の私を、南京《ナンキン》路の揚州飯店へ連れて行ってくれた。店名の揚州は、前述の通り鱖魚の名産地、註文されるまでもないという感じで「清蒸桂魚」が出て来た。

此の店の先代コックは、周恩来に重用《ちょうよう》された人だそうだ。出版関係の仕事をしている若い知友は、貧農の出とちがう自分の家系について、余り語りたくない様子を見せたが、どうやらお父さんが揚州飯店の古い大事な顧客だったようで、そういう縁故があるせいか、四十年ぶりの鱖魚料理は実に旨かった。所変れば品変る、同じ大陸の水辺でも香港島近海の老鼠斑、江南の鱖魚、いずれが優《まさ》るとは言いかねるおいしさであった。帰国して、鱖魚を食べて来たよと、岡山へ知らせなくてはと思っているうち、自然薯《じねんじょ》の届く年の瀬が近づいて——、これでやっと話を本すじへ戻すことが出来る。

若田中尉《ちゅうい》からの「歳暮」はいつも、油紙に包んだ縦長の、大きな不恰好《ぶかっこう》な荷物である。紐《ひも》を解《と》いて、中包みの新聞紙を拡《ひろ》げると、土中で身をくねらせていたような形の山の芋が、泥をつけて何本もかさなり合っている。文字通り手掘りの自然薯で、さあ、今晩早速食おう、麦は残ってるかということになるのだが、これをちゃんとしたとろろ汁に仕立てるまでが、中々厄介であった。

細い部分の外皮、よほど注意深く薄く剝《む》かないと、芋そのものが無くなってしまう。身がさくいので、太めの部分も、やっているうちにポロッと欠ける。それでも何とか泥を洗い落し皮の始末をし、白いぬるぬるの山の芋の剝き身が必要な分量だけ揃《そろ》ったら、下ろし金でゆっくり擂鉢《すりばち》へ摺《す》り下ろしにかかる。そのへんから亭主も、講釈ばかり言ってないで、とろろ作りの実労働に加わるのが毎年の吉例になっていた。

不器用な私は、先《ま》ず壁に向って座禅を組み、ひっくり返したりこぼしたりしないよう、両足の間へ擂鉢かかえ込んで、擂粉木《すりこぎ》こね廻す力仕事を始めるのだが、どうも自分の恰好が、芸の練習をさせられている老いたるチンパンジーのようで、酒屋の御用聞が入って来たりすると照れ臭かった。

前以《もっ》て取って置いた濃い目のだしを、少しずつ入れて行く。入れてはこね廻し、入れては摺りつぶしの繰返しで、芋のかけらのツブツブが残ると舌にさわって不味《まず》く感じるから、根気が要るし要領も要る。そのうち生卵一つ割って加えて、全体がようやくなめらかにとろォッとなって来る頃、亭主の出番は終り、とろろ汁の出来上りである。酒をふくみ乍《なが》ら生《き》のまま啜《すす》っても旨いし、炊《た》き立ての麦飯にかけて食っても旨い。洋の東西、芋の種類は数々あれど、これだけ手の込んだ繊細美味な芋料理が、異国人の世界に又とあろうか。日本の風土に育った自分の倖《しあわ》せを感じる歳末の一夜だが、実は此処《ここ》両三年、吉備《きび》の国からの此の貴重な贈り物が滞り勝ちになって来た。一つは、若かった若田中尉が老来病を得て、山歩きが不自由になった為、二つには、濫掘《らんくつ》がたたって本物の山の芋が絶滅しかかっている為――。

若田家は本来、新見《にいみ》市に近い真庭《まにわ》郡山中の旧家で、恒治郎中尉は復員後、お父さんから自然薯の掘り方を教わった。秋、紅葉した木の幹に、左巻きのつるがまつわりついて立ち昇っていたら、それが目印で、芋の塊根はそのつるの真下へ、土中深く伸び育っている。人の身の丈ほど、丹念に土を掘り下げて、折らないよう、そっくり天然の姿のまま取り出すのだが、掘りっ放しは山が荒れるもと、治山治水どちらにも悪いと、父上によく言われたそうだ。

掘った穴へ土を戻す。収穫した自然薯の頭を刃物で切って、戻した土の中へ埋めて行く。こうして置けば、五年後か十年後、次の世代の者が又立派に育った山の芋を掘りあてることが出来る。若田親子はそれを、自然薯探しで山歩きする時の、初歩的行儀作法と心得ていた。近来、誰もそんなことはしなくなった。山も谿《たに》も今や荒され放題で、むかごをつけた左巻きのつるなぞ、めったにもう見つからない。

「栽培物でもそれほど味が落ちるわけではありませんから、業者に註文して送らせてもいいのですが」

やはり自分で納得の行く、手掘りの天然芋が手に入らぬ場合は届けたくないと言いたげな措辞が、若田中尉の手紙に見られるようになった。厚意謝するに余りあり、食べたいだけの量、生涯の分すでに食べた、無理なこと決してなさらぬようにと、こちらからも言い送ってある。


もう一人の「物くるる友」、日向《ひゅうが》の国の長田繁慶は、海軍の古参下士官らしい頑健且《か》つ俊敏剛胆な男であった。武士のたしなみと称して、みごとな口髭《くちひげ》を生やしていた。戦後再会、再々会した時の農協役員風の風貌《ふうぼう》より、あの当時の面影の方が、私の脳裡《のうり》にはずっと印象深く残っている。どうやら、向うもそうらしい。

「今年も猪《いのしし》の肉を送ろうかと思うが、年末ずっと家におるとかね」

九州からの電話に女房が出て、二、三受け答えのあと、

「御亭主毎日どうしちょる？」

「食べ物が不味いとか、ぶつぶつぶつぶつ、不平ばっかり申しておりますけど」

そういう方向へ話柄が移って行くと、

「なあに、そりゃ昔からじゃ。奥さんよりわしの方がつき合いは古い。あの人からぶつぶつを取ったら何《な》ァんも残りゃせん」

と言うそうである。

海軍では、どんな世話になった上官の家にも、盆暮の付け届けをしないのが長年の慣習になっていた。現在の海上自衛隊にも、此の伝統は受けつがれている。長田兵曹長と私と、兵隊の位で言えば、当然私の方が上官である。パッキン兵曹長は何故《なぜ》私のところへ年々お歳暮を届けて来るのか。

察するに四つちがい（向うが上）の年齢差も手伝って、半世紀以上経った今尚《なお》、「学校出立ての、あの坊や士官は、わしがちゃんと面倒見てやらんと、どうにもならんのじゃ」という潜在意識みたいなものを持っているのではあるまいか。

ともあれ、斯《かか》る次第で、暮には日向の山くじらが届く。岡山の自然薯が山陽新聞で包んであるのに対し、こちらは宮崎日日の古新聞紙に包まれて来る。地方紙の広告欄なぞちょっと興味があり、一度、そちらに食用猪の養殖場でもあるのかと聞いたら、

「そんな物送っちょらん。猟師が鉄砲で仕止めて来た野生の奴《やつ》じゃ」

そう言われた。

冷凍を解かし、すき焼にして食べる。牡丹《ぼたん》に唐獅子《からじし》の、所謂《いわゆる》ぼたん鍋《なべ》である。薄く切って、塩胡椒《こしょう》を振りかけ、鉄板でバター焼にして食べる。いずれも、味に野趣があっておいしい。バター焼の場合、特に旨いのが皮の部分である。猪の皮は、ローストビーフを焼く時外側に巻きつける牛脂のような形状と厚みを持っていて、事実脂肪分をたっぷり含んでいるらしく、熱せられるにつれ、鉄板の上でジャンピング・ビーンそっくりの跳ね方をする。突然身をくねらせて躍り出し、あたりへ脂《あぶら》を撒《ま》きちらす。「あちい、あちい」と言いながら、それを箸《はし》で挟み取って、レモンをかけたり七味をかけたりして食う。

「正月、うちへ来る友達二人が、大分気に入った様子で、来年も猪を御馳走《ごちそう》になれますかと、楽しみにしてるんだがね」

電話で伝えたところ、

「そんなら鹿《しか》の肉も送っちゃろう」

と、今回御歳暮の追加が届いた。

これが又、大変結構な珍しい物ではあるけれど、どう料理すればいいか、いささか見当をつけかねる。昔南ドイツのガルミッシュ・パルテンキルヘンで食ったのと、割に最近東京のイタリアン・レストランで食ったのと、鹿肉試食の経験が二度しか無い。長田兵曹長は、刺身にして食え、猪を生で食っちゃいかんが鹿は大丈夫、生姜醬油《じょうゆ》にひたして食ってみい、旨いよと言うのだが、私は馬刺しの類《るい》総じて苦が手である。名案の浮かばぬまま、猪同様鉄板の上で、大蒜《にんにく》とバターを使って薄手のステーキ風に焼いてみることにした。

百貨店の牛肉売場へ行って、どれにしようか迷っていると、店員からよく、

「これなんか如何《いかが》でしょう。少しお値段が張りますが、それだけ、軟かくておいしいお肉ですよ」

肉の良《よ》し悪《あ》しの基準は軟かさに在りと言わんばかりのすすめ方をされるが、私は硬くて旨い肉があると思っている。宮崎の鹿肉がまさしくそれであった。焼き上った鹿ステーキを皿に取って、ナイフで切るのにかなり力が要ったし、口へ入れるとしっかり歯ごたえを感じた。そうして滲《にじ》み出て来る野性の滋味があった。

九州へ礼の電話を掛けて、こういう場合少し話が長くなる。黒いお髭の兵曹長も明くれば数えの八十五歳、近況を訊《たず》ねているうち、

「近頃ちと脚が弱って来て」、頑健だった男がふッと珍しい弱音を吐いた。「お返しなんか何もせんでええ。欲しい物も行きたいとこも無い。こっちから猪が送れるのも、もしかすると今年あたりが最後かも知れん」

それは、岡山の自然薯と同じように、野生の猪が絶滅しかかっているという意味だったかも知れないが、聞き返すのはやめにした。

海軍の教育部隊で学生生徒に教えた唯一《ゆいいつ》の陸軍軍歌「橘《たちばな》中佐」の「下」に、中佐終《しゅう》焉《えん》の光景を叙して「夕陽《せきよう》遠く山に落ち」という一節がある。二十世紀の十年代二十年代、此の世に生を享《う》けた我々敗軍の復員仲間、みんなもう、陽が沈んで長かった一日の終る時刻の近づいたことを、感じているのだなと、自分の胸の裡《うち》も顧みてそう思った。

鮨《すし》とキャビアの物語

一

　志賀直哉《なおや》の「小僧の神様」に、神田の秤《はかり》屋の帳場で、客の一人もいない秋の夕暮れ時、古番頭が若い番頭へ鮨のことを話しかける場面がある。

「おい、幸《こう》さん。そろそろお前の好きな鮪《まぐろ》の脂身《あぶらみ》が食べられる頃だネ」

「今夜あたりどうだい、お店を仕舞ってから出かけようじゃないか、外濠《そとぼり》線に乗って行けば十五分だ、

「あの家《うち》のを食つちやア、此辺《この》のは食へないからネ」

　傍らで聞いている小僧の仙吉と同様、如何《いか》にもおいしそうな感じのする会話だが、此《こ》の短篇をもう少し読み進めると、当時の江戸前の握り鮨について色んなことが分って来る。

　当時とは、「小僧の神様」が「白樺《しらかば》」に発表された大正九年正月、今からちょうど八十年

前、「分って来る」ことの一つは鮨屋の店構え、もう一つは鮨の値段である。その頃、京橋日本橋あたりの鮨屋は、名代の店も殆《ほとん》どが立食いの屋台だったらしい。暖簾《のれん》をくぐって入り、皆と並んで立ったまま、握るはしから手づかみで食うのが又、通《つう》のやり方とされていた。中でも鮪のトロは、神田の商店の番頭連中のみならず、各界多くの人に好まれて、「当今小僧さんには中々食べきれません」ほど値が上り、握り一つ六銭もした。要するに、屋台の安直な立食いでありながら、鮪の脂身の上等を握ってもらうのは、大正中期、すでにかなり贅沢《ぜいたく》なことだったように見える。

それでは、何時《いつ》からそうなったか。これについては、三田村鳶魚《えんぎょ》がその著「娯楽の江戸江戸の食生活」（中公文庫）の中に、詳しいいわれを書き残している。もともと、鮪のような赤身の魚は、江戸では下魚《げざかな》の扱いをされていた。天保三年の春先、此の下魚の大きなのが、潮流の関係か何か、江戸の近海でひどく沢山獲《と》れて、河岸《かし》の相場は暴落するし、始末に困ったことがある。大部分肥料にしてしまうのだが、それでも捌《さば》き切れず、困り切っている時、知恵者が一人あらわれる。捨て値の鮪の、脂の乗ったいいところだけ身を殺《そ》いで握り鮨を拵《こしら》え、売り出してみたら、安いし旨《うま》いし、馬鹿《ばか》当りに当って、以来鮪が江戸前の鮨の欠かせぬ鮨種になったのだという。

天保三年は西暦一八三二年、勝海舟も西郷隆盛ももう生れており、そろそろ幕末が近く、そんなに遠い昔ではない。大体、握り鮨の元祖開業の時期が、それより十年か二十年前の文化文政の交だそうだから、すし自体の、千年を越す歴史と較べると、ずいぶん新しい食べ物である。今、すしと言えば、誰しも先《ま》ず思い浮かべるのが東京風の握り鮨、飛び切り高価な鮨種と言えば、本まぐろのトロ、それが、僅《わず》か百七、八十年の昔そうでなかった。下って嘉永《かえい》七年（一八五四）初頭、ペリーの艦隊が再度日本へ来航し、江戸湾へ入って和親条約の締結を迫るのだが、蒸気船七隻《せき》の乗員のうち誰か、当節江戸でもっぱら評判の、安くて旨い鮪の握り鮨を試食してみた者がいるだろうか。もしいたとしても、次の世紀の後半、ニューヨークにおける鮨屋の驚くべき繁昌《はんじょう》ぶりまでは、到底想像がつかなかったに違いない。

アメリカ人に限らず、こんにちではフランス初めヨーロッパ諸国に、鮨の好きな人が一杯いる。何十万人もの鮨好きの中から一人だけ個人名を挙げるなら、リヨン大学の大脳生理学者ミッシェル・ジューベ博士、此の人は名優ルイ・ジューベの甥《おい》にあたる。直接の識《し》り合いではないけれど、私の古い知友で同じお脳の専門家萬年甫《まんねんはじめ》さんが、ミッシェルと大変親しい。脳神経学、特に睡眠学の権威ミッシェル・ジューベ先生は、日本へ来てホテルに着いたら、時差調整の睡眠もとらず、荷物を置いて、萬年さんと誘い合せて、すぐ握り鮨を食べに出るのだそうである。

むろん、博士の本国パリの都にも鮨を食わせる店があり、その他デュッセルドルフ、ロンドン、アムステルダム、ホノルル、ヴァンクーヴァー、世界各地で鮨屋らしきものが店を開いていて、今やすっかり国際化してしまった食べ物なのに、材料と職人の気ッぷと、此の二点に関してだけは妙に閉鎖的で、旧套墨守《きゅうとうぼくしゅ》の傾向があるような気がするがどうだろう。そもそも女の鮨職人がいない。皆無ではないけれど、非常に珍しい。海外の鮨屋や鮨兼業の日本食堂は別として、冷凍輸入の魚介類を使いたがらない。山葵《わさび》も、粉わさび練わさびなんぞ以《もっ》ての外、つまり、掛け声からしていなせな東京者の若い衆に、新鮮そのものの旬《しゅん》の材料を威勢よく握ってもらわなくては鮨はやっぱり駄目という、一種粋《いき》好みの、独特の固定観念である。そうでない店も、各町々に沢山あることはあるが、それは秤屋の番頭が言う「此辺のは食へないからネ」の、此辺の部類に入ると、——多少とも鮨の味にうるさい人なら、言わず語らずのうちにそう思っているのではなかろうか。

志賀直哉先生が作中モデルに使った鮨屋は、京橋の幸ずしと、江戸の花屋与兵衛《よへえ》の末裔《まつえい》にあたる花屋、店のたたずまいは、いずれも大震災前のものである。一方、志賀門末弟子の私（小説「小僧の神様」と同年生れ）にも、今では古い馴染《なじ》みの鮨屋が、銀座界隈《かいわい》に何軒か出来ているけれど、これは久兵衛《きゅうべえ》、ふか田、きよ田と、一応名前を記すにとどめて置こう。何故《なぜ》なら、「一つ六銭だよ」というわけに行かない店ばかりで、私自身、そんなに始終御贔屓にしてはいないのだから。

その代り、財布と相談の上食いに行けば、近海物の鮪の中トロが旨い、こはだが旨い、夏、それの出始めのしんこが旨いし、秋の戻り鰹《がつお》も旨い。鳥貝、みる貝、赤貝、平目の縁がわ、平目の昆布《こぶ》じめ。ただ、目の前の活《い》きのいい鮨種を眺め、壁に掛った「たこ」「あわび」「しまあじ」「うに」の木札を眺めていて、いつもちょっと疑問を感じる。

冷凍物を嫌うのは分るが、新鮮な、それ自体はおいしい魚介で、普通の鮨屋が置いていないもの、握ろうとしない素材があるのはどういうわけだろう。的矢《まとや》の生がき、佐久《さく》の鯉《こい》、下関の河豚《ふぐ》、能登のなまこ、握ってもらったことも無いし、握らせて食っている人を見かけたことも無い。穴子は必ず置いてあるのに、鰻《うなぎ》は蒲焼《かばやき》も白焼も鮨種として使わない。川魚では他に鮒《ふな》、鮎《あゆ》、岩魚《いわな》、なまず。いや、鮒ずし鮎ずしのおいしいのがありますよと言われても、それは握りとは別の物である。

「くるま、入んな。遠慮せずに入んな」、呼んでいる者があるので海老《えび》がぴょんと振り返って見たらしいしゃこだったという駄洒落《だじゃれ》があって、蝦蛄《しゃこ》と車海老は好一対の鮨種なのに、いくらとキャビアは対等の扱いをされていない。いくらなら誰でも気軽に註文するけれど、キャビアを握ってくれと言う客はまず見かけないし、「おあと、キャビアなぞ如何《いかが》でしょう」と言う鮨職人もいない。ただし、ものには例外があるから、それについてはあとで書く。

昔、ロシアがソビエト連邦だった頃、ヨーロッパへ旅行の途中、最初の晩モスコーで一泊した。翌朝、シェレメチェボ空港行のバスが出る前、そうだ、折角ロシアへ来たんだからキャビアを買って置こうと思い立ち、赤の広場のそばの、共産圏最大の百貨店グムに入った。ところが、一階の食料品売場、いくら探し歩いてみても見つからない。ジャムやピクルスの瓶の前で「キャビア、キャビア」と連呼してみるが通じない。何故だろうと不思議に思っているうち、如何にもロシアの「バーブシカ」という感じの肥《ふと》った小母《おば》さん店員が、

「オオ、イクラ」

あれを探しているのか、無いよあれは、と言わんばかりの強い調子で、大きく首を振った。その途端、卒然として私は自分の勘違い幾つかに気づいた。一つは、日本語だとばかり思っていた「いくら」がロシア語だということ。二つは、キャビアもイクラの一種で、鮭《さけ》のはらごの塩漬けが赤イクラなら、蝶《ちょう》ざめの仔《こ》は黒イクラだということ。三つ目は、キャビアがソ連にとって大切な外貨獲得用の輸出品で、ドル・ショップへ行かなくては買えないのだということ。

それにしても、輸出用の高級食品を人民が食べさせてもらえなかった共産ロシアと較べれば、はるかに豊かな日本で、銀座あたりの名代の鮨屋が何故客にキャビアを出さないか。あまりにも値が張るからか。

読者も多分御承知の有名な小話がある。スターリンを批判して政権の座についたフルシチョフが、故郷ウクライナに住む老母をモスコーへ呼び寄せた。クレムリンの中、くまなく案内して廻り、「昔は此の椅子《いす》にツアーが坐《すわ》っていた。革命後はスターリンが坐った。今は私が坐る。さあお母さん、食べておくれ」、執務室のテーブルの上へ、チェコのガラス器に盛った極上のキャビアをどっさり運びこませる。老母の顔が段々青ざめて来る。

「まあ、こんな高価な物をこんなに沢山、ニキーシャ。お前が偉くなったのはよく分るよ。だけど息子や、もし赤が入って来たらどうするんだえ」

フルシチョフのおッ母《か》さんが心配するくらい高価なのは事実だが、そんなら本まぐろのトロは高価でないのか、鮨屋が出さなくても、ホテルの立食パーティによくキャビアが出るじゃないか、それに、あんなカナッペ風の食べ方をしなくても、キャビアと米の飯とは大変相性がいいのにと、そう思う。

モスコー経由ヨーロッパ行きとは別の、確かニューヨークへ向う日航機の機内でのことだが、夕食にキャビアが出た。薄いトーストにバターを塗り、鼠色《ねずみいろ》した大粒のキャビアを載せて、みじん切りの玉葱《たまねぎ》、卵の白身黄身、その上からレモンを絞りかけ、ウオトカのグラス片手に、お作法通り行儀よく何枚か食べ終る頃、チーフ・スチュワーデスが、次のスープの支度で前菜の皿を下げに来た。

「お好きなようでございますね」

きれいに拭《ぬぐ》った皿を見て、お愛想半分、スチュワーデスはにこやかにキャビアの話を始めた。

「私たちも大好きで、お客様にお出ししたあと余ったのを、パントリーのカーテン引いて、あったかい御飯にのっけて、お醬油《しょうゆ》とレモンかけてキャビアめしにして食べるんですよ」

「ちょっと君」、私は主席客室乗務員の顔を見上げた。「何故早くそれを言ってくれない、そいつは旨そうだよ。そうと知ってりゃ、日本人の客に何もああいう気取った食べ方させなくたっていいじゃないですか」

「007」のジェームズ・ボンドが、プールの中で美女と戯《たわむ》れながらキャビアを一と口頰張って、

「うむ。カスピ海の南だ」

と言うシーンがあった。つまり、イラン産の、多分ベルーガの上質物を食べている演技

である。機上私がキャビアめしを教えてもらったのは、それが今ほど稀少品でなかった頃で、その後家へ帰って何度か作ってみたが、確かに旨い。作り方も、チーフ・スチュワーデスの言う通り簡単だが、問題は茶碗《ちゃわん》一杯の炊《た》き立てのめしに、どれだけの量キャビアを混ぜこむかであろう。多過ぎてもいけないが、これ一と匙《さじ》分何千円、ばちがあたるぞなどと思ってけちをしたら、味が落ちる。かつぶしめしと同じで、キャビアの質が悪ければむろん味が落ちる。ジェームズ・ボンド流に「うむ」と言えるほどのキャビアが、我が家の冷蔵庫にたっぷり貯《たくわ》えてあるというようなことは、まあ無い。大体、長期保存に耐える瓶詰の市販のキャビアは塩が勝ち過ぎている。同じベルーガでも、本当においしいのは、もっと薄塩の、生々しい感じのする鼠色の魚卵で、これが日本では中々入手困難で、したがって簡単なはずのキャビアめしも、松竹梅の松のランクとなると、そんなに簡単には作れない。

鮨の話なのかキャビアの話なのかと、問い質《ただ》されそうだが、米の飯とこれだけ相性のいいキャビアが鮨にならぬわけがないということを言っている。事実、キャビアを握らせた人、握った鮨屋を、私は知っていて、次回、其処《そこ》から話をすし全般へ拡《ひろ》げて行ってみようと思う。

二

キャビアを握らせたのは谷川徹三先生、握った鮨《すし》屋は久兵衛である。先生は本来、西田幾多郎博士門下でスピノザやジンメルに打ち込んだ哲学者だが、世に出て以後、宗教、社会思想、文芸、文化万般の広い分野にわたる評論活動を始め、一方、旨《うま》い物美しい物がこよなく好きで、晩年は美術品の蒐集《しゅうしゅう》家《か》としても知られていた。亡《な》くなられる二年前、小学館が出した限定八八〇部の愛蔵品図録「黄塵居清賞《こうじんきょせいしょう》」を見ると、奥村土牛《とぎゅう》、梅原龍三郎、ルオー、カリエールら現代画家の作品から、殷《いん》周の佩玉《はいぎょく》、古代オリエントの豊饒《ほうじょう》女神像まで、東西古今のコレクションの豊かさに驚かされる。

こういう学者のところへは、当然、画商や古美術商が出入りする。彼らは概して、おいしい物をよく知っている。「火焔太鼓《かえん》」の、「ついでに生きてるような」古道具屋だって、扱う品によっては大名屋敷の奥へ通されるくらいで、貴顕富豪と接する機会が多く、自然、眼も口も肥えて来るのであろう。谷川家を訪れる骨董《こっとう》屋たちは、屢《しばしば》と先生大好物のキャビアを手土産に持参した。

何万円のキャビアで何百万円の利鞘《りざや》を稼ぐのか、「生涯一書生」の先生はそんなこと我

関せずの風情《ふぜい》で、淡々と貰《もら》い受け、よく、

「これを鮨にしてくれ給え」

と、久兵衛へ持ち込まれた。

私も一度お相伴を仰《おお》せつかり、なるほどキャビアめしともちがう旨いものだと感心したが、何しろ十七、八年も前のことで記憶が定かでない。一夜、思い立って銀座の久兵衛本店へ、鮨を食い旁《かたがた》と話を聞きに行った。谷川家とゆかりの深い佐野洋子さんにつき合ってもらった。

昔は「若旦那《わかだんな》」と呼ばれていた二代目の今田洋輔《ようすけ》当主が応対してくれ、新鮮な魚介類で鮨に握らないものがあるのは何故かという私の質問から話が始まった。むろん盃《さかずき》を傾けながら、鮨を食いながらである。

「鰻は、鮨にするのに味がしつこ過ぎるんでしょうね。しかし、大阪の鮨屋は握ります。東京でも鰻を扱う店があることはあります」

「牡蠣《かき》となまこは、うちでも握りますよ。何なら一つ、試してごらんになりますか」

折角だが、これは感心致しかねた。酢の物の場合とちがい、なまこの握りは色も舌ざわりも気味が悪く、旨いと思えなかったし、的矢《まとや》の生牡蠣は殻つきのをレモンで食った方がずっとおいしそうで、握ってもらうこと自体敬遠した。

さて、問題はキャビアの鮨、

「いえ。谷川先生お一人じゃありません。キャビアを握れと註文なさる方、ちょいちょいいらっしゃいます。握ると言っても、いくらと同じで、海苔《のり》で囲んだ鮓めしの上へキャビアを詰めるんですが……。近所に良いキャビアを置いている食糧品屋がありますから、何でしたら店の者に取りに行かせてすぐお出ししますよ」

上質のベルーガ二十五グラムの瓶入り、鮨二つ分ほどが今いくらするか、大体分っている。助けてくれえと叫びたかったけれど、

「まあまあ、今夜は」

笑って誤魔化した。キャビアを鮨にすることが最近もあるのかどうか、話だけ聞くつもりで来て、結局予定通り話だけに終るのだが、それでも久しぶりの久兵衛はおいしかった。

北京《ペキン》生れ北京育ちで、引揚者家庭の幼時体験を持っている佐野洋子さんが、

「あの頃、こんな物が食べられる時代が来るなんて、とても想像出来なかったわ。夢みたい」

と言い、鮨にまつわる抑留奇談を聞かせてくれた。武装解除されて収容所へ入れられた日本軍の捕虜仲間が、車座になって握り鮨を思う存分食う——、食う真似《まね》事をしてみる敗戦哀話である。

鮨職人上りの応召兵がいた。その一等兵だか二等兵だかを一座のまん中に据え、

「トロ一丁」

「俺は平目」

「車海老《くるまえび》のおどり」

口々に註文すると、鮨屋の兵隊が忍術使いの手つきで、上手に握る恰好《かっこう》してみせる。周りの伍長《ごちょう》殿や軍曹殿は、手を伸ばして食べる恰好してみせる。「うめえなあ、おい」、「山葵《わさび》がきいてたまんねえよ」、こうしてお互い、いつ帰れるとも分らぬ、日本恋しや恋しやの思いを慰め合っていたという。

「日本人にとって味のふるさと、究極の美味がお鮨なのかも知れないわね」

佐野さん仰せの通りかと思うけれど、捕虜の兵士たちがもし、関西編成の部隊所属ならどうだったろうと、あとで考えた。

私は父が山口の出、母が大阪、自分の生れが広島だから、父母と暮していた少年時代、「今晩おすしよ」と言われて頭に浮かべるのは、握り鮨ではなかった。出前の握り鮨も、取った覚えが無い。新鮮な瀬戸内海の魚を使った箱ずし、押しずしが鮨の代表格、次いで関西風の巻ずし、蒸しずし、それと、山口、広島、岡山、中国地方の家庭の主婦なら、た

いてい誰でも上手に拵《こしら》えるばらずし、別名ちらしずし、あれがおいしい、そう思っている少年が、広島の高等学校を卒業し、大学生になって東京へ出て来て、初めて江戸前のちらしを食わされた時、いやな気がした。鮨桶《おけ》の飯の上へ、赤い鮪《まぐろ》を始め安物の刺身をたっぷり盛りつけたようなこんな物、すしにしてもよほど格の下がるすしだと思った。その後、握り鮨は段々好きになって行くけれど、東京風の所謂《いわゆる》ちらしずしばかりは、今尚《なお》好きになれない。

それから約六十年、戦争と終戦後の大変革とがあって、日本人の鮨の好みはずいぶん様変りし、東京の握り鮨が京大阪、四国九州、北海道にまで広まった。私の知る限りでも、遠藤周作に紹介された長崎の虎《とら》ずし、吉行淳之介が教えてくれた岡山の魚正《うおしょう》、京都出身の海軍同期生と有縁の、先斗町《ぽんとちょう》歌舞練場に近いすし章、各地においしい店があるが、六十年前のことを言うなら、関東の鮨と関西の鮨とは、はっきり違っていたのである。西の伝統を守りつづけているのは、これ亦《また》私の知る限り、京阪神でいづうの鯖《さば》ずし、鮨萬《こ》の小鯛《だい》の雀《すずめ》鮨、吉野寿司《ずし》（大阪淡路町）の箱ずし色々、青辰《あおたつ》の穴子巻きといったところか。もっとも、神戸元町通りの青辰なぞ、午前十一時半に入って、「きょうの分もう終りました。今度、電話で予約してから来て下さい。大平さんにもそないしてもろてます」と門前払い食わされた記憶鮮明な、偏屈で小さな店だから、怖《おそ》れをなして、大平首相時代以来二十年間行ったことが無く、現在何代目がどんな風に営業しているか、よく知らない。

ともかく、鮨の伝統は関西の方が古い。前回書いた通り、江戸風握り鮨の歴史は比較的新しい。しかし、それも比較級の問題で、上方鮨の起源を慶長年間まで溯《さかのぼ》るのはむつかしいらしい。関ヶ原の合戦が慶長五年、西暦の一六〇〇年である。つまり、今を去る四百年の昔、徳川家康は、トロの握りどころか、多分箱ずしも巻ずしも食っていない、「日本人の究極の美味」を知らずに天下を制したということになる。

温故知新、それ以上「故《フル》キヲ温《タツ》ネル」つもりなら、行き着く先は結局馴鮓《なれずし》であろう。本山荻舟《てきしゅう》「飲食事典」の孫引きだが、平安中期の律令《りつりょう》施行細則「延喜式」に、諸国よりの貢献品として馴鮓が何種類も出て来る。その一つ、「近江《おうみ》の鮒《ふな》鮓」だけが、こんにち、滋賀県大津の名産品となって、千年昔の味を伝え残しているという。（ただし、飯を加えて醱《はっ》酵《こう》を早める手法が考案されたのは江戸初期だそうだ）

あの臭気を嫌う人があるけれど、上等の鮒ずしは酒の肴《さかな》につくづく旨いと思う。憂《うれ》うべきは、琵琶湖《びわこ》のにごろ鮒が、カスピ海の蝶《ちょう》ざめと同じく漁獲量激減しており、絶滅を噂《うわさ》される状態で、やがてキャビア鮨と共に、私どもには手の届かぬ高嶺《たかね》のすしになって了《しま》いはせぬかということである。それでも、今なら手に入る。大津から取り寄せることが出来る。

ただ、今回私の食べてみたいと思っている馴鮓は、鮒ずしとちがう。めしの部分を取り除いて食膳《しょくぜん》に供する鮒ずしでは、自分の鮨のイメージと合致しない。関西風箱ずし押しずしの原型のような物、押しずしの上へ重しを置いて、二、三日寝かせて、独特の味とくさみを醸《かも》し出したような鮨を食わせる店が無いかしら。東京では無理だろうなあ、そう思っていた矢先、京都へ行く機会が生じた。京都から吉野はそんなに遠くない。となれば、誰しも考えつくのは、例の、千本桜の芝居に出て来る鮓屋であろう。

「春はこね共花咲《さか》す、娘が漬けた鮓ならば、なれがよかろと買《かひ》にくる、風味も吉野、下市に」

「義経《よしつね》千本櫻　鮓屋の段」で名高い釣瓶《つるべ》鮓の店「弥助《やすけ》」が、今も営業中と分って、京都一泊、翌朝橿原《かしはら》神宮前行の近鉄特急に乗った。橿原神宮で阿倍野《あべの》始発吉野行に連絡があり、下市口《しもいち》まで合計一時間半しか掛らない。途中車窓に唐招提寺《とうしょうだいじ》の森が見え、薬師寺の三重塔が見え、大和三山が姿をあらわし、諸処に紅白の梅が咲いていて、通過駅の駅名も、岡寺、飛鳥《あすか》、壺阪山《つぼさかやま》と、如何《いか》にも古代がそのまま残っている土地という感じであった。

電話予約をして置いたので、店の主人四十八代目の弥助さんが待ってくれていた。以下は当主が語る釣瓶鮓屋の古い古い物語である。

「下市は名前の通り、古来熊野《くまの》の人々と大和の人々とが吉野の山裾《やますそ》へ産物を持ち寄って、定めの日に市を開き、盛んな交易をした所で、取引がすめば芸者上げての大騒ぎが始まりますし、女郎屋も割烹《かっぽう》旅館もたくさんあって、昔は今よりずっと賑《にぎや》かな町でした。その為、度々火事に見舞われ、うちも二度焼けましたから、今の建物は大して古くありませんが、店の歴史自体は八百年前まで溯《さかのぼ》れます」

それなら、竹田出雲《いずも》が此《こ》の家をモデルに、弥助やお里の名を借りて「義経千本櫻」を書いた時、店はすでに創業五百五十年の老舗《しにせ》だったわけである。

「鮓の材料はすべて吉野川の鮎《あゆ》です。そのすし容器が、朱塗りの大きな曲物《まげもの》で、藤蔓《ふじづる》をからませて把手《とって》にした恰好が釣瓶に似ているところから釣瓶鮓の名が生れました。此の容器にめしを入れて、めしの上へ季節の鮎のひらいたのをぎっしり詰めて、石の重しを載せて置くと、やがて昔ながらの馴鮓が出来上ります。これが高貴な方々のお口に合いましたようで、後水尾《ごみずのお》天皇の頃から代々、朝廷へ釣瓶鮓を献上した記録が、うちに残っております。京都まで届けるのに行程大体四日、その四日間に、ちょうど佳《い》い味になれて来るんでしょうな。だけど、今の若い人の多くが馴鮓の臭《にお》いをお嫌いになりますのと、釣瓶のかたちした曲物を拵《こしら》える職人がいなくなってしまったのとで、うちでも十年ほど前、作るのをやめました。食べてみたいとの御希望のようですが、昔風の馴鮓を出す店は、日本中にもう一軒も無いと思いますよ」

座敷の裏は、岩盤の露出した急傾斜の崖《がけ》である。先祖の弥助さんたちがそれぞれ趣向を凝らして、此の崖全体が、枯山水風の庭になっている。苔《こけ》むした庭石に早春の陽があたるのを眺めながら、鮎の姿ずし、吸物共二、三品の軽い昼食を、見つくろいで出してもらった。春夏秋冬客を迎えられるよう、長期保存用に、吉野川の鮎を塩蔵し、冷やして貯《たくわ》えてあるそうで、此の季節の姿ずしはむろん塩蔵物、おいしかったけれど、やはり六月七月の旬《しゅん》の味はしなかったし、四十八代目の言う通り、もはや馴鮓らしい香りもしなかった。

此の店へは、いがみの権太《ごんた》を演じることに決った歌舞伎《かぶき》役者が必ず一度やって来る。勘三郎も来た、勘九郎も来た。その他色んな人が来ている。作家では吉川英治さん、村上元《げん》三《ぞう》さん、古く、政治家の犬養木堂《いぬかいぼくどう》、その人たちの書いた色紙や扁額《へんがく》を見せてもらい、民芸博物館にありそうな朱色のくすんだ釣瓶桶《おけ》も見せてもらったが、彼らは食べたであろう「風味も吉野」の馴鮓が、銀座久兵衛の時と同じ「話」だけに終ったのを、残念と言うなら残念に思う。時代の推移は止《や》むを得ないけれど、八百年の歴史を持つ食品が、平成の御《み》代《よ》に入ってついに姿を消したのだから。

味の素《もと》

天皇陛下の料理番だった秋山徳蔵さんが、著書「味の散歩」の中に「手で食べる」という一節を立てて、果物、生野菜、茹《ゆ》でた枝豆、鮨《すし》、カナッペ、握り飯、大抵の食べ物は手づかみで食った方が箸《はし》やフォークを使うよりずっとおいしい、「いったい、これはどうしたわけだろう」と書いている。

「人間が手でものを食っていた頃の感じが、潜在意識に残っているせいだろうか。それとも、てのひらから味の素的放射能でも出ているのだろうか」

読んで「はてな」と思った。手で食う食わないは別として、化学調味料の効きめを認めるような書き方がしてある。此《こ》の人は昭和の天皇さまに、時々味の素を振りかけた料理を差し上げていたのか。

左様然《しか》らばけしからんと言っているのではない。味の素肯定派の旨《うま》い物好きと、否定派と、二つに分けるなら、私は肯定派なのである。「味の散歩」の著者が亡《な》くなって、もう二十六年になるけれど、「実はちょいちょい使ってましたよ」、もしそう聞かされたら、秋山大膳《だいぜん》にも、それをおいしく召し上った陛下にも、むしろ親しみを覚えただろう。

戦後生れの若い人たちが、豊かな暮しの中で段々味覚敏感になって来て、「あの店は味の素使いますね」、「味の素使った味はすぐ分る」、「絶対やめてもらいたい」、きついこと言うのを知っているから、私はいつも首すくめる思いだが、此の化学調味料、自分の少年時代の思い出と分ちがたく結びついていて、どうしても否定派にはなれない。

広島の我が家の食卓に、朝夕出ていたのは赤い四角な缶《かん》入りの味の素、白い割烹《かっぽう》着姿《ぎ》の美人が調味料を手にした登録商標も、はっきり記憶にある。

「私らの若い頃、味の素が初めて売り出されてなあ、あんまりよう効いておいしいもんやさかい、あれは蛇の粉やという噂《うわさ》、大阪で立てられたりしました」

と、明治末年鈴木商店創業時の話を、中学生の私に母がよく聞かせてくれた。

それから十数年後、私は此の家の焼け跡へ帰って来る。生きているとは思えなかった両親が、怪我《けが》をしたまま何とか生き延びて、避難先の雨の漏るぼろ家で暮していた。敗戦、無条件降伏から未《ま》だ七ヶ月目の大混乱時代、焼き尽された町の残りの一角に、親子無事揃《そろ》って三度の食事が出来るだけ倖《しあわ》せと思わねばならないのだが、質も量もひどい粗食、母の作る朝の味噌汁《みそしる》なぞ、如何《いか》にも不味《まず》かった。味噌も悪いし、だしを取ろうにもろくな材料

が無い。不興顔の私を見て、
「そうか。そんなら原子爆弾使おうか」
隠し戸棚から母が取り出したのは、貴重品の闇《やみ》物資、昔通りの缶入りの味の素であった。一とすくい入れると、味噌汁の味がびっくりするくらい良くなった。私は味の素に感謝した。

味噌汁に合うだけでなく、鮑片湯《パオピエンタン》や蛋花湯《タンホワタン》や、味の素は中華料理のスープによく合う。炒菜《チャオツァイ》にも合う。戦前のことだが、料理熱心な日本人の奥さんが特に頼んで、名人と呼ばれる師傅《シフ》の調理場を見学させてもらった。すさまじい強火に支那鍋《なべ》をかけて、今まさに一と品、豚肉の野菜炒《いた》めが出来上ろうとしていた。その時名人コックが粉砂糖のような白い物を少量、ぱらぱらッと鍋の中へ抛《ほう》り込んだ。ああ、あれが秘中の秘の味つけ材料だ、そう思った奥さんが、「何なのか教えて下さいますか」、訊《たず》ねてみたら味の素だったという話がある。

ついでながら、「師傅」は親方を意味する本来の中国語だが、発音 shifu が chef と似ている為、近来それの漢字訳のようなかたちで使われるらしい。その中国人師傅たちは、味の素を敬遠する気配がどうもあんまり無いように見える。

一九九八年の統計によれば、何しろ現地法人の生産する味の素の、大陸中国での年間消費量、約四万トンだそうだ。一と皿の料理に一グラムもあれば充分のグルタミン酸ナトリウムを四万トン。幾皿分になるか、計算してごらんなさい。気の遠くなるような数字が出て来るから。

世界各地の旨い物を食べ歩いている新しい日本人中堅層の、味覚の進歩を疑うわけではないけれど、味の素嫌いのあなた方、もしかして騙《だま》されていやしませんか。騙されると言って悪ければ、気づかずにいる――。「重慶で食べた麻婆豆腐が素晴しかった」とか「蘇州で食べた冬瓜《とうがん》のスープがおいしかった」とか、帰って来て仰有《おっしゃ》っても、「実はあれ、味の素入りの美味」ということはありませんでしたか。

私ら夫婦は、明らかに気づいていなかった。今は昔、ワシントンDCの北郊メリーランド州チェビー・チェイズ・サークルに、北京酒家という大変おいしい中華料理屋があった。そのあとニューヨークへ出て当分滞在するについて、何処《どこ》かあちらのいい店を教えて欲しいと言ったら、国連本部のすぐそば、セカンド・アヴェニュの852番地にうちの姉妹店ペキン・ハウスが在ると紹介してくれた。此の二軒の店で、私ども、身体《からだ》にしびれが来るのである。症状は女房の方がひどく、ニューヨークの店の場合特にひどかった。

当時のノートを見ると、ある晩茸《きのこ》と豆腐入りのスープ「口蘑豆腐湯《コウマートーフータン》」、乾《ほし》なまこの醬油《しょうゆ》煮「紅焼海参《ホンシャオハイシェン》」を取ったこと、豆腐湯の淡くあっさりした味、海参《なまこ》のなめらかなこってりとした味、どちらも至極結構なのに、食っているうち、頭の芯《しん》が麻酔をかけられたようになって、女房は立つことも出来ず、それでも暫《しばら》くじっとしていたらしびれが解けて来たことを書き記している。のちに香港《ホンコン》でも同じ経験をした。何がしびれの原因かは分らなかった。中華料理店症候群という医学用語を知るのは、ずっと後年のことである。要するに、かなり多量の味の素が使われているのを、気づかないで食べていたらしい。

こんな、神経中枢《ちゅうすう》を侵されたような不調を訴える人が多くなれば、その方面から味の素反対の声が挙《あが》るのは当然だろう。未見なので内容は知らないが、「味の素はもういらない」(三一書房)、「〝味の素〟を診断する――化学調味料の危険度」(ビジネス社)、きびしい題名の本が出版されていると聞く。しかしその一方に、「味の素は二十世紀初頭日本人が発明して世界に広めた画期的独創的な商品」という見解もある。

発明したのはロンドン時代の漱石《そうせき》の友人、化学者の池田菊苗《きくなえ》、昆布の「うま味」の正体は何か、抽出液を分析、研究していて、それがグルタミン酸であることを突きとめる。グルタミン酸をナトリウムで中和すると更に「うま味」の強くなることが分って、新発見の白い粉は「味精」と名づけられる。「味精」を工業化し商品化してみないかと池田理学博士から相談を持ちかけられたのが、相模国《さがみのくに》葉山の商人の息子で、沃度《ようど》を扱う合資会社鈴木製薬所の専務、二代目鈴木三郎助であった。社史によれば、工業化するに先立って、彼は此の調味料を東京の一流料亭で使ってもらったり、各界の名士を招いて試食会を催したりしている。招かれた名士の一人に、小説「食道楽」の著者村井弦齋がいた。弦齋が高く評価してくれたので、三郎助はようやく新規の事業に自信を持つことが出来たという。「味精」は「味の素」と名前を変えて特許局に出願され、明治四十二年十二月二十四日、商標登録された。

十二月二十四日、クリスマス・イヴは、私の誕生日である。「食道楽」は私が「食味風々録」の中で何度か引用した書物である。妙な御縁だが、今それを取り立てるつもりは無い。大体、村井弦齋が高く評価し、のちに昭和天皇の料理番も価値を認めていた、だから味の素はという言い方を、論理学の初歩で「権威に訴える誤謬《ごびゅう》」と称し、最も嫌われる論法である。その上此処《ここ》へ志賀直哉まで持ち出すのはどうかと思うけれど、何を言いたいのかというと、鈴木家が実は、志賀先生の遠い縁戚《えんせき》にあたる。その関係で私は、末広がりの大家族、鈴木家の誰や彼やを二、三人、個人的に識《し》っている。その一人、二代目鈴木三郎助の甥《おい》、昭和電工の鈴木治雄《はるお》さんから、先般会食の席上、味の素の話を色々聞かせてもらった。

昔は東京でもやはり、味の素の工場へ行くと天井に蛇が一杯ぶら下げてあるという風評を立てられたものだそうだ。昆布問屋が倒産しかけて恨みを買ったこともあるらしい。良《よ》くも悪《あ》しくもそれだけ評判の味の素が、地方の農家では存外知られていなかった。戦時中、味の素配給の通知を受けて、大八車《だいはちぐるま》を曳《ひ》いて受け取りに来た農夫があった。

治雄夫人の糸子さんも、別の事情で、結婚前は味の素をよく知らなかった。里のお父さんが味にうるさい人で、食卓へ味の素を出させなかったからである。昭和十六年婚約相調い、鈴木家へ初めて食事に行って、塩鮭《しおざけ》にまでみんなが味の素を振りかけるのを見てびっくりしたという。

塩鮭が不味ければ私も同じことをやるけれど、味の素と一番相性がいいのは酢だと思う。鮎《あゆ》の塩焼を食う時の蓼酢《たでず》を始め、胡瓜《きゅうり》もみのかけ酢に使っても、赤貝とうどの酢のものに使っても、きつい酢の味がまろやかになって来る。それから新鮮な小鯵《こあじ》の酢のものにもよろしい。

「酢で〆《し》めた鯵のうす皮をはいで糸づくりにし、うす打ちの胡瓜、又はみょうが竹のうす切りに、庭の野すみれの一、二輪をかざり、おろしわさびをそえると、きのきいた酢のものになります。かけ酢には、うすい、甘味の勝った三杯酢がよいでしょう」

これは辰巳《たつみ》浜子著「手しおにかけた私の料理」からの引用だが、欄外に三杯酢の作り方

が出ていて、

「酢　　カップ半杯
水　　カップ半杯
醬油　大匙《さじ》三杯
酒　　大匙二杯
昆布粉　大匙一杯
白砂糖　大匙一杯
味の素　小さじ半杯」

はっきり、味の素を使えと書いてある。

著者は、今評判の料理研究家辰巳芳子《よしこ》女史のお母さん、「手しおにかけた私の料理」は、中江百合《ゆり》著「季節を料理する」と並んで、我が家の厨房《ちゅうぼう》の古典的料理読本、後者については前に、土筆《つくし》の話の時紹介した。

此の二冊をうちで古典扱いする所以《ゆえん》は、その時々の、流行のグルメ騒ぎに迎合する様子を全く見せていないこと、どちらの著者もきちんとした家庭の主婦で、ありふれた家庭料理をおいしく作るのに真実参考になること、それが好もしく有難いからである。

酢と味の素が合うのは、中江百合子さんも認めていた。丁寧に取っただしを使えば化学調味料は必要ないから、自分の本に味の素は殆《ほとん》ど出て来ないが、それでは化学調味料が全く無意味なものかというと、そんなことはない、例えば酢のものを拵《こしら》える時——、そういう言い方をしている。又、酢のもの以外でも、「何かの具合で妙にもの足りない味ができてしまった時などに用いるには便利な代物《しろもの》です。ただ注意しなければならぬのは、最初から化学調味料の味を計算に入れた調味は避けたいということです」

味の素是々非々の議論のうち、最も中庸《ちゅうよう》を得た良識的な意見ではなかろうか。確かに、名代の店の評判の漬物や樽《たる》詰めの食品で、何度も食べていると鼻に（舌に？）ついて来るのがある。グルタミン酸ナトリウム肯定派の私でも、ははあこれは初めから味の素を計算に入れて作っているなと分る。

ちなみに、昭和五十五年クィックフォックス社刊中江百合「季節を料理する」は、出版社が解散してしまったらしく、古本屋でも丹念に探さないかぎり現在入手困難だが、昭和三十五年に初版の出た辰巳浜子「手しおにかけた私の料理」の方は、今も少部数の増刷がつづいていて、版元婦人之友社へ註文すれば手に入るそうである。

蟹《かに》狂乱

蟹を食べる時、人は妙に無口になる。宮中晩餐会《ばんさんかい》に毛蟹や越前《えちぜん》蟹が出た例なぞ、多分一度も無いだろう。米国大統領夫妻と並んで天皇皇后両陛下、国賓儀礼の乾杯のあと、黙々と蟹の鋏《はさみ》の肉をせせっていらっしゃるという光景は、どう考えても変だ。逆に、喧嘩《けんか》中の夫婦には蟹を出すといいという説がある。いやがらせを言い合っていたのが、お互い黙るから——。

分類学の立場で見ると、世界の塩水、淡水、深海、干潟《ひがた》に、全部で何百種類の蟹がいて、そのうち何十種類が食用に適するか、百科事典を調べたくらいではよく分らないけれど、人を無口にさせる絶品の一つはいわゆる上海《シャンハイ》蟹、香港《ホンコン》の九龍側、尖沙咀《チムシャツィ》のすぐ近くに、これの旨《うま》いのを蒸して食わせる「大上海飯店」があった。今もあるはずだが、話は十年前の英領時代、「秋高気爽、菊黄蟹肥」のよき季節、四、五人づれで入って、やはり、腹くちくなるまで全員殆《ほとん》ど会話を交さなかった。その代り、店の繁昌《はんじょう》ぶりや店の者の立居振舞は、時々箸《はし》を置いて、黙って観察出来る。ゆったりした態度で茶をつぎ足しに来たり皿を下げに来たりする給仕人《きゅうじにん》に、顔かたち、背恰好《せかっこう》、鈴木東京都知事とそっくりのがいて、興味があった。あらまし食べ終る頃、皆も「ほんとだ、ほんとだ」と言い出し、あんたGovernor of Tokyoによく似ているよ、勘定書を求めるついでに英語で言ったら、にやッとされた。

前の美濃部《みのべ》都知事はテレビで声聞くのもいやだったが、鈴木俊一さんに私は良い印象を持っていた。ただし、個人的に面識があるわけではなく、財政立て直しの手腕を見たりしていての漠然たる感じに過ぎない。それが、不思議な偶然《ぐうぜん》で、帰国後四、五日目、ある祝宴の席上、本ものの鈴木さんと卓を同じゅうすることになった。事情あってメインテーブルへ案内され、知った人はいないし、居心地甚だ落ち着かず、早くお義理のスピーチを済ませて会場を出たいナと、宴の始まるのを待っていたら、遅れ気味に入って来たのが鈴木都知事であった。思いがけぬ出会いで、何だか嬉《うれ》しいような気がし、初対面の挨拶《あいさつ》もそこそこに、

「実は私、五日前香港にいたんですがね、大上海という有名な店へ上海蟹を食いに行ったら、係のボーイが鈴木さんに実によく似ていて、御兄弟じゃないかと思うくらいそっくりの、齢《とし》とった給仕人でして……」

親しみこめて語りかけたつもりだったが、都知事はむっとした様子で返事をしなかった。すぐ、横向いて隣りの席の人と話を始めた。さすがに気がつき、私は自分がいやになった。どうしてこういう馬鹿《ばか》なことを言うのか、後刻考えた三段無理論法を以《もっ》てすれば、大上海飯店の蟹のおいし過ぎたのがいけないのである。

以来、秋が来て此《こ》の蟹を註文する度、鈴木さんと香港の鈴木もどきの二人を思い出す。思い出すから不味《まず》くなるわけではあるまいが、東京の中華料理店の出す上海蟹を、近年、旨いと思ったことが無い。目方は足りず、身は痩《や》せていて、大抵がっかりさせられる。江南の湖で獲《と》れた雌雄の蟹が、脚を縛り上げられて日本へ輸送されて来る間には、身もほそるだろうし鮮度もよほど落ちるだろう。文化大革命で蟹同様縛り上げられ、苛《いじ》め殺された老舎《ろうしゃ》の名作「駱駝祥子《ロートシアンツ》」に、主人公が一日の労賃全部抛《なげう》って一匹の蟹を食う場面があるそうだが、到底そんな熱意の持てる味ではない。

そのくせ、上海蟹々々と評判で、店々の壁に「大閘蟹入荷」のポスターが貼《は》り出してあって、値段はおそろしく高い。「耳餐《じさん》」ではないかと思う。

サンドイッチ伯爵《はくしゃく》と同時代の人、清《シン》朝中期の大教養人袁枚《えんばい》先生のことは、以前一度紹介した。袁随園の著書「随園食単」には、色んなおいしそうな料理の作り方が書き並べてあるのだが、それに先立って、料理に携わる者への戒めも十数項目記されている。その一つが「戒耳餐」である。

「何を耳餐というか、耳餐とは名を重んずることをいうのである。むやみに貴《たか》い物の名を並べて、客に対して大いに敬意を表するもののごとく見せかける。これは耳をもって餐《くら》わすので、口で餐わすのではない。豆腐でも味を得れば燕窩《イエンウオ》よりはるかに勝《まさ》り、海菜《うみのもの》も良からざれば蔬筍《やさい》に及ばない」

青木正児《まさる》先生訳の引用だが、実際、江南の大閘蟹も良からざればそのへんの小海老《えび》に及ばないのではなかろうか。中山時子女史監訳の本では、「耳餐ヲ戒ム」が、「高いもの好みをしてはいけない」と説明してあって、「燕窩」に「つばめのす」とルビが振ってある。

日本で支那風の蟹を食うなら、私は酔蟹の方がいい。これは米内光政《よないみつまさ》提督の好物であった。昔、第三艦隊司令長官として上海在勤中、味を覚えられたらしい。米内さんを尊敬する参謀長級の後輩士官たちは、戦時色が濃くなってからも、上海が任地になると、甕《かめ》に詰めた酔蟹を、海軍輸送機の幸便に託して東京の米内家へ送り届けていた。早ければその晩、老提督の酒の肴《さかな》になっただろうが、ジストマの心配は無かったのか、それが少し気になる。

淡水に棲《す》む大閘蟹とちがって、酔蟹にするのは普通、海のがざみ、別名わたりがに、生きたのを紹興酒に漬けて泥を吐かせて一週間ぐらい寝かせて置くと、ちょうど食べ頃になる。古今亭志ん生の好んだ小咄《こばなし》に、蟹が前へ前へ歩いているので「どうしたんだい」と聞いたら、「いえ何、ちょっと酔っ払ってるもんですから」というのがあるが、酒びたしになったがざみは、食膳《しょくぜん》へ出された時、むろんもう生きていない。前へも横へも歩き出すことは無いけれど、見た眼の感じは生である。長江沖の産だと、ジストマが未《ま》だ生きていそうな気がする。

私は輸入物を避けて、もう一人の鈴木さん、赤坂「遊龍《ユーロン》」の鈴木訓マネージャーが作って届けてくれる、近海産わたりがにの紹興酒漬けを珍重している。紹興の佳酒に醬油《しょうゆ》を少量加え、柑橘《かんきつ》類の香りをちらりと添えたのが、脚の肉にも鋏の肉にも、甲羅の内側のみそにも、程よくしみ渡って、実に旨い。

ある時、食べ終ったあとの礼電話で、一つ質問をした。上海蟹の方は、こんなおいしいのに日本で中々めぐり合えないけど、何故《なぜ》だろう？

「それは、乱獲の問題とか業界の裏の事情とか、言い出せばきりがありませんが、結局のところ、その土地の物はその土地で食べないと駄目だということじゃないですか」

大閘蟹の産地として名高いのは、蘇州の北の陽澄湖だが、実はあの辺の湖沼《こしょう》地帯、何処《どこ》でも獲《と》れる。鈴木「遊龍」によれば、無錫に近い太湖《たいこ》の白い砂地で育ったのが最高級品、革命前、富裕な中国人たちは、これを上海香港へ取り寄せるのすら嫌い、湖のほとりに別宅を建てて、季節が来ると一族そちらへ出向き、湖畔の家で獲れ立てを蒸して食べていた。「大閘蟹の中でも特に太湖蟹の名があるようですよ」と。

日本海のずわいがにが、山陰では松葉蟹、北陸では越前蟹、地方々々で呼び名の変るのと同じらしい。かつて冬の城崎《きのさき》温泉で食べた松葉蟹、敦賀《つるが》から送ってもらってうちで二杯酢で食べた越前蟹、能登半島輪島の宿の香箱《こうばこ》蟹（ずわいの雌）、これの美味は、上海蟹の旨いのに較べて、優るとも劣らなかった。ただ、かたちも名前もまぎらわしい紅《べに》ずわいを、本物の越前蟹のような顔して酒席へ出されたら災難で、値段も違うが味に天地雲泥《うんでい》の差がある。脚一本割ってせせってみれば分る。情なくなるくらい不味い。

しかし、私が北陸のずわいがにや北海道の毛蟹、江南のおいしい淡水蟹を知るのは、中年期以後のことである。戦争中の一時期、揚子江《ようすこう》方面で勤務していたのに、上海蟹を知らなかった。

子供の頃は、蟹と言われて思い浮かべるのも、実際に食べるのも、専《もっぱ》ら瀬戸内海の青いわたりがにであった。これを老酒《ラオチュウ》に漬けて置くと支那料理の酔蟹というものになるとのお話を、中学生の時聞かされた記憶があるような無いような、それでも甲羅酒は知っていた。みその少し残ったわたりがにの甲羅へ日本酒の熱燗《あつかん》をそそいだのは、いい匂《にお》いがして、父が飲むのを一と口すすらせてほしいとよく思った。

はっきり記憶にあって今尚《なお》不審なのが、「月夜の蟹は食べるもんやない」といつも母の言っていた言葉、単なる言い伝えか、何か科学的根拠があるのか。蟹は満月の光を恐れて餌《えさ》をあさらなくなる、その為身が痩せ細るというのだが、そんなら朔《さく》と望《ぼう》と、わたりがにの旨い時期と不味い時期が、年二十四回も入れ替るのか、ずわいがにや毛蟹や上海蟹は月光を恐れるのか恐れないのか、納得出来るように書かれた文献を見たことが無い。

「随園食単」にも、海上明月の晩、蟹を客に出すのは控えなさいという戒語は見あたらないけれど、一行、「蟹は単独で食べるがよろしく、他の物と取合すべきではない」との指摘があって、これはさすが袁枚先生と思う。和洋支を問わず、蟹のしまった身を他の材料と一緒に煮たり炒《いた》めたり、濃く味つけして出されてあまり旨かったためしが無い。日本人に古くから馴染《なじ》みの「フーヨーハイ」（芙蓉蟹《フールンシエ》）なぞ、惣菜《そうざい》としても下の下の部類ではあるまいか。

いずれにせよ、中華民国以外の外国を知らなかった者が、戦後、中年になって、海外へ出る機会が追い追い増えて、西欧圏の蟹の味も知るのだが、自己流の評価としてはやはり、大釜《おおがま》でボイルしたのをレモンとバターだけで食べる「生《き》のまま」がよかった。味より珍しさが先に立ったのは、一つがソフトシェルクラブ、もう一つがダンジョネスクラブである。

蟹は生涯に何度か脱皮する。アメリカの大西洋岸、南寄りの海域に棲む blue crab の、脱皮が始まって次の堅い甲羅が出来上るまで、一と晩か二た晩のヌード状態の間に水揚げし、食用に供するのが soft-shell crab だそうだ。四十余年前、ポトマック河畔の料亭で、アメリカ人の友達に教えられて初めて食べた。新しい甲羅になる部分は、透明な薄い膜のようで、軽くナイフが入る。油で揚げてソースが添えてあって、「おいしかったか」と聞かれれば「それほどでもなかった」としか答えようが無い。

ダンジョネスクラブの方は、つい先年、メキシコ沖航行中の客船のラウンジで、日本人の婦人船客から、「今晩のお夕食のメニューにダンジョネスクラブが出ておりますわよ」と言われ、へええと驚いた。和風にアレンジした英名「男女ネスクラブ」、雌雄同体の珍しい蟹を食わすのかと思ったのだ。小学館の英和辞典を引いてみると、「Dungeness crab イチョウガニ属の小形食用ガニ *Cancer magister*　米国 California 州北部から Alaska までの太平洋岸の浅瀬に産する。［Washington 州北西部の村 Dungeness にちなむ］」と出ていて、発音記号は確かに「男女ネス」と読める。

味に関しては、はっきりした記憶が無く、東洋人の私の好みはどうしても東洋の蟹の方へ偏《かたよ》るらしいが、ダンジョネスクラブの学名、イタリックで記された *Cancer magister* にだけ、別の意味で興味を覚えた。cancer なる英語は癌《がん》と理解しているのに、何故此処《ここ》へ癌が出て来るか。結論から先に言うと、蟹は癌と関係がある。大体、大文字で始まる英語の名詞 Cancer が、天空の星の集団「蟹座」を意味する。

医術の父と呼ばれるギリシアのヒポクラテスは、乳癌の患者の乳房が醜く腫れ上っているのを見て、蟹のようだと思い、これにカルキノス（ざりがに）という病名をつけた。此のギリシア語がラテン語のカルキノーマになり、英語の cancer、ドイツ語の Krebs へ段々変って行った。ドイツ語では癌と蟹とが全く同じスペルの Krebs である。そのことを、医者で随筆家だった木崎国嘉《きざきくによし》さんが、昔「あまカラ」に書いている。（昭和四十一年十二月号）

私たち日本人は、中世の猿蟹合戦以来、蟹を温順善良な生き物と思い込み、磯《いそ》の潮招きも水族館の高足蟹も、何となく好ましげに眺めているけれど、どうしてどうして、性獰猛《どうもう》、養殖を試みればすぐ共食いを始める、雌雄交合の際は興奮狂乱して相手の脚全部切りちぎってしまう。西欧では古くから、癌の形状にも似た醜い残忍な水棲《すいせい》動物というイメージが強いらしい。夜空の星座になった蟹も、あれはギリシアの英雄ヘラクレスの踵《かかと》を鋏で食い破り、忽《たちま》ちヘラクレスに踏みつぶされた化け蟹の姿だそうだ。その残忍な奴《やつ》らを紐《ひも》で縛り上げ、高温の蒸気で蒸し上げ、身を突つき出して黙々と食っているのが私たち人間だが、そも如何《いか》なる特権のもとに斯《かか》る狼藉《ろうぜき》をなし得るや、時にはちょっと箸を休めて考えてみることもある。

食堂車の思い出

広島駅を出た山陽本線の下り列車は、間も無く太田川《おおたがわ》の鉄橋にさしかかる。その鉄橋のすぐ近くに、戦前の我が家があった。上野や長崎のような始発駅とちがい、広島では「本日列車の運転はもう終りました」ということが無い。蒸気機関車牽引《けんいん》の旅客列車貨物列車が、二十四時間発着したり通過したりしている。したがって私は、物心ついて以来夜となく昼となく、鉄橋渡る汽車の音を聞き、鉄道土手の上遠ざかって行く汽車の煙を見ながら大きくなった。列車の編成と運行に興味が生じるのは、自然の成り行きだったろう。

さまざまな列車のさまざまな車輛《しゃりょう》のうち、特に関心の深かったのが食堂車である。当年の「汽車時間表」を見ると、和食堂連結列車には、盆の上へ白い飯茶碗《めしぢゃわん》と黒い汁椀《しるわん》を載せたマーク、洋食堂車連結の特急や急行には、ナイフとフォークさしちがえのマークがつけてある。今から思うに、私が中学生だった昭和十年前後は、日本の鉄道の食堂車全盛時代らしく、広島を深夜通過する下関発京都行の、各駅停車に近い鈍行102列車112列車ですら、それぞれ和食堂車を一輛つないでいた。ただし、汽車好きの少年の憧憬《しょうけい》のまとはナイフとフォークの洋食堂車の方で、これはつけている列車の本数が限られる。特別急行と雖《いえど》も「櫻《さくら》」は二、三等編成だから和食堂、広島を通る山陽本線の上りで言えば、一、二、三等特急2列車「富士」、同じく一、二、三等編成の普通急行8列車東京行、此《こ》の二本しか無かった。

きょうも鉄橋渡って行くあの列車のあの食堂車で、洋定食食べてみたいなあという望みを、初めて親に叶《かな》えてもらったのがいつだったか、それは記憶に無いけれど、自分独りで食堂車へ入って、あらぬ疑いをかけられた時のことはよく覚えている。

中学三年の夏休み、山岳部の仲間たちと飛騨《ひだ》へ山登りに行った。燕《つばくろ》岳から槍《やり》ヶ岳へ、いわゆる北アルプス縦走を上高地で終り、名古屋へ出て皆と別れたあと、一と晩大阪の伯母の家に泊めてもらうのだが、それには翌日、広島へ帰るについて、乗るべき列車のお目あてがある。かねて憧《あこが》れの、洋食堂車を連結した一、二、三等急行7列車下関行、大阪駅発午前十時四十分――。

通し切符に三等の急行券を買い足し、六分停車のこれに乗り込んで、姫路を過ぎる頃、わくわくする思いで食堂車へ入って行って席に着いた途端、白服蝶《ちょう》ネクタイのボーイが寄って来た。

「此の時間、一円のお定食になってるんですがね」

子供が独りで坐《すわ》る場所じゃないんだよ、金はあるのかいと言わんばかりの態度に、私はむッとなった。分ってる、そんなこと、その「お定食」が食べたいからこそ此の7列車を選んだんだ、金は伯母さんに貰《もら》ったお小遣だけでも内ポケットに充分ある、黙って先《ま》ずスープを持って来いと、こちらも態度で示した。何とまあ横柄《おうへい》な薄ぎたない餓鬼だろう、軍需成金の馬鹿《ばか》息子か、それとも無銭飲食常習のちんぴら、あとで突き出されるの承知の上かと、ボーイを始め周りの大人たち、みんなそう思っただろうと、今にして思う。家族と一緒ならともかく、田舎中学生の制服姿だけで怪しまれて当然なのに、その制服が山登りの汗と土埃《つちぼこり》で泥だらけだったのである。

蝶ネクタイの給仕は、どう納得したのか分らないが、渋々コンソメ・スープ、魚料理の皿、肉料理の皿と、順に運んで来た。デザートのコーヒーを飲み終って席を立ち、私はこれ見よがしに会計もきちんとすませて三等車へ帰って行った。誰が考えてもいやな感じの憎々しげな少年だが、私にすれば折角の夢の食堂車へ、入っていきなりけちをつけられたのであった。白身の魚のムニエールや牛肉のシチューがどんな味だったか、さすがにあとで思い出せなかった。相当カッカとしていたに違いない。

此の小生意気な鉄道マニアの中学生が、五年後、広島高等学校を卒業して東大の国文科生になる。帝国大学の制帽をかぶっていれば、もはや無銭飲食を疑われたりはしない。帰省の時乗る列車は、東京駅午後三時発の特急「富士」と決めていた。静岡着五時四十七分、浜松着六時五十三分、そのへんの時間帯で洋食堂車の席を予約する。夏休み、正月休み、春休み、その都度「富士」に乗ってフルコースの夕食を食べるから、白エプロンの清楚《せいそ》な、美しい女給仕《きゅうじ》と顔馴染《なじ》みになった。名も名告《なの》り合わず、住まいも聞かず、どんな境遇の何処《どこ》の人か知らなかったけれど、多分私より一つ二つ齢《とし》上だったと思う。食堂車へ入って行って眼が合うと、

「あら、又乗っていらっしゃいましたの」

という風に、にっこり会釈《えしゃく》してくれた。

淡い間柄のまま、何事も無く二年半が過ぎた。何事も無くと言っても、その二年半の間に対米戦争が始まる。戦時下の特別措置で大学の修学年限が六ヶ月短縮され、海軍兵科予備学生採用試験を受けて合格した私は、昭和十七年九月末の繰上げ卒業式をすませたら、その足で、五日後には佐世保《させぼ》海兵団へ集結するよう命ぜられていた。

途中広島の生家へ寄って、慌《あわただ》しく両親に別れを告げ、早朝広島駅発の特急「富士」に乗った。此の年九月の「富士」は、以前の下関止まりとちがい、開通したばかりの関門海

底トンネルを潜《くぐ》って九州へ直行する長崎行特急であった。その長崎行下り1列車の、食堂が開くのを待って、朝飯を食べに入ったら、偶然にも又々彼女が乗務していた。

いつも夜の明ける前、従業員仮眠中に下りてしまう大学生が、三田尻《みたじり》を過ぎ小郡《おごおり》を過ぎ、あと一時間ほどで関門トンネルへかかる時分に食堂車へあらわれたから、向うは不思議に感じたらしい。

「九州へ御旅行ですか」

註文を取りに来て尋ねた。

「いや」

機密保持上も黙っていよう、黙って姿を消すのがサイレント・ネイビーだ、一旦《いったん》そう思ったくせに私は、食事を終って金を払う時、レジスターのところで、実はこれから海軍に入隊するんです。あなたと会うのもこれが最後だと思いますという意味のことを彼女に告げた。

美しいウェイトレスは、はッとした様子であった。伝票を処理しながら、伏し眼になって、励ましのような餞《はなむ》けのような言葉を二た言三言、ちらと口にした。

「ありがとう。じゃあさよなら」

それで最後のつもりだった私が、四年後命永らえて焼け跡の郷里へ帰って来る。日本の鉄道に、食堂車だの寝台車だのいうものは一切無くなっていた。車輛自体が焼き尽されたわけではないのだが、「サヴァンナ」とか「ジャクソンビル」とか、全部横文字のついた進駐軍専用車に様変りしていて、一般の日本人は乗ることを許されなかった。

列車食堂営業再開まで、敗戦後四年かかる。工業施設の殆《ほとん》どが壊滅していた国にしては割合早かったような気もする。サンフランシスコ講和条約締結二年前の昭和二十四年九月、先ず東海道線に特急が復活した。「平和」号という時流に媚《こ》びたようなその列車名が、翌年、昔のままの「つばめ」に改まり、「はと」と並んで食堂車展望車を連結して走り出す頃、私は時々「富士」の、あのウェイトレスを思い出した。海軍入隊を告げて別れた時から、八年が経《た》っていた。佐藤春夫の、

「あはでむなしく過ぎにける
汝《な》がむかしこそ憾《うらみ》なれ
夕月あはき梨花《りか》にして」

と、それほど哀切な気持でもないけれど、思い出せばなつかしかった。しかし、東京で一応作家生活に入った私が、関西行きの用あって「つばめ」「はと」に乗ってみても、車内でその人を見かけることは、絶えてもうなかった。戦前の食堂車のテーブルや花挿《はなさし》や扇風機のかたちと共に、我が瞼《まぶた》の隅へ面影残す彼女が、もし空襲で焼け死んだりせず、私同

様不思議に命永らえて、今も健在なら、八十歳か八十一、二歳のお婆《ばあ》さんになっている。
　実はもう一人、心に残る食堂車の女給仕がいて、こちらは人種がちがう。高等学校生徒の時、夏休み、満洲《まんしゅう》旅行に出かけ、大連発哈爾浜《ハルビン》行一、二、三等特急11列車、全車輛冷房つきの「あじあ」に乗った。それだけでわくわくものなのに、食堂車へ入ったら、私の席のサービス係が若い美しい白系ロシア人であった。満鉄の列車に和食堂車は無いから、むろん洋食堂、内地の特急よりはるかに速度の速い、揺れに揺れるテーブルへ、肌色の透き通るほど白い、均整のとれた体骼《たいかく》のウェイトレスが、しっかりした足どりでにこやかにボルシチを運んで来た。「へへえ」と思ったので長く記憶にとどめているのだが、一期一《いちごいち》会《え》の此のロシア娘も、満洲国崩壊の騒乱の中を無事生き延びたとすれば、やはり今、八十幾つかのお婆さんである。

　追憶の中の美しい人たちが、真実若く美しかったのはほんの束の間《つかのま》、その後約六十年の歳月は、実に驚くべき早さで流れ去った。「駅長驚クコト莫《ナ》カレ時ノ変改ヲ」、千年昔の、鉄道など存在しなかった時代に、菅原道真《すがわらのみちざね》が同じ歎《なげ》きを詩のかたちで述べている。千年後の、間に大戦争をはさんだ列車食堂の「一栄一落」も、大宰府《だざいふ》配流《はいる》の途上天神様が駅《うまや》の長《おさ》に詠じ聞かせた所信の例外ではなかった。

編年史風に記すと、昭和二十八年、山陽本線に特急の再運行が始まって「かもめ」と名づけられる。昭和三十一年、日本のブルー・トレインと呼ばれる東京・博多間の寝台特急「あさかぜ」が誕生する。東海道新幹線の工事が完成し、新大阪行「ひかり」「こだま」の営業運転開始が昭和三十九年。それから十一年後、昭和天皇の御在位五十年目に、新幹線は博多まで延びて、もう一度日本国有鉄道の食堂車全盛時代が来る。

少年の頃のように食堂車を恋いこがれる気持はもう失《う》せていたけれど、相変らず鉄道が好きで、大抵の列車は新設早々、用が無くても乗りに行ったし、それのつないでいる食堂車で、必ず一度は食事をした。

じゃあ、一番おいしかったのはどの列車のどんな料理でしたと聞かれると、困ったことに、はっきり答えられない。昔、無銭飲食の嫌疑をかけられても食べたかった一円の洋定食に始まり、新幹線食堂車の、作り置きをあたため直して出す西洋料理の数々に至るまで、こんにちの日本人の味覚水準からすれば、総じてかなり程度の低いものだったのではなかろうか。むしろ和食堂車の朝の、蜆《しじみ》の味噌汁《みそしる》の方が印象に残っている。

大都市と大都市の間、短時間で結ぶ高速列車の中で、あまり旨《うま》くも無い食事を落ち着いて味わう気にはなれないという客が段々多くなり、食堂車の全盛時代が去って行くのは、これ又早かった。二十世紀最後の年、平成十二年三月限り、新幹線の全列車が食堂の営業をやめてしまい、依然食堂車をつないで走っているのは、上野・札幌間、大阪・札幌間の「カシオペア」、「トワイライトエクスプレス」、「北斗星」の僅《わず》か数本だけになった。

　海外でも同じ傾向が見られるらしく、優等列車の編成から食堂車は次第に姿を消しつつあるという。ただし、鉄路の旅そのものを、何日もかけて楽しんでもらうのが目的の豪華観光列車は別で、イタリア人のコックが三人乗っていて、メニューに料理長と主任のサインがしてあって、毎食賑《にぎや》かにおいしいものを食べさせてくれた「郷愁のオリエント急行」(Nostalgie Orient Express)のよき思い出を、私も持ち合せているけれど、筆をそちらへ向けると話がこんがらかる。対象を専《もっぱ》ら、「あじあ」も含めた日本の食堂車にしぼって書いているのに、残念ながらその列車の美味が語れない。私の本当に好きだったのは、洋食の定食が出るスシ型式オシ型式の鉄道車輌で、もしかすると料理自体は二の次三の次だったのだろう。今回どうも、出来上ったのは食味風々録脱線篇のようである。

甘味談義

台湾の友人が、向うの菓子を土産に持って来てくれた。「花生糕夾」といって、色もかたちも大きささも殻つきのピーナッツそっくり、落花生の粉に緑豆粉、糯米粉《もちごめ》を混ぜて作った干菓子《ひがし》である。味と舌ざわりは日本の落雁《らくがん》に似ている。台湾の総統が主催する国賓歓迎晩餐会《ばんさんかい》の食後、台湾の銘茶と共に出される銘菓だそうだ。製造発売元は基隆《キールン》市愛二路の連珍食品有限公司という会社組織の老舗《しにせ》、

「百年以上つづいている店でね、三代目の当主がもう八十三の爺《じい》さんですよ」

と友人は話した。

日本人の客にも好まれるらしく、包装紙に日本文が書き添えてあって、「花生糕夾」を「ピーナッツ漢菓子」、宣伝文句の「糕餅精華・盡在連珍」は「漢菓子の精華すべて連珍にあります」と訳してあった。「中国菓子」と書かず「漢菓子」と称するところに、台湾の故老の胸の内を感じた。

凍頂茶《トンティンチャ》を淹《い》れて花生糕夾をつまみながら、私は「漢菓子」についてあれやこれや考えてみた。と言うのが、自分の知る限り、「もう一度是非食べたい」と思うほどおいしかった支那風のケーキやクッキーは、大陸にも台湾にも、横浜の中華街にも、殆《ほとん》ど存在しないからである。ヨーロッパ諸国の菓子の多彩さと、ずいぶんちがう。友人には悪いけど、国賓晩餐会の茶菓子にピーナッツの落雁なぞ出すのは、菓子の種類が一般の想像以上に乏しいせいではあるまいか。花生糕夾の味は淡泊で上品だが、喩《たと》えて言えば、贅《ぜい》を尽した饗宴の終りに和三盆か吉備《きび》団子が出るようなものだろう。

フランス人と並んで、途方もない食の美の世界を構築した漢民族、その料理の伝統を守る人たちが、甘味品に関しては古来どうも、あまり熱意と創意を示さなかったように見える。ただし、一つだけ例外があって、それは中秋節の月餅《げっぺい》——。

学生時代、折々食べていたのは、新宿中村屋の黒餡《くろあん》入りの月餅で、不味《まず》いとは思わないが格別旨《うま》くもなかった。豆沙月餅《トウシャユエピン》と言って、あれも月餅の一つだけれど、一番在《あ》り来《きた》りの、簡単な作りで、むしろ日本の栗《くり》まんその他、皮が堅めの餡饅頭《まんじゅう》に近い。月餅にはたくさん種類があって、凝った物になると実に複雑甘美な味がすると、気づいたのが何時何処《いつどこ》でのことか、老いたる我が脳髄が、どうしても今思い出してくれない。もしかすると戦争末期、湖北省漢口に海軍中尉《ちゅうい》として勤務中、土地の有力者が京劇に招待してくれて、そのあとの宴席だったかも知れない。とにかく驚いた。驚いたことだけはよく覚えている。中村屋の月餅とまるきりちがうねっとりした濃い味で、何とも言えず旨かった。陳皮《ちんぴ》や棗《なつめ》や、乾《ほし》果物の砂糖漬けが幾種類も入っていて、蓮《はす》の実、胡桃《くるみ》、松の実、その他卵や豚の脂《あぶら》まで入っているらしかった。これを水飴《みずあめ》だか糖蜜《とうみつ》だかで練り上げた一種の餡が、こがね色の月餅皮の内側にぎっしり詰っていた。厚い外皮の表には、押し形で「囍」の字が浮彫にしてあった。

菓子の専門書を見ると、「百果月餅《バイグオユエピン》」とか「五仁月餅《ウーレンユエピン》」とかいうのが右の物に該当するようだが、その後長い間、こんな月餅にめぐり逢《あ》う機会は二度と来なかった。革命後の中国へ行くのを私が嫌ったせいもあるが、一つには、中秋の名月の頃でないと月餅は作らないし売り出さないのが、唐は長安の都に店を開いていた菓子商以来、千数百年の民間習俗だからであろう。

ある日、邱《きゅう》永漢邸へ招かれて、友人知人六、七人と一緒に夕食を御馳走《ごちそう》になった。終る頃、

「月餅があるんだけど……、食べてみる？」

邱さんが言った。言いよどんだのは、金儲《かねもう》けの神様のところにも、本場の月餅は数が充分無かった為らしい。邱夫人が二つか三つ出して来たのをナイフで切り頒《わ》けて、皆で珍し

がって食べた。特に私は、顔を輝かしていたろう。これが、三十何年ぶりの、木《こ》の実や乾果物のたっぷり入った濃厚豊潤な月餅であった。一番大きなのをさッと取り上げて、おいしいおいしいって、喜色満面、独りではしゃいでらしたわよと、後刻女房にいや味を言われた。

「雨風」という言葉がある。国語辞典を引いてみると、項目の㈢に、「酒も菓子も好むこと。また、その人。両刀づかい。江戸時代、天保《てんぽう》頃から使われたことば」と語釈が出ており、用例として、「あんたは、雨風やなア、孰方（どっち）もいけるんやさかいえらい」、上司小剣《かみつかさしょうけん》の小説「父の婚礼」の一節が挙げてある。

私は若い頃、大阪者の母親から、此の文例そっくりの口調でよく、「あんた、雨風嵐《あらし》やなあ。少し控えなはれ」とたしなめられた。「嵐」一文字多いのは、普通の「雨風」よりひどいと、老母が思っていたのであろう。

江戸っ子風の粋《いき》な酒飲みには、桝《ます》の隅に荒塩を盛ってキューッとひっかけたらそれで上々、肴《さかな》は要らない、米の飯も食わない、ざる蕎麦《そば》一杯で充分、甘い物なんぞ見ただけで胸がむかつくという人がいる。一方、甘い物がこよなく好きで、酒は体質的に受けつけない、猪口《ちょこ》一杯で頬が火照《ほて》って胸苦しくなって来るという人も、世間に大勢いる。我が師志賀直哉はあとの方であった。牡丹餅《ぼたもち》に白砂糖をかけて、カステラにバターを塗って食べておられた。

戦後間もなく、砂糖が未《ま》だ貴重品だった頃、熱海《あたみ》の山荘で客用に出した懐中汁粉が、薄くて不味くて飲めたもんじゃないと叱言《こごと》を言い出し、

「あらそうって、これが旨いか、お前飲んでみろ」

汁粉椀《わん》を突きつけられた康子《さだこ》夫人が、一と口啜《すす》って、

「わたくし、咽《のど》が乾いておりますからおいしゅうございますことよ」

と答えたので、さすがの先生が苦笑いの態《てい》だったのを思い出す。

酒は殆《ほとん》ど口にされなかったし、米の飯も、鮨《すし》以外あまり関心が無かった。パンと西洋料理の食事が何日つづいてもそれでよかった。

不肖の弟子は、雨、風、嵐、全部要る。毎晩カクテルとビールに始まって、献立次第で次が日本酒か赤葡萄酒《ぶどうしゅ》、酒をおつもりにしたあと、鰻《うなぎ》茶漬かかつぶし飯かカレーライスか、必ずごはんを食って、さらに「何か甘い物くれ」ということになる。

洋菓子で好きなのはシュークリーム。大正の末、昭和の初めの広島に、洋菓子と言えばスイートポテトとシュークリームぐらいしか無かったから、幼時の思い出とつながってい

るらしい。シュークリームの本来の呼称はフランス語の chou à la crème だそうで、英訳 cream puff、これの出来立てがたっぷり食べたくて、昔の話だが、カスタードクリームを用意し、puff の部分、うちの天火で焼いてみたことがある。よくふくらませてこんがりと焼き上げるのが中々むつかしかった。今はそんなことしなくても、おいしい洋菓子屋が到《いた》るところにあって、chou à la crème よりもっと面倒な名前の美しいフランス風洋生が、ガラスケース一杯に並んでいる。その中で私の好きなシュークリームが一番安い。

「京味」の健ちゃんこと西健一郎の店で、食後出してくれるのは、吉野葛《よしのくず》のくずきり、ところてん状に薄く切ってよく冷やしたのを黒蜜にひたして味わう。時たまそれが善哉《ぜんざい》に変る。関東では田舎汁粉といって軽んじる風があるが、上品な御膳《ごぜん》汁粉より、丹波の小豆を使った関西の所謂《いわゆる》おぜんざいの方が私は好きだ。こんがり焼いた餅が一つ入っていれば申し分無い。

西一家は丹波の出で、健一郎のお父さんは西園寺公望《さいおんじきんもち》の料理番をつとめたやはり名人肌の人であった。息子の方は、若き日京都のたん熊《くま》へ徒弟に出されて、其処《そこ》で修業した。だから此《こ》の店へ行くと、ついつい京の話になる。菓子一つでも京都ならではという物があるねえ、ありますなあと、名前の挙《あが》るのは、大抵古風で頑固で、註文しようにも今時ファックスすら置いてないような店である。例えば、小泉タエさんに私が教えてもらった寺町通今出川の鎌餅本舗大黒屋、「でっち羊羹《ようかん》」と「御鎌餅」が売り物だが、駄菓子に近いでっち羊羹と並ぶ御鎌餅、一見何の変哲も無いあんころ餅がどうしてこんなにおいしいのかと思うくらいおいしい。

一体こんにちの和菓子の一つ一つは、どの程度の歴史と伝統を持っているのだろう。私の郷里、毛利、福島、浅野と代替りした四十二万石の城下町広島は、残念ながら紅葉饅《まん》頭《じゅう》しか創《つく》り出さなかったけれど、由緒《ゆいしょ》ある古い町、殊《こと》に藩主が茶人だった城下町には、何かしら、お濃茶と合いそうな上質の和菓子が伝え残されている。菓子は京都に限るとばかり、必ずしも言えない。

日本地図をちょっと拡《ひろ》げてみればすぐ気づくことだが、北陸の金沢に、四国の松山に、山陰は松平不昧公《ふまいこう》の松江に、それぞれの銘菓があり、何代もつづく菓子商がある。いつか、松江の旧家に生れ育って戦後我がクラスメイトに嫁ぎ、寡婦《かふ》となった人から、老舗風流堂の「朝汐《あさしお》」という出雲《いずも》の菓子を送ってもらって、私はほとほと感心した。山芋が材料の薯蕷《じょうよ》饅頭だが、店の栞《しおり》に「初代が日本海の岸壁に打ちくだける波の姿に想《おも》いをたくして創製致しました」と書いてある通り、かなり塩味が強かった。それでいて程よい甘さがあり、実に雅趣あるものであった。（今は以前より甘味を濃くしているそうだが――。）

岡山には、内田百閒《ひゃっけん》先生お好みの、吉行淳之介も好きだった大手饅頭、これは昔から知っているけれど、岡山県北部、美作《みまさか》の国津山に、立派な菓子があるとは、最近まで想像もしておらず、土地の人から贈られて、やはり驚いた。菓子の名を「衆楽雅藻」という。

明治三年春、松平十万石の城主が、別邸衆楽園に曲水の宴を催し、書画を展観し、文雅の士と共に歓を尽した春の日の光景が、「衆楽雅藻」の題で木版画になって残っている。察するに明治御一新、廃藩置県、城主の地位を去り行く松平公の別離の宴だったのではなかろうか。此の木版画を参考に、「当時の雅《みや》びやかな情景」を和菓子のかたちで再現調製したのが銘菓「衆楽雅藻」、「撰《え》りぬかれた餅粉を特殊加工し、中餡に梅と白味噌《みそ》のほのかな香りを添えました」と、本舗くらやの案内書に説明がしるしてある。

全国色とりどり、思いがけぬところでこういう佳《よ》い菓子が作られているのを知ると、和菓子の多様なおいしさは、フランス菓子の種類の多さ、味のきめこまやかさと拮抗《きっこう》匹敵するように思える。羊羹と残月、花びら餅の虎屋《とらや》がパリに店を出して成功していると聞くが、それをフランス人の東洋趣味と結びつけたら多分見当ちがいで、おいしい物の好きな人々がおいしい物を買いに来るというだけのことだろう。ヴェトナム料理支那料理の店が繁《はん》昌《じょう》しているパリでも、「漢菓子」はどうも影が薄いようである。

「朝汐」や「衆楽雅藻」や「花びら餅」を上手《じょうて》の和菓子とすれば、下手《げて》の方で私が好きなのは九州大牟田《おおむた》の「草木饅頭」、茶色の薄皮に白餡の、ころりとした田舎饅頭で、製造元江口栄商店に失敬ながら、馬糞《ばふん》饅頭と呼びたくなる。これが大層安くて何とも言えずおいしくて、誰に送っても、一遍に四つ食べたとか五つ食べたとか言って喜ばれる。

むろん東京にも和菓子のいい店は何軒もあるが、此処《ここ》で他国の菓子に話を戻すと、カッツェンツンゲン猫の舌、バウムクーヘン樹木菓子、食べ物の不味いドイツのクッキーやケーキが案外おいしい。ホノルルのレオナルドというケーキ屋で売っているマラサダ、別名ポルチュギーズ・ドーナッツ、揚げ立てのあつあつに粉砂糖をまぶして食べる穴無しドーナッツ、これも旨い、だけどアメリカ人の大好きなアイスクリームはあんまり好きじゃないと、我流甘い物談義は中々尽きないけれど、最後に一つ、断りを書いて置かねばならぬ。

中村屋の月餅に「種月餅」があることを、私は長年知らなかった。これは日本版小型「百果月餅」とでも言うべきもので、新宿の本店に問合せてみたら、黒餡の「餡月餅」と「種月餅」と、売り出したのは両方とも昭和二年だそうだから、すでに七十余年の歴史があり、中秋節の頃でなくとも、中村屋の各店舗で年中買えるらしい。ただ、食べて不満が残るとしたら、如何《いか》にも日本人向けのあっさり味で、濃厚さに欠けるところであろう。

置土産

前回菓子のことを書いた。甘い物が出て来たら宴《うたげ》はそろそろ御仕舞である。此《こ》の食味風々録も、今回で終りにしようと思う。やめるんですか、だけど未《ま》だ取り上げていない美味が幾つもあるじゃありませんかと言われればその通りだが、連載二年半の間に、気力、筆力、感受性、みな衰えた。聴力の如き、益々《ますます》駄目になり、女房の話を片っぱしから聞き違える。「無地の着物」が「鰺《あじ》の干物《ひもの》」に聞える。そう言えば、伊豆あたりの旨《うま》い干物や土佐うるめのことも書きそびれたままになっているけれど、五感の衰えた文士の食べ物随筆、多分此のへんが限界で、打ち切りにすべき潮時が来ているように思う。

「残り物に福あり」、いや「書き残しに余映あり」、例えば好物でありながら取り上げなかった天麩羅《てんぷら》は、何処《どこ》の店のどんな揚げ方したのが旨いか、ぎんぽうが食べられるのはいつ頃か、みなさん方の食卓の、あとあと語り合いの楽しみに残して置くのも悪くないだろう。その他豆腐のおいしさ、河豚《ふぐ》の味、蕎麦《そば》、うどん、素麺《そうめん》、ひやむぎ、気に入りのイタリア料理店、フランス風ビストロ――、客船の食事については書いたが、アメリカの航空母艦の司令官公室で出る食事のことは書かなかった。数えてみれば、意外にたくさんの「書き残し」がある。それにまつわるエピソードの中から二つ三つを拾い上げて、連載終結の置土産にしたい。

まず辻《つじ》静雄さん、此の人とは、御前崎東方洋上航行中の米空母「カール・ヴィンソン」に直接着艦して、キッチンの見学まで一緒にし、世話になったアドミラルたちへ感謝のリターン・バンケも催してもらった、そういう間柄で、つき合いはずいぶん長かった。辻家で食べた美味の思い出は当然多岐にわたるけれど、跡取り息子芳樹《よしき》さんの、結婚披露宴の献立が、それに劣らず素晴しくて、印象に残っている。辻調理師専門学校次代校長の結婚披露は、初代が世を去る前年の夏、ホテル・オークラで行われた。贅《ぜい》をつくした数々の料理の中でも特にビーフシチュー、どうやったらこんなとろりとした佳《い》い味が出せるのかと、葡萄酒《ぶどうしゅ》のグラス傾けながら味わっている私の耳もとへ、一人の婦人客の、讃嘆《さんたん》とも不服ともつかぬ囁《ささや》きが聞えて来た。

「ふだん私たち、オークラへ来てフランス料理を註文して、こんなおいしいの食べさせてもらったこと一度も無いわ。どうなっちゃってんの、きょうは。やる気になればやれるのにってことかしらね」

これが後日、あちこちへ伝わって話題になり、私は辻勝子夫人から内輪話を聞かされる。ホテル・オークラの小野シェフが東京目黒の辻邸へ披露宴の事前打ち合せに来て、一つ質問した。

「大体どのくらいの御予算で」

小野正吉調理部長はオークラの取締役だから、立場上聞かざるを得なかったのだろうが、

「予算？　予算のことはどうか考えないで下さい」

というのが、それに対する新郎の父親の答だったそうだ。もしかすると八ヶ月後に迫った死期を自覚していて、家族の為、学校の為、当夜の客には一期一会《いちごいちえ》、最高のもてなしをして置きたいとの願いが、その一と言に込められていたのかも知れない。

八年後の今、邱《きゅう》永漢氏が「中央公論」に「口奢《おご》りて久し」を連載している。邱さんは辻家の常連の一人だったが、亡《な》き辻校長と亡き小野シェフとの此のやりとりは知らないはずである。にも拘《かかわ》らず、今月号を読んでいたら、辻さんの言葉と符節を合するようなことが書いてあった。

「美味にありつく最も確実な方法は、そのために万金を惜しまないことである」

単刀直入、世間への遠慮一切抜き、人に反感を持たれそうな発言だが、反感を持っても持たなくても、これは真実である。「万金の使えない僕たちは別の安くて旨い物を探すか

ら」などと言っていたら、ほんものの美味へたどり着くのはむつかしいだろう。

ただし我が家の場合、内証向きが辻家邱家とちがう。「万金」を惜しまぬことが時々あるにしても、辻さん邱さんほど水際立《みずぎわだ》った言い方は致しかねる。それではどうしているのか。個人的遣《や》り繰《く》り算段の内情を打ち明けてみてもあんまり意味は無いけれど、要するに洋服を二着作る金があったら、一着分は食べてしまうのである。家族の身の廻り品に関しても、大体同じ方針で五十余年暮して来た。その代り、床の間の月見草に金を払わされるような真似《まね》は出来るだけ避けている。それともう一つ、食べたくない時に食べたくない物を供されたら、言を左右にして食べないこと。これは頑固に守らないと、あとの食事が不味《まず》くなり、食事に費す金が無駄金になる。


もっとも、「万金」なぞ投じなくても食べられる「安くて旨い物」が、各地にあることはある。いつか講演を頼まれて、日帰りの予定で大阪へ行く日の前日、お昼はどうなさいますかと、先方から問合せの電話が掛って来た。

「僕の為なら昼は抜きでいいんです。しかし、到着時刻が十二時何分かでしたね。ちょうどそちらの昼食時で、御一緒するようにということであれば、何処《どこ》かそのへんの店の普通のきつねうどん、それが一番有難いのですが」

東京でうどんを食う気はしない。蕎麦は好きで、池の端の藪《やぶ》、神田の藪、赤坂の砂場、名代の店のざるや天せいろをしみじみ旨いと思うけれど、うどんは駄目だ。「関西うどん」とか「讃岐《さぬき》うどん」とか看板を掲げていても、旨かったためしは殆《ほとん》ど無い。

京大阪へ行くとそれが逆になり、蕎麦は感心しないが、場末のガード下の、椅子《いす》がこわれかけのような店の、「けつねうろん一丁」と聞える安うどんが何とも言えずおいしい。小腹の減った昼どき、軽く食べるのに、こんな結構な物はあるまい。

そのつもりでいたら、新大阪へ着いた私は迎えの車に乗せられて立派な料亭へ連れ込まれた。

刺身と酢の物と突き出しが並んでいて、「まあまあお一つ」とビールの栓が抜かれる。よほど心外な顔を見せたのか、

「あまり端近なところも失礼やと思いまして。此の店にちゃんと言うてあります。うどんはあとで出させますです」

主催者側が弁解をした。断り切れず、中途半端《はんぱ》な御馳走《ごちそう》を食べて中途半端にビールを飲んで、結局うどんも不味かったし、夕方の新幹線で家へ帰って来てその日の晩飯、酒、みんな不味かった。

読んでいても不味そうな気がするでしょう。口なおしにひやむぎのことを書こうと思う。

うどんをうんと細打ちにしたのがひやむぎ、これ亦《また》「万金」の投じようが無く、「けつね」と同じく安上りで、盛夏の候、食欲減退している時の、あっさりした食べ物と一般には思われている。我が家のひやむぎは、少しく流儀を異にする。料理読本を見れば、「うどんと同様に茹《ゆ》で、水洗いしてすぐ氷水を入れた器に盛り、薬味のあさつきと、つけ汁を添えて出します」

と書いてある、その「つけ汁」がちがう。最近「四季の味」の編集部に作り方を伝授して、「スタッフ全員脱帽。この食べ方、たちまち病みつきになりました」と感謝された。どうちがうかと言うと、「あっさり」の正反対、醬油《しょうゆ》味の勝った油ギトギトの濃厚なつけ汁を用意するところがちがう。

牛蒡《ごぼう》のささがきを始め、茄子《なす》やピーマンや、なるべくあくの強い野菜を生姜《しょうが》と一緒に刻んで、熱した胡麻《ごま》油で手早く、しかし充分に炒《いた》め、醬油をたっぷりそそぎかける。油の浮いたあつあつの、色の濃いつゆが出来上る。ガラス器の中の、氷でよく冷やして置いたまっ白なひやむぎを、これに漬けて啜《すす》って食べると、春夏秋冬を問わずおいしい。

昔下谷《したや》の名妓《めいぎ》として知られたおなみさんという人が、戦後何年目か、妓籍を引いて旅館の女将《おかみ》になった。一見《いちげん》の客や連れ込みお断りの小さな宿で、一時期吉行淳之介、近藤啓太郎、私ども仲間の仕事場溜《たま》り場の観を呈していた。此処《ここ》で食べて味を覚え、作り方を教わったのが、濃厚独特な味のひやむぎである。おなみさん自身は出入りの植木屋から、「あっしら夏場、さっぱりした物ばかり食ってたんじゃ身体《からだ》が持たねえもの」、持参の濃いつけ汁を見せられ、その拵《こしら》え方を教えられたのだと言っていた。おなみさん、通称なみちゃん、長年「なみちゃんひやむぎ」とうちで呼んでいるが、こんな名称、よそではむろん通用しない。

さて、いよいよ終りの終り、かねての約束を果さねばならぬ。読者はお忘れかも知れないが、一つは鰻《うなぎ》の稚魚のオリーブ油炒め、もう一つはジン、テキラ、ウオトカ、度の強い透明な蒸溜酒《じょうりゅうしゅ》とそれをベースにしたカクテル、どちらも私の好きな物で、いずれ回を改めて書くと言ったまま書いていない。

鰻の稚魚アングラスの味は、今から三十七年前、初めてのスペイン旅行をして、マドリッドで知った。

十九世紀のスペインに、オスカー・ワイルドと交りがあったと伝えられる鼠《ねずみ》小僧のような義賊がいた。此《こ》の男がつかまって、処刑されるまで幽閉されていたマイヨール広場の一角の穴倉が、現在「盗賊酒場」と称する小さなレストラン兼酒場になっている。「現在」と言っても、西暦二〇〇〇年の只今《ただいま》現在、未だ営業中かどうか確かめていないが、知人の知人に此処へ連れて行かれて、「食べてごらんなさい」と奨《すす》められたのがアングラスであった。

衣裳《いしょう》も身ぶりもカルメンの舞台に登場する伊達《だて》な悪党という感じのウェイターが、註文の品を運んで来た。素焼の皿の中で、白魚に似た稚魚が二、三十尾《びき》、ぐつぐつ煮え立っていた。幼い鰻どもの脂《あぶら》とオリーブ・オイルと、大蒜《にんにく》の味、赤唐辛子の味が渾然《こんぜん》一体となったのを、粗末な木のフォークですくって食うのだが、あまりのおいしさに私は三皿お代りをした。勘定は相当高かったはずなのに、一体誰が払ったのかと思う。「知人の知人」とは、パリの佐藤敬画伯に紹介してもらったマドリッド在住の日本人Nさんだが、佐藤画伯は故人、Nさんも多分もう此の世にいないだろう。三十七年経《た》つと面影すら怪しくなっているけれど、スペインと聞いて、ピカソよりグレコより真っ先に頭に浮かべるのは、アングラスの味と「盗賊酒場」のアングラスを教えてくれたNさんのことである。

カクテルの方は、若き日アメリカ遊学中に作り方を覚えた。西洋諸国の焼酎《しょうちゅう》類、北欧のアクヴァヴィット、ロシアのウオトカ、メキシコ特産のテキラ、生《き》のまま飲んでもそれぞれに旨いが、カクテルに仕立てるとすれば、私の一番の好みは昔ながらのドライ・マルティニ、つまりジン・マルティニ、至極簡単な混成酒なのに、食前の一杯、満足出来るだけの物を飲ませてくれるバアがめったに無い。結局うちで自分が作ることになる。

要は、very dry で而《しか》も「北国の寒夜を思わせる」凍《い》てつくほどの冷《つ》めたさを、どうやって維持するか。オン・ザ・ロックスなら冷めたさは保てるけれど、ジンのきりりとした味が段々ぼけて来る。やはりストレートがよく、それを生ぬるくしない為に特別の準備が要る。と言っても、むつかしいことは何も無い。ジンは必ず英国製を使うこと、出来ればタンカレイ、合せるベルモットはフランスのノイリー・プラットかイタリア製チンザノの「extra dry」、シェイクはしないからシェイカーは不要、オリーブも使わない。攪拌《かくはん》用のガラス器とタンカレイの瓶とカクテルグラスとを冷凍庫に――、冷蔵庫ではありません、冷凍庫に長時間入れっぱなしにして置く。ジンやウオトカは氷点下十七、八度くらいでは、何日経っても凍らない。

さあ作ろうという時、冷凍庫からこれを取り出してガラスの攪拌容器にとんがった氷片を七、八箇入れ、ベルモットをちらりと垂らす。ジンとベルモットの調合比率、普通のカクテル教本には4/5対1/5程度と書いてあって、それが常識だろうが、我が家のは極端にドライで、ベルモットの分量、ジンの六十分の一か七十分の一、オレンジ・ビタースは、一、二滴加える時も加えない時もある。

冷え切ったジンをその上へたっぷりそそぎ入れて、しっかり掻《か》き廻し、霜が置いたようになっているマルティニ・グラスに、縁すれすれまで満たす。レモン・ピールをぴゅッとひねって投げ込んで出来上り。色は殆ど完全な無色透明、「あれじゃ冷やしたジンをそのまま飲んでるのと同じだろ」と悪口言う人もいるけれど、四十数年来、各界多くの人に出して、世辞かも知れぬが大変感心され、屢《しばしば》お代りを所望された。

これも置土産の一つである。ではみなさん、当家流のドライ・マルティニの杯を挙げて、又会う日まで、これでさようなら。

対談　父さんはきっとおいしい

阿川弘之×阿川佐和子

タイトルの由来

佐和子　今度出る父さんの本『食味風々録《しょくみぶうぶうろく》』って、ちょっと変わったタイトルですよね。まずはその由来からお話しいただいて。

弘之　あれはね、もう二十年も前だけど、ハワイに滞在してたとき、世の中のこと何にでも腹立てて、いつもぶうぶう文句ばかりいっている自分がおかしいからというので「風々録」という題のエッセイを書こうと思い立ったんだ。ところがそこへ向田邦子《むこうだくにこ》さんが飛行機事故で亡《な》くなったという報《しら》せが入った。知らせてきたのは佐和子だよ。それで、書くテーマを急遽《きゅうきょ》、向田さんの思い出に変更したんだが、題だけは「風々録」をそのまま残した。今回——、三年前、食べものの随筆を『波』に連載することに決まったとき、昔のそのタイトルを思い出したもんでね。

佐和子　向田さんも食べることがお好きな方だったんでしょ。

弘之　そう。彼女とはたった一度会って対談しただけだが、テーマは美味についてだったね。ぼくは今、八十歳近くなって、食べもののことにもまだぶうぶう文句ばかりいっているなと思ってね。

佐和子　でもこの本には、それほど、不平不満はたくさん書いていないですね。ふだんのほうがずっと、ぶうぶういってると思います。そういえば、この間、わたしの友人が横浜のうちへ届けてくれたクエという魚は、ほんとにおいしかったね。

弘之　紀州白浜で獲《と》れた深海魚でハタの一種らしいんだけど、体長が五十二センチもあった。

佐和子　鱗《うろこ》がすごくて、ぬめぬめしていて、とても素人《しろうと》が捌《さば》けるような姿形じゃありませんでした。

弘之　『食味風々録』にも登場してもらってるけど、懇意な新橋の料理屋『京味《きょうあじ》』の主人、健ちゃんに連絡したら、「えっ、それ、わたしも食べたい。出刃包丁もって捌きに行きますから」っていうんだね。

佐和子　大晦日《おおみそか》、お忙しかったらしくて、九時過ぎになっていらした。

弘之　一番弟子の光《みっ》ちゃんと二人でやってきた。考えようによっちゃずいぶん贅沢《ぜいたく》な話だよね。天下の名人級の料理人が二人もうちへ魚を料理しにくるんだから。昔の「食道楽」

の大隈伯爵《おおくまはくしゃく》になったみたいで気が気じゃなかった。

佐和子　しかも、おいしいのなんのって。

個体によって違う味

弘之　きれいな白身をまず蒸して塩と醬油《しょうゆ》と山葵《わさび》で食べて、そのあと刺身にもしたし、煮魚にもしたし中華風の清蒸魚《チンチャンユー》にも料理して食べた。素晴らしくおいしかったね。

佐和子　白身にたっぷり脂《あぶら》が乗っていて味があってプリンプリンしていて……。

弘之　しっかりした身でね。あれは今年、もう一ぺん食べたいなあ。

佐和子　わたしは台所で助手をさせていただきました。健ちゃんが「鍋《なべ》」、「お酒」、「醬油」って叫ぶのに、はい、パッパッと対応いたしまして、いやー、内弟子になった気分。勉強になりました。

弘之　西健一郎は名人だから、砂糖でも酒でも入れるときに、大匙《さじ》何杯なんて測ったりしない。みんな勘ね。名料理人はみんなそのようだね。

佐和子　「ただ人に伝えるためには目安というものは知っとかなあきまへん」って、裏でわたしは教えられましたよ。酒と醬油は同量にとか、みりんは照りをつけるためだからチラリとかね。

弘之　仙台から帰ってきていた末っ子とあわせて六人でたっぷり食べた。明くる日、「もうないのか」って聞いたら、佐和子が持って帰ったって。

佐和子　わたしが持って帰ると怒られるのよね。

弘之　怒りゃしないよ。佐和子の友だちがくれたんだからそれはいいんだけどさ。届けてくれた人にお礼の電話をかけたら、獲れたところが同じ紀州白浜でも、個体によって味が違うんだって。それはいわば三浦朱門を食っているのか遠藤周作を食っているのか、世間の人から見れば同じ年頃の同じカトリック作家でも、それぞれ持ち味が違う。それと同じことですね、といって笑ったんだけどね。

佐和子　わたし、この本を読んで思いました。穏やかでいい人っていうのはおいしくないんだろうなって。父さんはきっとおいしいと思う。

弘之　ばかなことをいって。何の話をしようとしていたか、忘れてしまうじゃないか(笑)。ともかく白浜の人が自分で潜って自分の眼で確かめて、これと思うのを一匹つかまえてくれたらしい。

佐和子　すごい。

弘之　ある意味でそこまで手をつくさないと、本当に旨《うま》いものにはなかなか巡り会えないのかもしれないね。ところで「クエ」っていうのは、「久恵」と書くらしいね。女の名前みたいだな。実は長崎の芸者衆《しゅ》で久恵《ひさえ》さんって古くからの知り合いの人がいるんだよ。このあいだ行って挨拶《あいさつ》にチョコレートか何か置いて来たら、あとでみかんをたくさん送ってくれてさ。

佐和子　ふうん、久恵さんですか。初耳だね、こりゃ（笑）。

弘之　いやいや、特殊な関係じゃないんだよ。橋本のおかッつぁまとか、八重丸さんとか勝奴《かつやっこ》さんとかいろいろいるんだよ。みんな船の大好きな芸者衆や女将《おかみ》なんだ。

佐和子　ところで、広島のおじいちゃん（弘之の父）って人は食べものに関心があったの？

弘之　おやじは山口県の田舎の出で明治三年生まれだっていうんだから、そんなに旨いものを食って育ったわけがないんだよね。それなのに日露戦争終結後に満州で事業を興《おこ》して、店の支配人の奥さんに「わしゃ着るものは何でもいいから、毎晩旨いもんだけ食わしてくれ」っていつもいってたんだって。おやじは若いときロシア語を勉強しにシベリアへ行ってるけど、シベリアにもうまいものなんかあるとは思えんしなあ。せいぜいボルシチかカルパス（ロシア・サラミ）程度だろ。

佐和子　おばあちゃんもおいしいものが好きだったって聞いていましたけど。「花より団子」のおばあちゃんだったって。

弘之　おばあちゃんは大阪の人だから、ハモは鯛《たい》より上、魚の王様やとかそういうことはいっていたよ。でも特別に料理が上手というわけじゃなかった。ぼくは子どもの頃、「ねえやの作ったカレーのほうが旨い」といっておふくろを怒らせたことがあるな。

結婚できない理由

佐和子　生意気な子どもだったんでしょうね。この本にも、中学生の時に一人で食堂車に入って洋食のフルコースを注文したときの話が出てきますね。いやなガキだったんだろうな。

弘之　うん、たしかにそうだとおもう。山登りに行った帰りで汚れた恰好をしているのに、威張って座って「一円の定食」って注文するんだから、これは無銭飲食するつもりかと間違われても無理なかったよ。

佐和子　末っ子だったお父さんは、三人きょうだいの中でも食べものにいちばん関心が高かったの？

弘之　そうかもしれない。年の違う兄と姉がいたけれど、ぼくがいちばん食いしん坊だったね。中学の頃から、晩御飯がおいしかったときは、「ああ、おいしかった。明日は何が食えるんだろう」とよく思ったものね。

佐和子　お腹《なか》がいっぱいになった瞬間に明日は何が……と(笑)。朝御飯を食べながら「今夜は何を食わしてくれるんだ」というのが父さんの口癖だとは、幼い頃より存じておりますが、それが中学の頃からだったとは、いま初めて知りました。

弘之　母さんが入院していたか何かで、おまえが晩飯を作ってくれたことがあった。いつもは割に上手なんだけれど、その晩は不出来だったか、ぼくが気に入らなかったか。可哀《かわい》想《そう》であまり露骨にはいえないから、食事のすんだあと、「佐和子、明日なにか旨いものを食いに行こう」といった。そうしたら、怒られたね。

佐和子　怒ったというより、泣きましたです、わたし。つまり「まずい」ってことでしょう。たしかあの日は、豚のバラ肉を使った東坡肉《トンポウロウ》でしたね。昼から作り始めて、何時間も煮れば煮るほど肉が柔らかくなるはずが、煮れば煮るほど固くなるという。

弘之　東坡肉というものは、やっぱり箸《はし》でズルッと切れるくらいにならなきゃ。

佐和子　できません。

弘之　できませんことはないんだ。できるんだ。

佐和子　では、やってみて。

弘之　いや、おれにはできないよ。しかしあれは佐和子のせいじゃなくて肉の質がいけなかったのかもしれないな。

佐和子　ともかくあれ以来、二度と東坡肉を作る気になれない……。

弘之　でもおまえ、料理の本を出したじゃないか。

佐和子　切り干し大根を作って、ほめていただきました。

弘之　そうそう、あれはおいしかった。

佐和子　でもね、わたしがいままで結婚できないでいる理由の一つは、子どもの頃から、父さんに「旨いものがわかるやつと結婚してくれ」といわれ続けていたせいです。この人というのがいたら、おれがテストしてやる、って。

弘之　そんなことといったかなあ。

佐和子　人格以前に、食べものに興味がなかったらもう不合格と。まあ食べものに興味のない人と一緒になる気は、わたし自身にもなかったですけどね。そのハードルと、あと、学生運動をしているような連中はみんな死んじまえっていつも父さんはいっていた。でもわたしに釣り合いの取れた団塊の世代の男たちはたいてい学生運動をやっていましたからね。それでますます相手がいなくなって……。

弘之　いつか福田恆存《つねあり》さんが、「自分の年になるともう生涯に読める本の数は決まっているから、濫読《らんどく》はしない」ということを書いてた。やっぱり偉い人は違うな。おれなんか、死ぬまでにあと何回、晩飯が食えるか、とは思うけれど、本の数のことなんか考えたこともないと、その時思ったね。

佐和子　例えば今日の晩ご飯がおいしくないと、「死ぬまでにあと何回食えるかわからんのに、一食損をした」っていって機嫌悪くなっちゃうもんね。

弘之　どうしてこんなに食いしん坊になったかねえ。

佐和子　どうしてですか。

弘之　わからん。「三代の富貴《ふうき》は美味を知る」って言葉があるよ。だいたい初代というのは、うちのおやじじゃないけれど、山口の田舎あたりから出てきて財界人になったり政界の権力者になったりする。二代目が初代の事業をつぐ教養人、その子ぐらいの代になって本当の美味がわかるというんだけどね、うちなんか富貴でもないし三代つづいてるわけでもない。どうしてかな。どうして食べることがこんなに好きなのかな。

佐和子　戦時中はどうだったの？　いままででいちばん悲しい食事ってなんだった？

弘之　戦時中は海軍にいたけれど、ぼくがいた任地、ポストでは腹が減ってひもじくて草をかじるなんてことは一度もなかった。ほんとうに貧しくてひもじくて悲しかったのは戦後の独身生活の頃だね。

佐和子　結婚前。
弘之　お母さんと一緒になったのは昭和二十四年だから、この頃は世の中少し立ちなおって、もうそんなに飢えているという感じではなかったな。ひどかったのは昭和二十一、二年頃、アメリカの放出物資のトゲトゲの麦を炊《た》いて自炊していた頃かなあ。
佐和子　日々のお菜《かず》はどうしていたの。おかずは。
弘之　生卵一つあったら、大ご馳走《ちそう》だったね。ずいぶんひもじい思いをしたもんだよ。
佐和子　それは応《こた》えたでしょうね。特に食べることが好きな人にとっては。
弘之　でもあの頃は周りがみんなそうだったからねえ。

キノコと遺言

佐和子　敗戦直後、サツマイモとかカボチャばかり食べさせられて大嫌いになった人というのがよくいますけれど、バナナが大嫌いという人に会ったことがある。
弘之　乾燥バナナかい。
佐和子　いいえ。その人が子どもの頃に、お父さんがフィリピン関係の仕事をしていたせいで、毎日バナナばかり食べさせられていたんですって。はたから見ると贅沢だと思うけど、バナナはもう見るのもいやだって。

弘之　昔の大阪の菓子屋では、丁稚《でっち》を雇った時に、「決してつまみ食いをとがめるな」というんだってね。一週間もしないうちに嫌になって自然につまみ食いしなくなる。バナナ嫌いになるっていうのもわかるな。

佐和子　逆に毎日いくら同じものを食べても飽きないとしたら、何でしょうね。

弘之　うーんやっぱり、うまい漬け物で茶漬けならいいだろうね。

佐和子　かつぶし御飯。

弘之　かつぶし御飯もいいね。むかし、レオナルド・ダ・ヴィンチ号というイタリアの客船に乗ってジェノアからニューヨークへ向かう途中、三日目ぐらいからは、「ああ、かつぶし飯が食いたいな」と毎日思ってたよ。ところで佐和子の本を読むと、ずいぶんいろいろな料理を作れるようになったみたいだけど、おれがお母さんにいつもいってたのは、専門家じゃないんだから、二つか三つおいしいものを上手に作れるようになってくれっていうことだったな。コロッケでもオックステールのシチューでもいいけれど。

佐和子　その割にはいろんなことを要求するじゃない？「おまえ、疲れているんだから、もう何も作らなくてもいいぞ」と母さんに向かっていっておきながら、だんだんお酒が入ってくると、「ほかに何かないのか。そこにある箱は何だ」といい始めたりする。

弘之　そうかなあ。

佐和子　あとね、わたしが檀《だん》ふみさんにいつも批判されるのは、うちに彼女を招《よ》んでわたしが料理を作るとき、少し食べてはまた立ち上がって次の料理を作りに行くこと。「座ってくれない？　全部並べてから一緒に食べよう」って怒られるんです。

弘之　それはまったくその通りだよ。落ち着かないもの。うちでもおれはしょっちゅう「座れ、座れ」って、いってる。

佐和子　でも、それでは熱いものは熱く、冷たいものは冷たいままで出せないでしょ。肉をジャッと炒《いた》めた瞬間に出すとか、タイミング良くご飯をつけて熱いお味噌汁《みそしる》を出すにはね。一緒に暮らしていた頃は、母さんとわたしが交代で、座って食べ、立って次のを作るということを繰り返すのが日常生活の習慣だったんだもの。

弘之　おいしく食べているほうは落ち着かないからいやなんだけど、たしかに全部そろえてから食べ始めては、まずくなるな。うちにはバトラーもいないし、コックもいないんですよって、いつも反論されてる。

佐和子　だからいつも怒ってる。

弘之　まあね、高級な料亭なんかでも、話に夢中になったり煙草《たばこ》を吸ったりしていて、出した料理にいつまでも箸をつけない客には、ほんとうにおいしいものは出さないっていうからね。

佐和子　そうね。でも逆に「こいつはうるさいぞ」と思ったら力を入れるんですって。

弘之　うーん、それじゃやっぱり、ぶうぶういって、うるさいやつだぞと思ってもらうほうが、旨いものを食うための便法かな。しかし、そうやって旨いものをいつまでも食べていられればいいけれど、いざ死ぬときになって、ろくにものも食えず、長いこと苦しんだり、むりやり生かされたりするのはいやだなあ。どうにかしてパッと息を引き取りたい。それにお母さんが先に死んでおれが生き残ったらお前、たいへんだよ。どうしたら楽に死ねるかなあ。一服盛ってくれてもいいんだけどなあ。

佐和子　最近は、「親孝行、して欲しいときにまだ親はいる」っていうんですって。一服ねえ。考えてみましょう。トリカブトかな。いやいや、なんでも中国の雲南省にはあらゆる種類のおいしいキノコがあるっていいますから。ひとついいのを見つくろって、このキノコはおいしいですぞって、毒のあるキノコを……。

弘之　うん、それはいい。遺言を書いて置いてやろうか。「娘がキノコの旨いのを食わせるといって殺したという疑いがあっても、どうか罪に問わないでください」ってね（笑）。

（「波」二〇〇一年二月号より）

解　説

奥本　大三郎

文庫本の最後に「解説」と称する余計な文章が付されるようになったのは一体いつ頃からの習慣なのであろう。こんなものをくっつけたのでは、折角の名作の余韻を楽しむ事が出来なくなってしまう。作品が完成した後、食事でいえば、ひととおりの料理、デザートが出た後でまた、まずい飴かなにかをしゃぶらされるようなもので、料理人の苦心がぶち壊しになるのではないか――自分がいざ書く段になると、そんな心配をつい、してしまう。

その前に、著者のことを「阿川先生」と書くことを、読者の皆さんにはお許し願いたい。何だか、著者と自分の関係を自慢しているようでもあり、先生に対しては妙に馴れ馴れしい態度を取っているようでもあるが、私としては、自分の文章の中で、「阿川さん」とか、「阿川弘之」とか書くことはどうしても出来ない。

私は本書の「まむし紀行」に登場する「虫さん」あるいは「奥本昆虫博士」である。といっても、単なるアマチュアの虫好きで、もちろん博士というようなものではない。ほかに、ここには出てこないが「草君」もいて、このほうは本物の植物学者・分子生物学者で理学博士の塚谷裕一東大教授である。この二人と、同じ「まむし紀行」文中の極左編集者氏がお正月などに先生のお宅に招かれた（あるいはこっちから押し掛けた）ものである。

お酒を飲んでいるうちに先生が「まんぼう呼ぼうか」と言って電話をされ、北杜夫さんが合流されたこともある。電話と言えば、先生が誰かと話をしていて「今、うちにきてるよ」と言われるのが聞こえた。それが何と、この私のことなのであった。電話の相手は吉行淳之介さん。その少し前に吉行さんの作品を私が批評し、それが必ずしも見当はずれではなかったという話題らしかった。遠藤周作さんからも電話はよくかかって来た。いわゆる第三の新人の作家には電話魔が多いようであった。居間の大量の贈呈本の山の陰に、阿川佐和子さんの年賀状の試し書きが散らばっていたことを思い出す。先生も含めて、みんな若かった。

言い訳、あるいは照れ隠しはここまでとして、この本に出てくる話はどれも懐かしく、旨そうで、何度でも読める。中でも本音が出ているように思われるのが「弁当恋しや」である。国木田独歩の小説の中に出てくる「腰弁」という言葉から、あれこれ、先生の弁当に対する思い入れが書き連ねられる。

何しろ、少年期が終って以後、敗けいくさのあとの我が大貧困時代も含めて、弁当と縁が無い。

何故かと言えば、先生は小説家で、家で仕事をする。職人で言えば居職であって、弁当を持って出かけるという、その理由が無いのである。理由がなければ弁当を作ってもらって食べてはいけない。あるいはそうして無理矢理作ってもらったものは、弁当にして弁当に非ずということであろう。では、家で弁当というものを目撃することがないのかと言えば、そんなことはない。息子さんが毎朝学校に出かけるときに、お母さんに、炊きたての白いご飯で弁当を作ってもらっているのを、夜型だからその時間、仕事で徹夜明けのこの作家は眺めているのである。しかも御菜まで観察している。

飯には胡麻塩が振りかけてあって、菜は牛肉の佃煮、ピーマンの細切りの油いため、卵焼の小さなのが二つ、沢庵三切れ添え……

と、詳しいこと。それで先生は、羨ましがって、

「俺にも、死ぬまでに一度、ああいう弁当作ってくれないかなあ」

「又いやがらせを仰有る。あんな物でよければ、いつでも作りますけど」

先生の言葉を真に受けて、同じ物を作って差し上げても、多分、「家でこの弁当食うのかい、おやおや」というような反応が返ってくるのが眼に見えている。だから奥様もお作りにならないのであろう。

私の方も、無理に作らせたとして、それを持って何処へ行ってどう食べるかの思案が成り立たない。結局、弁当を鞄へ入れて家を出るという生活と無縁のまま、以来二十三、四年の歳月が過ぎた。その前から数えると、五十余年の歳月が過ぎた。

これがつまり、深夜、独り苦しんで文章を書く作家の生活というものなのであろう。それはさておき、「ひじきの二度めし」のところにこんな言葉がある。

美味に関心の深い作家と、比較的無関心な作家とは、文章を見れば分る。一種微妙な照りのようなもの、それがあるかないかで大体の察しがつく……

これは、実は、差し障りがある、というか、言いにくい事なのである。この話が出ると、なんとなく座が険悪になる。その作家の体質にかかわることであり、結局その文学観にもかかわることだからである。

その、差し障りがある、というのは、たとえば次のようなことである。

本書の「鮎」の章に、往年の流行作家、石坂洋次郎と評論家、亀井勝一郎らと一緒に、文藝春秋の講演旅行に行ったときのことが書かれており、そこにこの小説家と評論家のお二人が、鮎の苦みを嫌う話が出てくる。

講演会第一日目の開催地は滋賀県長浜市であった。終了後、宿へ帰っての夕食に鮎の塩焼が出た。これが旨かった。何処か近江と美濃の国ざかいあたり、早瀬の玉石につくなめらかな水垢（珪藻）を、鮎が舐めて、それの染みこんだ腸《はらわた》が炭火で焼かれて、好い香りがしている。初の舞台を無事つとめ了えた解放感もあり、おいしいなあと蓼酢で食いながらふと見たら、石坂さんと亀井さんは鮎の皿に手をつけていなかった。

「僕はこれ、駄目なんだ」

石坂さんが津軽訛りで言い、

「そう。僕も苦くて駄目。よかったら君たちどうぞ」

前や函館には鮎を食う風習がないのかしらと、不思議に思った。

「だから、どうだと言うの?」とこの引用を不審に思う人があるかもしれない。しかしここに鮎の腸のようにほろ苦い、意地の悪さを読み取る人もいるであろう。その後に、「デザートに石坂さんの好きなバナナとメロンが出て」と追い打ちをかけている。これが、あえて言えば小説家の眼なのである。さらにその後には、「賭け事なぞ一切なさらぬ清教徒派風哲学者肌の亀井さんが」という言葉もある。

先の文言と合わせて読めば、先輩ふたりの文章に「一種微妙な照りのようなものが無い」、と言ったも同然である。もちろん、それで何かを断定しようと言うのではない。先の、「照り云々」の文章はこう続く。

……それがあるかないかで大体の察しがつく。谷崎潤一郎の筆づかいなぞ、直接食のことが書いてなくても、舌なめずりなさらんばかりに美味に執している感じがあり、里見弴もそちらに近い。武者小路実篤や広津和郎の小説にはそれが無い。谷崎さんと武者小路さん、里見さんと広津さんを較べて、どちらが立派な文学者かと問えば、多分、読書子の判断の大きく分れるところで、だからこれを以て優劣の基準とするわけには行かないけれど……

「だから、どうだと言うんだっ！」とこのへんで声を荒らげるひとがいるかもしれない。だから、読書子の判断は大きくわかれると言ってある。いずれにせよ論理というより、感覚の話であり、好みの問題である。フランスの格言にも、「色と味とは論ずべからず」というのがある。だから食べ物の話は軽々には出来ないのである。それが嫌な人は読まないで欲しい、と解説者の分際で断っておく。

「阿川弘之ちゅう若い作家がおってな」と言って、出たばかりで評判になっていた『雲の墓標』のことを、中学生の私に教えてくれたのはやはり「まむし紀行」に出てくる私の兄貴である。兄貴は京大の一回生だったと思う。かく言うこの私が中学の一年生だったのだから、それこそ往時茫々、古い話である。その兄貴も死んでしまったが、死ぬ前に僕の顔で阿川先生に会わせてやった、と未だに私は兄貴に対して恩着せがましい気持でいる。

（おくもと　だいさぶろう／フランス文学者）

『食味風々録』　二〇〇四年四月　新潮文庫

中公文庫

食味風々録《しょくみぶうぶうろく》

2015年8月25日　初版発行
2016年8月5日　再版発行

著　者　阿《あ》川《がわ》　弘《ひろ》之《ゆき》

発行者　大橋　善光

発行所　中央公論新社
〒100-8152　東京都千代田区大手町1-7-1
電話　販売 03-5299-1730　編集 03-5299-1890
URL http://www.chuko.co.jp/

D T P　柳田麻里
印　刷　三晃印刷
製　本　小泉製本

Published by CHUOKORON-SHINSHA, INC.
Printed in Japan　ISBN978-4-12-206156-9 C1195

中公文庫既刊より

各書目の下段の数字はISBNコードです。978－4－12が省略してあります。

あ-13-3　高松宮と海軍　阿川弘之
「高松宮日記」の発見から刊行までの劇的な経過を明かし、第一級資料のみが持つ迫力を伝える。時代と背景を解説する「海軍を語る」を併録。
203391-7

あ-13-4　お早く御乗車ねがいます　阿川弘之
にせ車掌体験記、日米汽車くらべなど、日本のみならず世界中の鉄道に詳しい著者が昭和三三年に刊行した鉄道エッセイ集が初の文庫化。〈解説〉関川夏央
205537-7

あ-13-5　空旅・船旅・汽車の旅　阿川弘之
鉄道のみならず、自動車・飛行機・船と、乗り物全般に並々ならぬ好奇心を燃やす著者。高度成長期前夜の交通文化が生き生きとした筆致で甦る。〈解説〉関川夏央
206053-1

あ-60-1　トゲトゲの気持　阿川佐和子
襲いくる加齢現象を嘆き、世の不条理に物申し、女友達と笑って泣いて、時には深ーく自己反省。アガワの真実は女の本音。笑いジワ必至の痛快エッセイ。
204760-0

あ-60-2　空耳アワワ　阿川佐和子
喜喜怒楽楽、ときどき哀。オンナの現実胸に秘め、懲りないアガワが今日も行く！　読めば吹き出す痛快無比の「ごめんあそばせ」エッセイ。
205003-7

よ-5-8　汽車旅の酒　吉田健一
旅をこよなく愛する文士が美酒と美食を求めて、金沢へ、そして各地へ。ユーモアに満ち、ダンディズムが光る汽車旅エッセイ集を初集成。〈解説〉長谷川郁夫
206080-7

つ-26-1　フランス料理の学び方　特質と歴史　辻静雄
フランス料理の普及と人材の育成に全身全霊を傾けた著者が、フランス料理はどういうものなのかについてわかりやすく解説した、幻の論考を初文庫化。
205167-6